DANS LA CAGE
DE L'OURS

Jacques Abouchar

DANS LA CAGE DE L'OURS

BALLAND

« On reconnaît toujours l'âne à ses oreilles, l'ours à ses griffes, l'imbécile à ses discours. »

Dicton yiddish

17 septembre 1984, désert de Kandahar

La pêche aux crabes à Karachi, c'est bien le moment d'y songer. Une idée fixe, pourtant, malgré le bruit des moteurs qui s'intensifie rapidement. Et ces projecteurs qui fouillent partout, révélant chaque recoin de dune, débusquant le moindre caillou.

Comment peut-on se laisser accaparer par une pensée aussi saugrenue ? Ils sont là, ils m'aveuglent. Leur engin roule dans un vacarme épouvantable. Droit sur moi.

Rester étendu sur le sol, continuer à faire le mort ? Ils seraient capables de me passer sur le corps : on les dit tellement féroces, sans pitié avec les moudjahidin.

Ou encore, se lever, à la dernière seconde, d'un bond... Et si le mitrailleur panique ? Oh, ces projecteurs !... Ils sont d'une puissance terrifiante. Et l'autre qui avance toujours. Alors debout, couché ?

Le sac. Pourquoi ai-je gardé le sac en sautant de la camionnette ? Bien sûr, il contient argent, passeport, carnets de notes, tout le bric-à-brac habituel. Mais si je le porte en me levant, ils vont peut-être imaginer qu'il est plein de grenades, me prendre pour un partisan en mission-suicide. Ma tenue afghane, pantalons bouffants, chemise à manches longues avec les pans descendant aux genoux, n'arrange rien. Encore une riche idée, cette tenue. Nos accompagnateurs avaient insisté : pas de vêtements européens, vous seriez très vite repérés. Pour la discrétion c'est réussi.

Debout, couché. Combien de projecteurs braquent-ils dans ma direction ? Et ils roulent toujours. Encore quelques secondes. Mon Dieu...

— Franzouski ! Franzouski !

Mes cris se perdent dans le fracas des moteurs. Je suis debout, les mains en l'air. L'engin s'est arrêté à cinq mètres. Je me sens saisi sous les aisselles, porté vers le blindé et hissé sans ménagements sur la plate-forme avant. De l'autre côté des projecteurs, je les vois enfin. Cinq, six soldats, tête nue, portant leurs armes individuelles. Le chef de char, casqué de cuir, hurle des ordres dans son micro. Le conducteur s'énerve : assis sur la tourelle avant, je lui masque en partie la vue. On me repousse vers l'arrière et personne ne me prête plus la moindre attention pendant quelques minutes.

La colonne — six blindés transports de troupes — poursuit ses recherches, ratisse le secteur. L'un de nos deux véhicules, celui qui a brûlé, est découvert en flammes, puis la deuxième camionnette à bord de laquelle nous nous trouvions. Elle est renversée sur le côté, les sacs à dos contenant le matériel de prise de vues, pharmacie, nourriture, sont éparpillés au milieu des armes — roquettes antichars, caisses de munitions — abandonnées par notre escorte.

L'automitrailleuse de commandement s'immobilise. Les antennes sont hissées pour une longue communication radio avec la base de Kandahar. Sur ordre d'un officier, un soldat m'entrave les poignets et les chevilles avec une cordelette. Tout le matériel de récupération, y compris nos sacs, est regroupé à bord de deux blindés.

Bientôt, l'ensemble du détachement s'installe pour le bivouac de nuit. Je compte une centaine de militaires. Deux des officiers tentent de me questionner, mais nous ne possédons que des bribes de mots en commun dans un jargon franco-anglo-russe :

— Moi... Jacques Abouchar, journaliste... télévision française...

— Journalistes comme toi... un, deux, trois, me dit l'officier en comptant sur ses doigts et en insistant pour que je crie leurs noms dans la nuit. Il les croit cachés dans les parages.

Je m'y refuse sans que cela entraîne de conséquences fâcheuses. C'est mon premier « niet ».

Une heure après ma capture on me détache les mains, un soldat me tend une gourde, me propose une boîte de conserve et — luxe suprême — m'offre une cigarette.

Les officiers me font comprendre qu'un hélicoptère viendra me chercher à la pointe du jour. En attendant, on m'installe tant bien que mal pour la nuit sur la plate-forme en me couvrant d'une capote.

A l'horizon, on distingue vaguement les lumières de Shaman, la ville frontière du Pakistan, distante d'une trentaine de kilomètres. Jean-Louis, Hugues, Georges doivent courir comme des fous, à travers le désert, dans cette direction. Les Russes m'intriguent : pourquoi ne bougent-ils pas ? Ils laissent passer une occasion en or de ramener dans leur filet un maximum de poissons. Lancés à 50 ou 60 km à l'heure, à travers cette région peu accidentée, ils pourraient aisément couper la route aux fugitifs.

Au lieu de cela, les soldats, très excités, font cercle autour des sacs qui contiennent de véritables trésors : rouleaux de papier de toilette, brosses à dents, savonnettes ont un succès certain. Je suis consulté sur l'usage d'un rasoir électrique à pile, article apparemment inconnu des bidasses soviétiques. Les dollars, les roupies pakistanaises et même les coupures afghanes sont l'objet de longues tractations. A ma grande surprise, les officiers laissent faire.

Le pillage est méthodique mais néanmoins limité : ainsi sont épargnés les appareils-photos, les caméras, et, me semble-t-il, tous les articles encombrants, donc repérables.

Roulé dans ma capote, les chevilles légèrement endolories par la cordelette, j'essaie de satisfaire la curiosité de quelques militaires. Ils semblent émerveillés de rencontrer un Européen. Un Français ! Deux mots reviennent le plus souvent dans la conversation : « Paris » et « champagne ». Leurs sentiments sur l'Afghanistan suscitent des grimaces éloquentes. Ils crachent par terre ou tendent le pouce vers le sol. La plupart sont originaires de la Russie d'Europe, d'Ukraine. Un Arménien parlant deux mots de français m'explique qu'il a des cousins à Marseille.

Ces soldats sont des appelés et appartiennent à une unité de commandos parachutistes. Ils ouvrent leurs chemises et me montrent leurs maillots de corps à rayures bleues et jaunes, réservés, ai-je cru comprendre, aux troupes aéroportées.

Peu à peu, chacun finit par s'endormir. Le soldat désigné comme sentinelle scrute de temps en temps à travers ses jumelles. Devant mon étonnement, il est très fier de me montrer qu'elles sont équipées d'un intensificateur de lumière : on y voit comme en plein jour, dans une dominante verdâtre.

Prisonnier, captif. Ma nouvelle condition m'apparaît encore indistinctement. Qu'est-ce qui me différencie de ces hommes dont la plupart ne sont encore que des silhouettes allongées ?

La sentinelle reçoit d'un supérieur l'ordre de détacher la cordelette qui m'enserre les chevilles. Je suis donc, théoriquement, libre de mes mouvements — libre peut-être de m'éloigner de quelques pas, sous la garde d'un soldat, si j'en demande la permission. Libre, mais bel et bien prisonnier.

Comment sommes-nous tombés dans ce piège ? Tout semblait parfaitement organisé par Ahmed Gaylani, sûr de ses hommes, de ses filières. Kandahar ? Aucune difficulté particulière pour s'y rendre : Gaylani avait simplement insisté pour que nous acceptions de voyager sur des motocyclettes la première nuit. Nous préférions la voiture, en dépit de ses réticences. Il avait fini par céder, compte tenu de la lourdeur des équipements. La deuxième nuit se passerait à dos de chameau, après une journée dans une cache pour éviter d'être repérés par les hélicoptères et les avions d'observation Antonov. Kandahar serait atteinte la troisième nuit après une marche forcée d'une dizaine d'heures. Des porteurs se chargeraient de nos sacs à dos pour l'ultime phase du voyage.

Nous nous étions allégés au maximum avant le départ de Quetta, le dimanche 15 septembre. Nous emportions un minimum d'effets personnels, un peu de pharmacie, quelques potages en sachets, des pâtes de fruits. Nous accordions la priorité absolue aux caméras, pellicules et bandes magnétiques.

Les premières heures de route se déroulèrent sans histoire jusqu'à la ville frontière de Shaman. On nous avait conduits dans une maison située en dehors du bourg, à l'abri des regards indiscrets. Shaman a mauvaise réputation : elle grouille de mouchards travaillant pour le compte des services secrets soviétiques, afghans et pakistanais. Ces derniers sont très vigilants et s'efforcent d'empêcher le franchissement clandestin de la frontière par les journalistes ou les médecins étrangers, sans grand succès, il faut bien l'avouer. Dans cette province du Baloutchistan, les étendues désertiques se prêtent à merveille aux infiltrations.

Quatre matelas à même le sol, dans une pièce en terre battue : c'est là que nous attendons le départ pendant deux jours. Pas question d'aller prendre l'air. Raisons de sécurité obligent mais surtout la chaleur atroce qui terrasse hommes et bêtes.

Le 16 septembre en fin d'après-midi, l'opération est décommandée in extremis. Un problème de véhicule, nous explique-t-on. Il faudra patienter pendant encore vingt-quatre heures dans ce trou à rat.

Un autre groupe de quatre hommes, des Afghans, attend dans la même maison. Ils se tiennent sur la réserve, parlant le pachtoun alors que la population locale s'exprime en persan. Leurs vêtements, leurs couvre-chefs sont différents de ceux des habitants de Shaman. Ils sont rasés, alors que tous les hommes ici se laissent pousser la barbe. J'apprends incidemment qu'il s'agit de déserteurs de l'armée afghane.

Ahmed Gaylani nous avait confié sous le sceau du secret, et sans entrer dans les détails, que quatre soldats afghans, des mécaniciens, feraient partie du voyage. Leur mission : ramener au Pakistan deux blindés de l'armée afghane tombés aux mains des moudjahidin de Kandahar. L'entreprise semblait irréalisable et pourtant nos quatre hommes étaient bien là, refusant d'ailleurs ostensiblement le moindre contact.

La journée du 17 serait-elle la bonne ? Rien ne semble l'indiquer, au cours des premières heures. Les abords de la maison sont aussi déserts que la veille. Notre principale distraction est l'écoute des programmes ondes courtes de la BBC car il est illusoire d'essayer de capter Radio France Internationale. La situation change brusquement peu avant le coucher du soleil. Quelques combattants paraissant nerveux, pressés, nous demandent de boucler rapidement nos sacs. A l'extérieur de la maison, une vingtaine d'entre eux, bardés de cartouchières, armés de fusils d'assaut soviétiques et de lance-roquettes antichars, s'affairent autour de deux camionnettes. Tout le monde s'entasse tant bien que mal à bord et les véhicules démarrent. Ils roulent en zigzaguant sur des pistes incertaines, font une halte dans un premier village, s'arrêtent un peu plus loin, repartent après un conciliabule entre le chef du groupe et des nomades et gagnent enfin un point de ralliement où attendent deux motos.

Sommes-nous déjà en territoire afghan ? Impossible d'avoir la moindre information. Hugues de Latude, notre guide-interprète, croit savoir que non. Les deux motos ont été envoyées en reconnaissance pour s'assurer que la voie est libre. Tout le monde descend de voiture car c'est l'heure de la prière. Nous restons longuement sur place, plus d'une heure. Les motos font plusieurs navettes : des villageois ont signalé la présence de blindés, dans la zone, un peu avant le coucher du soleil. Mais un ultime contrôle permet de lever les derniers doutes : la colonne soviétique a fait demi-tour en direction de Kandahar et regagne sa base.

Nouveau départ pour nos deux camionnettes qui roulent en code, précédées des motos. Notre véhicule, trop lourdement chargé, s'ensable une fois, deux fois. Il faut descendre, pousser au milieu des cris, des ordres, lancés à tort et à travers.

Les premières rafales nous surprennent dans une ligne droite entre deux dunes : tirs d'armes légères et de mitrailleuses, balles traçantes presque à ras du sol, quelques explosions d'obus de mortier, suivies de l'apparition dans le ciel d'une demi-douzaine de fusées éclairantes. Elles illuminent *a giorno.* Je suis déjà aplati, le nez dans le sable, m'efforçant à une immobilité totale, en pleine zone de lumière.

J'ai sauté par-dessus bord, alors que la camionnette faisait une embardée, dès le début de la fusillade, avant de disparaître. Personne d'autre n'a suivi.

M'ont-ils repéré ? Essaient-ils de m'atteindre ? Les balles sifflent et semblent ricocher sur les pierres. Par instants, entre les tirs, on perçoit nettement des voix. Peut-être s'agit-il de soldats afghans, ou de moudjahidin de l'escorte qui tentent de se regrouper. Ce doit être une belle pagaille dans notre petite troupe car la surprise a été totale. En tournant très légèrement la tête sur le côté droit, je découvre à un mètre une mitraillette abandonnée et je suis pris d'une peur panique. Il faut que je m'éloigne aussi vite que possible de cette arme compromettante. Si nos assaillants me découvraient ici, ils me colleraient immédiatement sur le dos l'étiquette de mercenaire au service de la rébellion.

Pourquoi une telle pensée me traverse-t-elle déjà l'esprit ? Je n'ai pourtant pas perdu l'espoir de rejoindre le reste du groupe ou, en tout cas, de me sauver vers le Pakistan. Nous avons roulé environ cinquante minutes sur un terrain légèrement accidenté, constitué de portions de sable et de caillasse. En outre, il y a eu plusieurs arrêts. La frontière ne devrait donc pas être à plus d'une trentaine de kilomètres. L'affaire de six heures de marche, tout au plus.

L'intensité des tirs baisse au bout de vingt minutes. Une à une, les fusées éclairantes disparaissent. Le noir revient mais la prudence s'impose en raison de la nouvelle lune qui jette un halo sur le paysage.

Je commence à respirer mais les cailloux qui parsèment le sol rendent la progression pénible, la douleur gagne rapidement les genoux et les cuisses. J'essaie d'aller un peu plus vite, d'abord en marchant à quatre pattes, puis en procédant par petits bonds. J'ai glissé les sangles de mon sac de voyage autour des épaules pour être plus à l'aise dans mes mouvements.

Une nouvelle rafale me plaque au sol. A trente mètres environ, une flamme jaillit, d'abord à peine perceptible, puis très vite le feu gagne, accompagné de petites explosions. Je distingue bientôt la silhouette d'une de nos deux camionnettes. Les flammes atteignent le réservoir d'essence puis les pneus. Bientôt, c'est un véritable brasier.

Il est hors de question que j'esquisse le moindre

mouvement, sous peine d'être repéré. Je me fige en maudissant les pneus dont la combustion est interminable.

La voie est de nouveau libre au bout de trente minutes. Les tirs ont pratiquement cessé et je n'entends plus les voix qui m'intriguaient au début de l'attaque. Je reprends ma progression par sauts successifs en contournant une éminence qui, me semble-t-il, me cache les lumières des villages pakistanais dans le lointain.

De l'autre côté, j'aperçois bien des lumières mais elles se déplacent. Serait-ce la route de Kandahar? Mais alors, comment expliquer une telle concentration de faisceaux lumineux, aussi tard dans la nuit, avec le couvre-feu? A moins que... Peut-être s'agit-il d'un convoi militaire.

J'observe intensément en ayant d'abord l'impression qu'il décrit un arc de cercle en s'éloignant. Mais ce n'est qu'une illusion car le ronronnement des moteurs devient perceptible et je distingue peu à peu les phares se déplaçant latéralement. Pas de doute, c'est une colonne motorisée. Elle ratisse le terrain à la recherche des rebelles tombés dans l'embuscade et me coupe toute possibilité de retraite vers le Pakistan. Il n'y a pas un arbre, pas un rocher, pas même un buisson derrière lequel me dissimuler. Le bruit sourd des moteurs devient maintenant un rugissement : ce ne sont pas des camions, pas des chars non plus : je ne perçois pas le bruit si caractéristique des chenilles.

Maintenant, c'est une certitude. Je vais être pris. Pourvu qu'ils ne tirent pas...

18 septembre

Dans la lumière incertaine de l'aube, les soldats se réveillent par petits groupes. La radio grésille. J'entends la voix du responsable des transmissions. Les hommes vont et viennent, frileux dans leur capote. A mon grand étonnement rien n'est prévu pour leur petit déjeuner, pas même une boisson chaude. Ils doivent se contenter de conserves et de l'eau des gourdes. Nos rouleaux de papier de toilette ont un succès fou et le partage donne lieu à des discussions animées. Même chose pour les brosses à dents et les savonnettes : elles ne font visiblement pas partie du paquetage du soldat soviétique, en tout cas lorsqu'il est en opérations.

Je suis très vite frappé par le spectacle de laisser-aller et même de débraillé que donne cette troupe. Les uniformes — chemises, pantalons kaki — sont sales, pleins de taches. Plusieurs soldats ont des cordelettes autour de la taille en guise de ceinture, les souliers bâillent faute de lacets. Ma montre est l'objet d'une convoitise évidente et il faut l'intervention d'un officier pour qu'on ne me la chaparde pas.

Il tente de m'expliquer que l'unité va regagner sa base, après deux jours passés dans le secteur. Deux jours ? Mais nous devions arriver, initialement, la veille de l'embuscade. Seul un contretemps avait provoqué notre retard de vingt-quatre heures. Est-ce à dire que les Russes étaient déjà là la veille ? L'officier confirme, avec un sourire.

C'était donc ça. Ils nous attendaient. L'hypothèse est d'autant plus vraisemblable que les Soviétiques n'aiment pas traîner à proximité de la frontière. Ils deviennent plus vulnérables à un coup de main des moudjahidin afghans qui n'ont aucune peine, ensuite, à se mettre à l'abri dans leurs « sanctuaires » pakistanais.

Je n'en saurai pas davantage. Dans le véhicule brûlé, les soldats récupèrent deux boîtiers carbonisés d'appareils-photos. Ils s'amusent ensuite à tirer quatre roquettes sur la carcasse calcinée. Le second véhicule, celui dans lequel nous nous trouvions, est remis sur ses roues et récupéré comme prise de guerre.

Je compte au total une centaine de soldats : ils se dispersent par petits groupes pour récupérer les armes abandonnées. Après quoi, la colonne de six voitures blindées se forme pour le retour à la base. Il n'est plus question de mon transfert à Kandahar par hélicoptère.

Sur la plate-forme et à l'intérieur du véhicule de tête où je me trouve, une quinzaine de commandos parachutistes sont assis. Il y a aussi un soldat afghan dont le rôle exact m'échappe : il interroge les paysans dans les rares villages traversés, indique la direction à suivre et, de temps en temps, va inspecter la piste lorsque l'officier responsable croit déceler quelque objet suspect. C'est que les résistants afghans sont passés maîtres dans l'art d'enfouir des mines antichars. Ils disposent de mines en plastique, de fabrication chinoise, qui font des ravages dans les convois soviétiques.

Les blindés passent légèrement à l'écart des villages qui paraissent à peu près vides. Parfois, quelques hommes sont restés en groupe sur un tertre et observent le passage des Russes. Quelques paras font un salut de la main en direction des paysans qui, pour la plupart, restent de marbre. Le cœur n'y est vraiment pas.

Après deux heures de route, nous arrivons à l'entrée d'une petite ville de garnison, Spinboldak. La colonne s'immobilise devant un fortin de l'armée afghane. Les quatre officiers soviétiques et leur interprète sautent à terre et me demandent de les accompagner. Un militaire afghan nous conduit dans une petite pièce équipée d'un lavabo avec de l'eau courante. Il y a même du savon et deux serviettes. Les Russes me traitent vraiment en invité. Je procède à une toilette sommaire pour ôter un peu du sable qui me colle à la peau, envahit mes cheveux et remplit mes vêtements.

Puis, tout le monde se retrouve dans le bureau du chef de poste afghan, mis au courant de l'embuscade de la nuit. On nous sert enfin du lait chaud et du pain frais. Les officiers afghans de la garnison arrivent les uns après les autres et me dévisagent avec une curiosité non feinte. L'un d'eux, très fier de ses quelques rudiments d'anglais, risque une question et commente largement ma réponse.

— Oui, c'est un étranger, un Français. Il était avec un groupe de bandits. Il dit qu'il est journaliste.

Mes vêtements afghans les intriguent au plus haut point. Entre Soviétiques et autochtones, la conversation est animée. Les circonstances de l'embuscade sont probablement commentées avec force détails.

Après une heure de pause petit déjeuner, les Soviétiques prennent congé de leurs hôtes et nous regagnons les automitrailleuses qui stationnaient à l'extérieur sous un soleil déjà brûlant. Simples soldats et sous-officiers n'ont pas quitté leurs véhicules pendant la halte. Quelques badauds et des marchands ambulants attendent autour du convoi mais les parachutistes n'achètent rien : ils ont très peu d'argent, en dehors des trois mille dollars dont ils m'ont délesté, et je crois comprendre que les appelés soviétiques servant en Afghanistan ne perçoivent même pas de solde. Alors ils chapardent. Je vais d'ailleurs pouvoir le vérifier pendant que les blindés roulent vers Kandahar. Les officiers afghans ont offert à leurs collègues un cageot de raisin, posé sur la plate-forme de notre véhicule. Prudemment, méthodiquement, les soldats grappillent à travers les lattes de bois, dès que l'officier tourne la tête. Il en surprend quand même un en flagrant délit et lui fait une remontrance sur un ton sévère. Ce qui n'empêche pas les autres de recommencer le pillage quelques minutes plus tard.

A trois reprises, pendant le voyage vers Kandahar, la colonne prend ses dispositions de combat, dans les passages jugés dangereux ou propices à une attaque surprise, par exemple lorsque les blindés roulent entre deux parois rocheuses. A chaque fois, c'est le même scénario. On me fait descendre à l'intérieur du véhicule, les écoutilles sont verrouillées et le mitrailleur prend position derrière son arme.

Quelques kilomètres avant Kandahar, une voiture militaire vient à notre rencontre. Je suis transféré à bord, où un officier supérieur assis près du chauffeur me dévisage sans la moindre sympathie. Je prends place à l'arrière en compagnie de l'un des tankistes qui commence son rapport. Les vitres latérales sont masquées par des petits rideaux. L'officier continue de m'observer puis me prend la main droite, regarde attentivement la paume, la retourne puis la rejette brutalement avec ce seul commentaire, dans un anglais approximatif :

— Ce n'est pas une main de journaliste !

La voiture se présente à l'entrée d'une énorme base. J'ai le temps d'apercevoir un alignement de camions et, me semble-t-il, des hélicoptères. Il y a des bâtiments à perte de vue. On ne me laisse pas le loisir de procéder à une revue de détail. Mon voisin reçoit l'ordre de me bander les yeux et le fait avec mon propre pull-over. La voiture roule pendant quelques minutes. Il fait très chaud et j'étouffe sous la laine. Enfin nous nous arrêtons. On m'aide à descendre et quelqu'un me dirige vers un bâtiment, puis nous marchons longuement dans un couloir. Sur mon passage, des gens s'esclaffent.

Une porte se referme, on m'ôte mon bandeau. Je suis dans un petit bureau en présence de cinq Soviétiques. Le téléphone sonne sans arrêt. Les cinq hommes m'observent pendant un très court instant, discutent entre eux, chassent deux soldats qui ont entrouvert la porte sans avoir frappé et la première question, en anglais, arrive brutalement :

— Alors, vous veniez faire votre sale travail d'espion ?

Je jette un coup d'œil à ma montre, il est 3 heures de l'après-midi ce mercredi 18 septembre. L'interrogatoire commence et ne prendra fin que le lendemain matin à 6 heures. Pendant quinze heures consécutives, assis sur une chaise, je devrai répondre pratiquement sans interruption à toutes sortes de questions, parfois saugrenues. A quoi correspond le numéro qui figure sur le montant de mes lunettes ? Et ma carte de Sécurité Sociale…

— Sécurité ? me fait observer un des officiers. Vous appartenez donc à un organisme de sécurité !

Tous nos sacs à dos sont apportés dans la pièce et chaque objet qui en sort fait l'objet d'une demande. A quoi ça sert ? A qui appartient-il ? Vous ne savez pas comment fonctionne cette caméra ? Vous ignorez le maniement de cette cellule ? Et vous vous prétendez journaliste !

Tout est noté sur un grand cahier. On extrait pêle-mêle les carnets de notes, les boîtes de pellicule film, les multiples câbles et micros de Georges, le preneur de son, la pharmacie, enfin.

Elle était placée sous la responsabilité de Jean-Louis, le caméraman. Il connaissait l'usage des cachets bleus, roses, jaunes protégés dans des sacs en plastique. En dehors de la Nivaquine, antipaludique, j'ignorais à peu près tout des médicaments que nous transportions. Ce qui met mes interlocuteurs dans une véritable fureur.

Mais le pire pour moi est la découverte de deux flacons portant la mention « poison » en lettres rouges.

— De quoi s'agit-il, monsieur Abouchar ? Et ne répondez pas que vous en ignorez l'usage.

— Si, je ne sais pas de quoi il s'agit.

— Et vous croyez que vous allez continuer à vous moquer de nous pendant longtemps ?

Un traducteur de français, officier lui aussi, se joint au groupe des cinq. Jeune, âgé de vingt-cinq ans environ, il s'exprime d'une façon un peu théâtrale. Dès le premier regard, je ressens envers lui la plus profonde antipathie, d'ailleurs partagée. Il a une idée fixe : j'appartiens à un mouvement néo-nazi, je le porte, dit-il, dans mes yeux injectés de sang. Ils sont en fait rougis par la fatigue et le manque de sommeil.

Le traducteur d'anglais a une autre obsession : il est convaincu que je comprends parfaitement le russe. Sans crier gare, il m'interpelle dans cette langue et croit déceler dans mon attitude une hésitation à répondre, avant que je me ressaisisse in extremis. C'est lui qui m'effraye le plus en me déclarant régulièrement :

— Vous finirez par parler et par dire toute la vérité. Nous ne sommes pas du tout pressés, nous avons tout notre temps.

Le chef du groupe veut savoir quel était le but de mon entrée illégale en Afghanistan. Eclats de rire et regards plein de mépris lorsque je mentionne notre projet de reportage à Kandahar, avec la Résistance. Reportage ? Résistance ? Ainsi, les journalistes français n'hésitent pas à violer des frontières, accompagnés de « bandits », de « terroristes », pour rendre compte de la réalité afghane ? Et quel genre de reportage ? Filmer les installations militaires soviétiques, organiser des actes de sabotage, entraîner la mort d'innocents pour les besoins de la propagande occidentale...

— Joli reportage en effet. En URSS cela porte un nom : c'est de l'espionnage criminel, monsieur Abouchar.

Trois officiers, chapeau de brousse sur la tête,

pénètrent dans la pièce. Tous les autres se lèvent pour les saluer alors que je demeure assis, ce qui a pour effet d'exaspérer le plus âgé, sans doute le plus gradé des arrivants. Il me bouscule, accompagnant son geste d'une grimace hostile. Une brève discussion générale s'engage autour d'une carte.

— Et cette valise ? me demande le traducteur de français.

— Quelle valise ?

Il pose sur la table une mallette de voyage à coque dure que j'avais remarquée avant notre départ du Pakistan. Un moudjahid la portait à la main et l'avait déposée dans notre camionnette. Je n'avais noté la présence de ce bagage que parce qu'il tranchait avec le reste du chargement, exclusivement composé de matériel de guerre.

J'ignore tout de cette valise et j'insiste sur ce point avant même l'ouverture, mais personne ne prête la moindre attention à mes propos. Les huit officiers semblent fascinés par ce qu'ils découvrent dans le bagage : des feuilles à en-tête d'organisations de Résistance, certaines couvertes de notes, des tampons, des tracts, un carnet de chèques de voyage, des photos d'identité de personnages barbus et enturbannés et surtout, surtout, un plan de bâtiments dessiné sur du papier millimétré, portant de nombreuses indications manuscrites avec des fléchages dans la marge.

Tout à coup, ma présence doit être jugée inopportune. On m'emmène dans un autre bureau, accompagné d'une sentinelle et de l'interprète d'anglais. Ce dernier demeure silencieux. Nous attendons ainsi pendant une bonne demi-heure lorsque le téléphone sonne. Je suis alors ramené à la salle d'interrogatoire où je retrouve les mêmes plus un civil, un blond à lunettes fumées, absorbé par la lecture des documents trouvés dans la valise. Il y passera d'ailleurs une partie de la nuit, pratiquement sans jamais lever la tête, malgré les allées et venues, les fréquentes sonneries du téléphone et les questions qui fusent sans discontinuer.

On me demande de décrire aussi soigneusement que possible l'homme qui portait la mallette. Son aspect physique, la couleur de ses vêtements, son âge approximatif. Correspondait-il à l'un de ces personnages figurant sur les photos d'identité ? Ces gens, précisément, faisaient-ils partie de notre groupe ?

Mes réponses restent évasives, approximatives : il m'est impossible de distinguer entre ces Afghans qui ont tous, plus ou moins, la même allure dans leurs vêtements amples, la tête protégée par un turban et le visage couvert de barbe.

On me présente, alors, le plan annoté et fléché comme étant celui de l'aéroport de Kandahar. Un plan préparé en prévision d'une action de commando. Je ne peux pas prétendre ignorer ce genre de projet, me fait-on observer. J'accompagnais un groupe armé, je savais quand même à quoi m'en tenir. Ces gens-là m'avaient bien informé des sabotages qu'ils préparaient. Affirmer le contraire serait grotesque et ne ferait qu'aggraver les soupçons pesant sur moi...

Je proteste en vain en répétant inlassablement qu'envoyé spécial de la télévision, je voulais enquêter à Kandahar sur l'opposition armée. Je soutiens que ma démarche, purement journalistique, est sans aucun rapport avec un travail de mercenaire ou de conseiller militaire.

Vite dit. Comment puis-je expliquer, dans ces

conditions, la présence d'une lettre à en-tête de l'organisation « Harakat » dans mes affaires personnelles ? Est-ce que je conteste avoir été porteur de ce document ? Je ne le conteste pas. Ai-je pris connaissance du contenu de cette lettre ? Non, on me l'a remise comme une lettre d'introduction destinée aux résistants de Kandahar. L'explication fait sourire les Soviétiques.

— Vous savez très bien ce qui est écrit, là, noir sur blanc. C'est un véritable appel au meurtre de la part des bandits, vos amis, contre nos forces.

Mes interlocuteurs n'insistent pas sur ce point. Il est 1 heure du matin. Les cinq investigateurs ne sont plus que deux. L'interrogatoire dure depuis dix heures. On m'apporte un plateau composé d'une assiette de bouillie de sarrazin avec de la saucisse, d'une compote et d'un verre de liquide vitaminé, sucré, au goût plutôt agréable. Je n'ai pas faim. Je me sens las, j'ai sommeil. J'avais peu dormi la nuit précédente sur la plate-forme du blindé, dans le désert. Je demande à aller aux toilettes. Refusé.

Avant le petit matın, une panne de courant nous plonge dans l'obscurité totale. Je reste seul en compagnie de l'interprète dє français. Il parle de cinéma, cite quelques noms de réalisateurs de lui connus, Carné, Clouzot, m'interroge sur les tendances du cinéma français d'aujourd'hui et n'attend même pas la réponse :

— Vous n'êtes qu'un petit bourgeois malfaisant.

Décidément, même en tête-à-tête la conversation tourne court. Dormir devient une obsession. Je m'étends sur un lit de camp installé là dans l'après-midi.

— Allez, debout, nous allons ailleurs.

La lumière est revenue. Je me suis assoupi pendant un court instant. Il est 3 heures du matin et l'interprète semble de très mauvaise humeur. Escortés par deux soldats en arme, nous quittons le bâtiment.

Dehors, il fait froid. On m'indique les latrines : je dois marcher lentement, me dit-on, suivi à trois mètres par les deux soldats. Une idée folle me paralyse : et s'il s'agissait d'un piège ? Si, sous prétexte de tentative d'évasion, les deux soldats me tiraient à bout portant ? Ils me font signe d'avancer avec un certain agacement. Je marche en me retournant furtivement. J'hésite. Ils renouvellent leur geste de la main.

Les toilettes sont des feuillées militaires sans porte, surplombant une fosse. L'odeur est insoutenable. Mes deux anges gardiens, nullement gênés, se plantent carrément devant moi et attendent. Ils n'échangent pas un mot. Pour le retour, même scénario, je les précède de trois mètres. L'interprète nous attend devant le bâtiment. Il me demande de le suivre et nous traversons ainsi une partie du camp, en silence. Il salue les sentinelles que nous croisons. Nous pénétrons dans une nouvelle bâtisse : au bout d'un couloir, il me fait entrer dans un bureau meublé avec une certaine recherche : une belle table éclairée par une lampe moderne, des fauteuils de cuir. Les rideaux sont tirés.

L'attente est longue. L'interprète donne des signes de fatigue. Enfin deux des cinq officiers de l'après-midi arrivent et l'interrogatoire reprend. On ressort les photos de barbus enturbannés, le plan de l'aéroport, la lettre de « Harakat ». Les mêmes questions reviennent sur un ton impersonnel et calme :

— Pourquoi ce voyage vers Kandahar ? Qui vous a

payé pour venir en Afghanistan ? Comment s'appelait le chef de votre escorte armée ?

Je me console en constatant que l'interprète dodeline de la tête. Il a du mal à suivre les conversations, s'énerve, me rabroue devant ses supérieurs. Enfin, à 6 heures du matin, on me reconduit dans le premier bureau où m'attend une tasse de lait chaud. Je suis autorisé à prendre un peu de repos sur le lit. Je m'endors très vite. Mon sommeil est ponctué d'appels téléphoniques, de bruits de portes qui s'ouvrent et se referment, du cliquetis d'une machine à écrire.

19 septembre, base soviétique de Kandahar

A mon réveil, deux heures plus tard, un officier finit de taper le procès-verbal de mes déclarations. Il s'agit d'une synthèse dont on me donne connaissance par l'intermédiaire de l'interprète. Les commentaires qui accompagnent le texte sont accablants : je me suis rendu coupable d'activités criminelles, selon la législation soviétique. Je signe les cinq exemplaires ainsi que la liste détaillée, article par article, de tous les objets contenus dans nos sacs à dos.

Cette formalité accomplie, on m'annonce que je vais être transféré par avion à Kaboul. Deux officiers et l'interprète m'accompagnent à l'aéroport dans une voiture à petits rideaux, mais contrairement à la veille on m'épargne l'épreuve des yeux bandés.

Une certaine animation règne sur la piste, où ne stationnent que des avions militaires. Nous devons subir plusieurs contrôles, franchir trois barrages avant que notre voiture s'immobilise en bordure de la piste. Un groupe de passagers soviétiques, la plupart en civil, montent à bord d'un quadrimoteur : sans doute des permissionnaires qui rentrent à Moscou. Ils ont l'air joyeux, sont chargés de paquets et de cartons. Certains portent des transistors-lecteurs de cassettes de fabrication japonaise.

Notre appareil, un bimoteur, arrive enfin. Avant que je descende de voiture, un homme s'approche et commence à me poser des questions dans un excellent français. La cinquantaine, chauve, rondouillard, il note mes réponses. L'entretien dure quelques minutes seulement. Il ne se présente pas et me quitte sur une moue éloquente. Pour tout commentaire il me dit :

— Vous êtes dans de sales draps...

Je ne saurai jamais qui est ce mystérieux personnage.

Nous ne sommes que trois à prendre place dans l'avion. Mes deux accompagnateurs sont des officiers qui m'ont « cuisiné » depuis hier soir. Pendant le vol, leur comportement change radicalement. Ils sont pleins d'égards, me proposent sans arrêt des cigarettes, s'assurent que je suis installé confortablement. Les trois membres d'équipage sont armés de revolvers qui leur battent la cuisse à la manière des cow-boys. Un portrait de Tchernenko fait face à celui de Lénine dans la cabine-bureau.

Qu'est-ce qui m'attend à Kaboul ? Mes compagnons de voyage m'expliquent, tant bien que mal, que c'est leur première mission dans la capitale afghane. Ils en sont tout excités et échangent des plaisanteries en se tordant de rire. Cette bonne humeur contraste avec la mine de circonstance qu'ils affichent lorsqu'un des aviateurs vient aux nouvelles. Probablement, expliquent-ils alors gravement, qu'ils convoient un dangereux individu, un redoutable agent de la subversion. C'est d'ailleurs dans une voiture blindée que je fais mon entrée dans la ville de Kaboul. On m'a installé à l'intérieur avec une dizaine de soldats armés, toutes écoutilles fermées.

Nous faisons plusieurs haltes, sans que je puisse comprendre ce qui se passe. Les soldats sautent à terre à chaque arrêt, alors que je suis contraint de rester à bord.

Enfin l'automitrailleuse arrive dans un camp où l'on m'autorise à descendre. Encadré par les militaires, je suis conduit dans un immense mess vide. Des serveuses russes apportent à manger en s'enquérant de l'identité de ce personnage mal rasé, vêtu du pantalon et de la chemise afghans, les pieds nus dans des sandales.

Après le repas, changement d'équipage et me voilà de nouveau dans une voiture avec des petits rideaux aux fenêtres. A ma grande surprise, nous revenons vers l'aéroport. La voiture longe les pistes encombrées par des appareils de tous modèles : avions d'observation Antonov, chasseurs, chasseurs-bombardiers, hélicoptères d'assaut équipés de mitrailleuses et de lance-roquettes. Des camions-citernes circulent entre les avions. Les pistes sont entourées d'un double réseau de barbelés, surmontés de miradors.

Que signifie cet étrange voyage ? Tout le monde garde le silence dans la voiture, les deux accompagnateurs de Kandahar qui m'encadrent à l'arrière et, sur le siège avant, le chauffeur en tenue civile et un soldat armé. Le véhicule s'arrête devant un vaste filet de camouflage, un peu à l'écart des pistes.

L'endroit est sinistre. Une peur atroce m'envahit tout à coup. Aussi forte, aussi violente que l'avant-veille dans le désert, à l'approche des blindés. J'ai le pressentiment que l'on va me livrer à des professionnels de l'interrogatoire, peut-être des tortionnaires. En tout cas des gens d'une autre trempe que les officiers paras de Kandahar.

Le filet s'écarte, une porte s'ouvre et je ne vois d'abord que deux chiens policiers, attachés et silencieux. Un peu plus loin, des gardes armés demeurent immobiles en me regardant. Deux bungalows, toutes fenêtres fermées, complètent le décor. Ce qui n'était qu'intuition devient une certitude : on va tenter ici de m'extorquer les aveux que je n'ai pas faits à Kandahar. Je pourrai toujours crier, hurler même, personne n'entendra rien dans ce lieu retiré, hors de portée des oreilles ou des regards indiscrets.

Le cœur battant, je gravis trois marches et pénètre dans le premier bungalow. La tension, presque insupportable, retombe très vite. Est-ce la vision du récepteur de télévision qui trône dans un coin de la pièce, du lit, de la table encombrée de livres, des deux téléphones, du fauteuil à cretonne ? La porte se referme et on me laisse seul. Il y a un coin-cuisine, une minuscule salle à manger et un cabinet de toilette malodorant et sale. Décidément, rien dans cet intérieur petit-bourgeois n'annonce une salle de supplice.

Terrassé par l'émotion et la fatigue, je m'endors presque aussitôt dans le fauteuil. Pas pour très longtemps. Un trio fait son entrée. Le personnage important du groupe est un colosse d'un mètre quatre-vingt-dix, brun, des yeux bleus, qui se plante en face de moi et se lance dans un long monologue en russe. Il est vêtu d'un uniforme bien coupé et porte sur ses épaulettes des insignes qui ne laissent planer aucun doute. C'est un officier de haut rang, colonel ou général. L'attitude déférente des deux autres achève de me convaincre.

L'un des deux, lui aussi en uniforme, s'installe à la table et ouvre un cahier. Le troisième, un civil, n'est autre que mon chauffeur de tout à l'heure.

Dans un français un peu laborieux, mais tout à fait acceptable, il se présente et m'explique ce que l'on attend de moi.

— J'accompagne mon chef qui a des questions à vous poser. Il va essayer de vous aider, si vous lui dites la vérité.

Quelle vérité souhaite-t-il entendre, ce chef dont j'ignore le grade, la qualité, le nom ? Sur un ton très sec, il donne des instructions à son secrétaire qui commence à écrire avec fébrilité. Le malheureux ne lèvera pas le nez de son cahier pendant les six heures que durera l'interrogatoire.

Et quel interrogatoire ! Le colosse se cale dans une chaise, en face de moi, les mains sur les cuisses. Il porte plusieurs bagues aux doigts et les roule avec le pouce. Il plante ses yeux bleus dans les miens, m'observe pendant un moment en silence, en détaillant mes vêtements. Le traducteur se tient très raide sur sa chaise. L'officier se ravise, comme s'il avait oublié quelque chose. Il appelle un soldat qui disparaît puis revient avec une bouteille et deux verres. Satisfait, le général remplit les verres et m'en tend un en disant quelque chose comme :

— Cognac grouzier !

— C'est du cognac géorgien que vous offre mon chef, m'indique le traducteur.

J'en bois une petite gorgée, prudemment, alors que mon vis-à-vis vide son verre d'un trait. Le colosse, content de l'effet produit, lance ses premières questions et donne le signal de la traduction d'un mouvement du menton. Le programme est simple : il veut tout savoir de mes activités dans les services de renseignements français, le type de missions que je remplis, les noms de mes supérieurs hiérarchiques, le but de mon expédition afghane. Le tout demandé avec une certaine jovialité, comme s'il s'agissait d'une conversation de salon.

Au traducteur, impassible, j'explique que l'entretien risque de tourner court, que le général sera probablement déçu par mon ignorance totale du monde des agents secrets.

J'enchaîne ensuite sur les événements qui se sont succédé depuis l'arrivée de l'équipe d'Antenne 2 au Pakistan, le 16 août. Après tout, il y a, me semble-t-il, matière à intéresser un spécialiste de la Sécurité. Nous avons passé pas moins de trois semaines avec un groupe de résistants afghans qui accompagnaient un convoi d'armes en direction de la ville de Hérat. Il s'agissait du plus gros convoi, depuis deux ans, dans cette zone proche de la frontière iranienne : deux camions bourrés d'armes chinoises de tous calibres : mitrailleuses antiaériennes, canons sans recul, mortiers de 82 mm, mines antichars, fusils d'assaut, le tout complété par d'innombrables caisses de munitions. Je m'étends d'autant plus complaisamment, dans mon compte rendu au général, que ses collègues de Kandahar avaient saisi mes carnets de notes. Tout y était consigné en détail.

Le secrétaire noircit des pages entières de son cahier. L'officier opine de la tête en jouant avec ses bagues, remplit nos deux verres et dit simplement, dans un soupir :

— Koncret, koncret, gospodin Jacques.

Ce qui pourrait se traduire par : « Du concret, monsieur Jacques. »

Il réclame du concret, alors que je m'évertue à lui raconter minutieusement une histoire de transport d'armes. J'espère frapper un grand coup en lui révélant l'enterrement de ces armes par les moudjahidin.

Les caisses de munitions, les canons, le reste des équipements ont été enfouis dans de grands trous et recouverts de feuilles de plastique et de draps, puis camouflés sous du sable et des blocs de pierre. Ce véritable trésor de guerre se trouve au fin fond du Baloutchistan, quelque part à la jonction des frontières du Pakistan, de l'Iran et de l'Afghanistan. L'endroit, Rabath, abrite de nombreux camps de transit de la Résistance. Les Soviétiques n'ignorent probablement rien de ces installations mais, trop voisines de la frontière, elles constituent de véritables sanctuaires. Quoi qu'il en soit, toutes les précisions que je lui fournis devraient piquer la curiosité du général.

— Koncret, gospodin Jacques !

Son commentaire me fait l'effet d'une douche glacée. Les petits verres d'alcool se succèdent. Le breuvage géorgien finit de me terrasser. Après tout, j'attaque ma troisième nuit blanche. Je me sens comme un somnambule, je titube. Je prie pour que le général se calme. Au contraire, il repart de plus belle et hausse le ton.

Alors, j'entame le troisième volet de la saga sur le transport d'armes. J'explique que nos deux camions ont roulé pendant 700 kilomètres en territoire pakistanais et franchi, sans problème, une bonne dizaine de « check-posts », les barrages militaires. Or les camions n'ont subi aucun contrôle de chargement. A chaque vérification, le chef du convoi exhibait un ordre de mission et la barrière s'ouvrait.

Cette fois, il devrait être comblé, le général. Il tient une preuve tangible du double jeu pakistanais, qui consiste à fermer les yeux sur les infiltrations des moudjahidin, tout en protestant de la neutralité du Pakistan dans le conflit.

Décidément, c'est le bide. Mes histoires de transport d'armes le laissent de marbre. Revient le leitmotiv du « Koncret, gospodin Jacques », suivi d'une question lumineuse dans sa simplicité :

— Que savez-vous de l'organigramme de la CIA en France et des rapports entre agents américains et services secrets français ?

Nous voilà bien loin du Pakistan, des moudjahidin, des reportages, d'Antenne 2. L'organigramme de la CIA... Le général ne doute vraiment de rien. Je repars dans mes explications, je reprends tout à zéro, l'arrivée à Karachi, les contacts, les filières, les camions, les armes enterrées. L'officier ne se démonte pas et, lui aussi, en redemande sur les réseaux français, la CIA, les services de renseignements. Un vrai tir croisé qui nous conduit tout droit à l'impasse.

Je suis dans un état proche de l'épuisement. L'alcool géorgien aidant, je vois double et je me bats maintenant contre deux généraux assistés de deux interprètes et de deux scribes. C'en est trop, je joue mon va-tout :

— Gospodin général, Jacques kapout...

Les deux interprètes ne savent pas quoi traduire ; les deux secrétaires en sont interloqués, le stylo en l'air. Quant aux généraux, ils éclatent d'un rire énorme, ils sont hilares.

Je vais me passer un peu d'eau sur le visage dans le

cabinet de toilette. J'ignore encore que l'épreuve est terminée : elle n'a pas duré moins de six heures. Il est près de minuit et je m'interroge sur la suite des événements. Le général ordonne une lecture des notes au secrétaire. Deux soldats s'affairent autour d'une table. Ils dressent les nappes, posent assiettes et couverts et apportent de la charcuterie et du fromage. Nous soupons comme un groupe d'amis rentrant du spectacle. Adieu moudjahidin, CIA, Pakistan... Le général donne le signal des toasts à l'amitié éternelle entre la France et l'Union soviétique.

Le redoutable cognac géorgien est toujours là. J'essaie de forcer sur l'eau minérale gazeuse. Le général se révèle être un orfèvre en matière d'« Histoire » contemporaine Ainsi m'explique-t-il avec passion la camaraderie d'armes de Staline avec Charles de Gaulle, le rôle éminent joué par le petit père des peuples, après la guerre, pour déjouer les coups bas des Anglo-Américains et rétablir la France dans son rôle de grande Puissance. Suit une véritable apologie de Staline avec ses mérites innombrables, son charisme, ses qualités de stratège. Discours surprenant de la part d'un officier soviétique de haut rang, trente et un ans après la mort du despote.

A la suite de cette évocation édifiante, le moment me paraît judicieux pour poser, à mon tour, une question sans doute terre-à-terre mais qui me paraît du plus haut intérêt dans ma situation : l'ambassade de France à Kaboul est-elle prévenue de mon arrestation ?

Le général rit à gorge déployée, me tape sur l'épaule et donne le signal de la retraite. Les soldats desservent la table. Une sentinelle s'installe pour la nuit dans le fauteuil et je m'effondre tout habillé sur le lit. Cette nuit-là, dans mes rêves, l'amitié franco-soviétique prend une tournure surréaliste : Staline préside le défilé du 14 juillet à Paris et de Gaulle, assisté de mon bourreau étoilé de Kaboul, organise la défense de Stalingrad, face à l'armée allemande…

20 septembre, aéroport militaire de Kaboul

Je suis réveillé par le bruit ininterrompu des décollages et atterrissages d'avions, à l'aéroport tout proche. Il m'est impossible d'imaginer le résultat de la soirée d'hier. Le général n'a rien appris de plus que ses collègues de Kandahar. Pense-t-il toujours avoir mis la main sur un dangereux « James Bond » français ? J'ai tout fait pour l'en dissuader. A quoi correspondait son manège, avec cet interrogatoire interminable ? Et ce souper interrompu sur ma question demeurée sans réponse ?

Il est capital que l'ambassade de France sache où me localiser, qu'elle soit informée de mon arrestation par les Soviétiques et de mon transfert à Kaboul.

Un nouveau trio pénètre dans le bungalow : deux officiers russes et un civil qui se présente comme interprète d'anglais. Je demande des nouvelles du général, sans succès. C'est comme si j'évoquais un fantôme. Le plus âgé des officiers, un homme aux cheveux grisonnants et au visage couvert de boutons, me pose des questions, les mêmes que la veille : nom, âge, qualité, fonction dans les services secrets, nature de ma mission en Afghanistan. Il n'insiste guère et me tient bientôt un long discours idéologique sur les méfaits des « ogres de l'impérialisme », sur la présence en Afghanistan des « mercenaires » et des conseillers militaires américains, pakistanais, iraniens. Sans transition, il m'interroge sur mon état de santé et me demande si je souhaite recevoir la visite d'un médecin. Je réponds par l'affirmative.

Il m'indique également que je serai remis dans la journée aux autorités afghanes. Mais oui, bien sûr, ils existent ces Afghans que j'ai oubliés depuis trois jours. Trois jours qui m'ont permis de prendre la mesure des Russes. Le pire a été évité et je me considère maintenant comme étant sous leur protection.

Je le fais d'ailleurs observer au boutonneux : ces Afghans, je ne sais rien d'eux, ils risquent de se comporter comme des brutes :

— Après tout, c'est vous, les Soviétiques, qui m'avez fait prisonnier !

Puis j'enchaîne sur la question de l'ambassade de France. La réponse me laisse sans illusions : il revient aux Afghans d'aviser mon ambassade. Certes les paras soviétiques m'ont capturé mais je me trouvais sur le territoire d'un pays souverain.

— Comme vous, conclut le boutonneux, nous sommes les hôtes (sic) de l'Afghanistan.

Tout est dit. Sortie du trio. Mon dernier interlocuteur soviétique sera l'un de mes deux accompagnateurs de Kandahar. Il entre dans le bungalow et me demande de préparer mes affaires, qui se résument à un chandail. Tout le reste a été confisqué. On m'a bien laissé une paire de lunettes, mais je trouve le moyen de les oublier sur la table, en quittant la pièce.

De nouveau, je suis la proie d'une énorme frayeur.

La prison afghane, la police afghane, ce doit être l'horreur. A l'extérieur du bungalow, mon sang se glace : un groupe d'inspecteurs afghans en civil attendent près de deux voitures. Un véhicule militaire, portière arrière grande ouverte, est arrêté à quelques mètres. En bas de l'escalier, deux soldats de l'armée afghane, portant leur Kalashnikov, me font signe de monter dans la voiture où ils s'installent. A l'avant, un officier assis près du chauffeur échange quelques mots avec un inspecteur. Les trois voitures démarrent et traversent Kaboul à grande vitesse.

Il y a de l'animation dans les rues du centre de la ville. Beaucoup de promeneurs sur les trottoirs. Les couleurs sont magnifiques en cette fin d'après-midi automnale : le feuillage des arbres oscille entre des teintes rouille et brun cuivré que je contemple avidement, sans doute parce que les minutes de liberté me sont comptées. Tout à l'heure, je serai de nouveau enfermé entre quatre murs.

En plein centre de Kaboul, la voiture pénètre sous un porche gardé par des miliciens en civil, armés jusqu'aux dents, et des soldats.

On me fait descendre au milieu d'une cour. Un groupe de militaires s'approche. Je remarque un rouquin qui semble être le chef. Le chef ? Plutôt l'expert étranger — soviétique ou est-allemand — ès interrogatoires. Mais oui, bien sûr, je me trouve face à mon futur tortionnaire. L'homme est très mince et je crois déceler un sourire à peine esquissé sur le visage. Mains dans les poches, il me détaille et enchaîne par un inattendu :

— Bonjour monsieur, comment ça va ?

Troublé, ému de me trouver dans cet endroit

lugubre, je bredouille une vague réponse. Il me conduit à son bureau et se présente. Il est, en fait, le directeur de ce centre pénitentiaire. Je le baptise d'emblée « Poil de Carotte ». C'est un authentique Afghan, ancien élève du lycée français de Kaboul. Poil de Carotte supervise la partie « hôtelière » de la prison et il est responsable de la discipline dans les cellules. Spécialité maison, les interrogatoires ne dépendent pas de lui. Ils sont conduits par les agents de la Sécurité d'Etat, autrement dit la police secrète. Le centre est connu sous le nom de Sidorat : la seule évocation de ce lieu, véritable usine à tortures, donne des frissons aux Afghans.

Pour l'instant, Poil de Carotte me fait changer de tenue. Je passe l'uniforme des prisonniers : pantalon bouffant serré aux chevilles, chemise ras du cou à manches mi-longues. De la cotonnade à rayures verticales vertes, jaunes et noires. Le boîtier de ma montre et le bracelet sont soigneusement inspectés, de même que mes sandales dont on vérifie semelles et talons. Les militaires présents dans le bureau me regardent avec curiosité. Je saurai bientôt que je suis le seul Européen parmi les 700 personnes internées à Sidorat.

Poil de Carotte m'explique brièvement le règlement. Il est interdit de parler aux détenus des autres cellules, interdit de tourner la tête à gauche et à droite, on regarde toujours droit devant soi. A l'arrêt, le détenu doit avoir les mains derrière le dos et se tourner face contre le mur jusqu'au moment où il reçoit l'ordre de reprendre sa marche. Il précède toujours le gardien au cours de ses déplacements entre la cellule et le centre d'interrogatoires proprement dit.

— Vous devez obéir, sinon il y aura des problèmes,

ajoute Poil de Carotte sans élever le ton. Il désigne alors un soldat pour me conduire à ma cellule.

Sidorat se divise en deux parties distinctes. D'un côté les cellules, une centaine, sont regroupées dans la partie fermée de l'établissement. Ce monde-là — détenus et gardiens — vit dans un huis clos total. Le bureau de Poil de Carotte et une seconde pièce, réservée à l'administration, sont situés en dehors du périmètre fermé. Un peu plus loin, un bâtiment à un étage : le centre d'interrogatoires. Chaque policier y dispose d'un bureau. C'est là que les détenus, extraits de leurs cellules, sont conduits régulièrement pour répondre aux questions des policiers. Ce bâtiment est séparé par un mur mitoyen du centre réservé aux femmes. Elles sont trois cents, encadrées, questionnées, gardées par un personnel essentiellement féminin.

En quittant le bureau de Poil de Carotte, avant de pénétrer dans la zone fermée, le soldat qui m'accompagne appuie sur une sonnette. Il prévient ainsi les autres gardiens de son arrivée avec un détenu. Les prisonniers qui se trouvent à l'extérieur se tournent aussitôt face contre mur. C'est ma première vision de Sidorat : des hommes en pantalons et chemises rayés, le crâne rasé, certains accroupis, tournant le dos à l'allée qui traverse la cour.

Les cellules sont réparties sur deux niveaux : rez-de-chaussée et premier étage. Des soldats déposent des gamelles pleines de riz devant chaque cellule avant de pousser le loquet de la porte. Un détenu, les yeux baissés, se saisit de la gamelle et la porte est aussitôt refermée.

Sans un mot, mon gardien me fait signe de le suivre

au premier étage. Les toilettes encadrent l'escalier : deux de chaque côté des marches. Une véritable puanteur s'en dégage. J'ai le temps d'apercevoir un lavabo avec un robinet près des latrines.

Au premier étage, dans le couloir que j'emprunte, dix cellules se suivent. A chaque extrémité, un soldat est assis sur une chaise. L'un d'eux déguste un verre de thé et me sourit. Il est très jeune, comme la plupart des militaires de Sidorat. Sans doute un appelé. J'apprendrai plus tard que tous les soldats affectés à ce centre militent au parti communiste afghan.

On ouvre la porte de ma cellule, la numéro 3, et je découvre l'univers qui va être le mien pendant une durée indéterminée de semaines, de mois ou peut-être même d'années. La pièce mesure trois mètres sur quatre. Il y a cinq matelas par terre avec des couvertures marron. Il règne dans la cellule une odeur de tabac froid, de sueur. Elle a été vidée de ses occupants peu de temps avant mon arrivée.

Avant de refermer la porte, le soldat me fait comprendre par gestes que je peux m'étendre. Dans un coin de la cellule, un pot et un seau en plastique. Le sol en béton est recouvert d'un tapis élimé et taché. Je choisis le matelas au fond, face à la porte. Il est surmonté d'un soupirail de 60 cm sur 30 à une hauteur de deux mètres. Mon horizon se borne à la cime d'un tilleul et à un coin de ciel.

Au mur, une affichette de propagande représente un mollah barbu, à genoux devant l'Oncle Sam, portant deux sacs de pièces d'or. Il faudra que je me fasse traduire la légende.

Je n'ai guère le temps de pousser plus loin mes réflexions. On vient déjà me chercher. Je suis le même trajet que tout à l'heure dans le sens inverse. Je passe devant le bureau de Poil de Carotte où m'attendent deux hommes. Nous nous rendons au centre d'interrogatoires, montons au premier étage, suivons un couloir. Le plus petit des deux ouvre une porte fermée à clé. Nous pénétrons dans une pièce de 10 mètres carrés, munie d'une fenêtre protégée par des barreaux et un grillage. Il y a un bureau métallique, trois chaises et, dans un coin, un lit de camp. Au mur, une affiche représente Babrak Karmal en compagnie de Leonid Brejnev, une autre le montre présidant un défilé populaire avec drapeaux et banderoles. Une carte de l'Afghanistan couvre un panneau.

Les deux hommes m'observent. Le plus grand joue avec son chapelet, assis sur le lit. Ils échangent quelques mots en persan et le plus grand me demande, en anglais, si je désire du thé. Ils appartiennent tous les deux à la police secrète. Le plus grand est le patron du centre d'interrogatoires. Il m'indique que les « camarades » soviétiques ont été très peu satisfaits de mon attitude. Surtout, il m'explique sa règle du jeu. Je vais être interrogé « pendant un certain temps ». La durée sera fonction de mes déclarations. Il y en aura, en tout cas, pour plusieurs semaines.

Je marque ma surprise :

— Vous voulez remonter jusqu'au Christ ? Vous savez, j'aurai peu de chose à raconter...

Il me rétorque qu'ils ont énormément de questions à me poser.

— Nous voulons tout savoir de vous, dans les moindres détails. Et pour commencer vous allez rédiger votre biographie complète.

— Quel genre de biographie ?

— Tout ce qui vous est arrivé depuis le jour de votre naissance jusqu'au soir de votre capture il y a soixante-douze heures. Vous préciserez les écoles fréquentées, les pays où vous avez voyagé et, bien entendu, tous les reportages que vous avez effectués, puisque vous vous prétendez journaliste.

Le chef m'explique encore que mes activités « criminelles » d'espion pourraient me valoir une peine de prison très lourde, au minimum quinze ans, ou même une condamnation à mort.

— Mais ne prenez pas ceci au tragique. Vous êtes marié ?

— Oui.

— Des enfants ?

— Oui, deux.

— Alors, selon notre code, en tout état de cause vous ne serez pas exécuté. En Afghanistan, on épargne les pères de famille.

Et d'ajouter que tout se jouera, avant le procès, dans cette pièce. Si je suis « coopératif », si je dis la vérité, me répète-t-il, le pire sera évité car, à l'en croire, c'est la police secrète qui mène le bal. Et les juges, alors ? Ce sont de simples figurants, des fantoches !

Le chef n'apprécie guère ce genre de remarques. Il me fait observer qu'à Sidorat je ne suis pas un journaliste mais un accusé et qu'à l'avenir je devrai m'abstenir de poser des questions auxquelles il ne saurait d'ailleurs pas répondre.

Il me tend une feuille à en-tête pour la biographie. Je suis prié de laisser une marge, d'éviter autant que possible les ratures et surtout de ne pas déchirer une feuille dont je souhaiterais modifier le contenu.

Enfin, dernier point, je dois rédiger en anglais, faute de traducteur de français disponible.

Le chef me laisse en compagnie du deuxième homme qui — je ne le sais pas encore — va être mon investigateur, bourreau, gourou, assistante sociale, pendant un mois. Un dur, un communiste intraitable, haineux à l'égard de la Résistance, méfiant, rusé. Avant moi, il avait « traité » le docteur Philippe Augoyard. Il ne parle aucune langue étrangère. Nous aurons donc toujours recours aux services d'un interprète, en anglais pendant la plus grande partie des interrogatoires, puis en français dans les derniers jours.

Ce soir, nous sommes seuls et je commence ma biographie : « Je suis né à Paris le 1er février 1931... » L'exercice est interrompu tard dans la soirée et je suis reconduit à ma cellule. Le dîner — un plat de riz et du thé — m'a été servi dans le bureau du policier.

Je ne trouve pas le sommeil. La puissante ampoule qui éclaire violemment la pièce m'empêche de dormir. Le matelas et les couvertures sentent mauvais, je crains d'attraper des puces ou des poux. Surtout, je me sens sale : depuis mon arrestation, le 17 au soir, je n'ai pas pu me laver avec du savon, me brosser les dents ou me raser.

21 septembre,
centre d'interrogatoires « Sidorat »

Je suis réveillé par le bruit du loquet. Un soldat pose un morceau de pain sur le matelas, verse une cuillerée de sucre en poudre dans un verre et ressort. Une demi-heure plus tard, il repasse pour le thé.

A 6 heures du matin, il m'ouvre pour la toilette. Me laver avec quoi ? Je n'ai rien, pas même une serviette pour me sécher et je grelotte de froid. La vue de l'unique lavabo crasseux, ébréché, et l'odeur qui empeste aux abords des latrines me donnent la nausée. J'essaie d'uriner et je suis pris de vomissements. Le gardien me reconduit aussitôt dans la cellule.

Je m'effondre sur le matelas. Il fait jour et pourtant la lumière reste allumée. Vers 7 heures le ronronnement des moteurs d'avions se fait entendre. Par le soupirail j'aperçois un vol d'hélicoptères. Il en sera ainsi pendant les 30 jours que je passerai à Sidorat. Avions de transport, chasseurs-bombardiers, hélicoptères de combat se succèdent toute la journée dans le ciel de Kaboul. La nuit, à partir de 10 heures et jusqu'au petit matin, les rues de la ville sont parcourues par des patrouilles de blindés. Toutes les heures, environ, on les entend passer devant la prison.

On vient me chercher. Le soldat m'appelle « Mister » en me faisant signe de sortir. Près des latrines, c'est la grande foule, il y a une bonne dizaine de détenus agglutinés autour du lavabo ébréché. Les gardiens crient pour faire accélérer le mouvement. Je suis pris d'une nouvelle nausée en passant devant les toilettes.

Le policier attend dans son bureau en compagnie de l'interprète et du chef. Celui-ci s'enquiert de mon installation. Je soumets mes premières demandes : savon, dentifrice, brosse à dents, serviette. Je voudrais également me raser, j'ai une barbe de quatre jours.

— Hafez s'occupera de ce genre de choses, me dit-il simplement.

Hafez est donc le nom de mon enquêteur. J'aimerais également savoir si l'ambassade de France est enfin prévenue de ma détention. Le chef hésite et répond par la bande que la BBC a annoncé l'embuscade tendue par les Soviétiques.

Je complète ma biographie qui tiendra en vingt-trois feuillets manuscrits. Par mesure de précaution, je préfère passer sous silence un certain nombre de reportages effectués notamment en Pologne où j'avais pénétré deux fois avec de simples visas de tourisme, en Ethiopie, régime communiste, où j'avais rejoint clandestinement les rebelles érythréens, dans l'Iran de Khomeiny, détesté par les communistes afghans. Mais je ne me souviens plus précisément quels visas figurent dans celui de mes deux passeports que j'ai emporté. Advienne que pourra. Retour à la cellule en fin de matinée pour le repas de midi. L'ordinaire à Sidorat ne souffre aucune fantaisie. Le matin, donc, du thé avec un morceau de pain. A midi, un plat de riz avec parfois un petit morceau de viande, le tout arrosé d'une sauce dont l'odeur m'est insupportable. Le soir, une soupe grasse dans laquelle on trempe du pain.

Dès le premier jour, je décide de refuser cette nourriture. Non qu'elle ne me convienne pas vraiment ou qu'elle soit immangeable. Mais je veux obliger Poil de Carotte et les autorités de la prison à m'accorder un statut privilégié pour bien me singulariser. Ainsi je réclamerai une nourriture différente. De plus, je n'ai aucun appétit bien que n'ayant pratiquement rien absorbé depuis mon souper, l'avant-veille, avec le « roi » du cognac géorgien.

On frappe à petits coups contre le mur, depuis la cellule voisine, avec insistance. Je m'abstiens de répondre. Peut-être s'agit-il d'une ruse des policiers. De toute façon, j'ignore les codes en usage dans la prison.

Tôt dans l'après-midi, je suis ramené dans le bureau de Hafez. Pendant plusieurs heures, l'interprète traduit en persan et transcrit les éléments de ma biographie. Tout notre matériel contenu dans les sacs à dos, les carnets de notes, la pharmacie, sont disposés dans le bureau. Autant de pièces à conviction pour les enquêteurs afghans.

Je demande à récupérer au moins quelques objets de toilette, ce qui m'est refusé.

Avant de regagner la cellule, on m'emmène auprès d'un des médecins de la prison. Il ne parle que persan, ce qui ne facilite pas les choses. Qu'à cela ne tienne.

Malgré l'insistance des soldats, je repousse la soupe du soir. Il me serait vraiment difficile d'avaler ce liquide gras et nauséabond. Les premières heures à Sidorat sont vraiment éprouvantes. Je suis pris d'une nouvelle crise de vomissements à la toilette du soir. Les odeurs et la vue de cette saleté ambiante me sont insupportables. Les soldats rigolent devant mes réactions. Rentré à la cellule, il me faut de longues minutes pour récupérer.

Que faire dans la cellule où je suis seul ? L'unique objet que je possède est un verre à thé. J'observe les murs couverts de graffiti en persan. Je suppose qu'il en est de même dans beaucoup de prisons. Quelqu'un a gratté dans le ciment un « Allah Akbar » en anglais avec la date de 1980.

Les patrouilles de blindés circulent dans Kaboul. Est-ce le manque de sommeil, la fatigue, l'isolement, l'affaiblissement général de mon organisme ? Je souffre de violents maux de tête accompagnés de battements dans les tempes. Il faut absolument que je parvienne à m'endormir malgré cette maudite ampoule au plafond.

22 septembre

Je me sens secoué avec vigueur. Le soldat me fait signe de me lever. Il est 1 heure du matin. En traversant la cour, je constate qu'elle est violemment illuminée par des projecteurs. Des sentinelles ont pris position sur les toits de la prison. Il fait froid et ma cotonnade afghane n'est pas d'une très grande protection. Je dormais comme un bienheureux et ils me réveillent en pleine nuit pour me soumettre à la question. Je choisis de ne faire aucune réflexion, d'éviter tout commentaire à ce sujet auprès de Hafez. Il attend dans son bureau avec l'interprète et nous entrons dans le vif du sujet. Le véritable interrogatoire commence : le policier rédige une question en persan, l'interprète me la traduit en anglais, je réponds et l'interprète rédige ma réponse en persan. Après quoi, nous signons tous les trois. Hafez note, de plus, l'heure à laquelle il pose sa question.

A ce train, il y en a évidemment pour des semaines, d'autant plus que Hafez est un maniaque de la précision. Exemple : les camionnettes qui vous transportaient pour pénétrer en Afghanistan étaient-elles de marque Toyota ou Datsun ? Vous disiez qu'il y avait une dizaine d'hommes en armes avec vous dans chaque véhicule : essayez de me donner le chiffre exact. Et combien y avait-il de lance-roquettes antichar dans votre camionnette ? Deux ? Trois ?

Et ceci n'est qu'un avant-goût. Comme ses collègues soviétiques, Hafez me colle sur le dos l'étiquette d'agent de renseignements. Sans doute suis-je porteur d'une carte de presse, mais mon passeport indique « commerçant » à la rubrique profession. Alors, journaliste ? Commerçant ? Ni l'un ni l'autre, bien sûr, ce ne sont que des couvertures.

Je tente d'expliquer au policier que le passeport « commerçant » avait été établi en 1977 pour faciliter mon entrée au Chili. Les journalistes étaient indésirables dans ce pays et je devais rencontrer les représentants de l'opposition clandestine.

— Il s'agissait de vos propres amis, monsieur Hafez. Des membres du PC chilien illégal, adversaires de Pinochet, en lutte contre la dictature.

Visiblement, Hafez se fiche éperdument du sort des « camarades » chiliens. Il est tenu de fournir à l'accusation un certain nombre d'éléments concernant « l'espion » Abouchar et rien ne l'en détournera. Après quatre heures de banderilles, au petit matin, il me renvoie à ma cellule.

J'éprouve une grande lassitude et pourtant il m'est impossible de me rendormir Je me sens observé à travers l'œilleton fixé dans la porte. Puis, le soldat préposé à la cellule l'ouvre pour le rituel du thé. Il m'encourage à manger un morceau de pain. Je suis presque à jeun depuis mon incarcération à Sidorat et je me sens incapable d'avaler toute nourriture en dehors du verre de thé quotidien. Un autre soldat arrive sur ces entrefaites et me crie « tachnag ! », toilette, un mot à retenir. Deux fois par jour, il rompt la monotonie de l'existence des détenus.

A Sidorat, les promenades n'existent pas. On ne quitte sa cellule que pour se rendre aux interrogatoires ou aller à la toilette. C'est la seule occasion pour les détenus de pouvoir échanger quelques mots avec les soldats. L'attitude de ces derniers est d'aillleurs très variable : d'une journée à l'autre, d'une heure à l'autre, ils se montrent débonnaires ou se comportent avec brusquerie ou même avec brutalité. Je remarque également qu'ils ne sont pas affectés en permanence au même secteur de la prison, sans doute pour éviter que des liens de sympathie se nouent avec les prisonniers.

Ceux-ci, eux aussi, changent fréquemment de cellule, je m'en rendrai compte bientôt.

Les séances bi-quotidiennes de toilette sont attendues avec impatience par les détenus. Leur durée est très limitée, environ cinq minutes, quel que soit le nombre des occupants d'une geôle. Avec un total de cent cellules, il faut environ cinq heures pour que tout le monde passe devant l'unique et sacro-saint robinet. Ainsi, les premiers ouvrent le feu le matin à 6 heures et les derniers ferment la marche vers 11 heures. Et tout recommence à 5 heures de l'après-midi pour s'achever enfin à 22 heures. Dix heures par jour, les soldats jouent du loquet, sans compter les ouvertures et fermetures de portes pour les repas et pour les interrogatoires. Autant dire que les bruits de clés qui tournent dans les serrures sont à peu près ininterrom pus à Sidorat.

Le grand principe de la prison est l'étanchéité absolue entre les cellules : à aucun moment les détenus ne doivent se croiser dans les couloirs ou à l'extérieur. Ainsi est-ce seulement lorsque les occupants d'une cellule la réintègrent et qu'ils sont de nouveau enfermés, que l'on extrait ceux de la cellule voisine.

De la sorte, le régime du secret est vraiment efficace. Il est pratiquement impossible d'obtenir des informations sur la situation à l'extérieur. Il est très difficile de savoir qui est enfermé à Sidorat.

« Tachnag ! » me répète le soldat. Il s'impatiente. Je lui fais comprendre par gestes que je n'irai pas à la toilette. Il rabat violemment la porte. M'asperger d'eau glaciale sans pouvoir me savonner, il n'en est pas question. Pour me sécher, je n'ai que la couverture, d'une propreté d'ailleurs douteuse. Est-ce cette barbe de cinq jours qui me démange ? Pourvu que les poux ne passent pas à l'offensive. L'avantage des autres détenus est qu'ils ont le crâne rasé, au moins les Afghans. La « boule à zéro » est épargnée aux étrangers pakistanais, iraniens ou turcs, que l'on repère ainsi aisément.

Je n'ai pas le loisir de me détendre très longtemps. Moins d'une heure après mon retour dans la cellule, après une nuit d'interrogatoire, Hafez me convoque de nouveau. Lui et l'interprète ont eu le temps de se changer, de se raser. A mon arrivée, ils dégustent du « kishmish », mélange de raisins secs et de noix dont les Afghans raffolent. Ils s'abstiennent de m'en proposer, ce qui en dit long sur leur état d'esprit, car les Afghans ont un sens très vif de l'hospitalité.

Premier point à l'ordre du jour : je suis déclaré coupable de la mort de cinq Afghans. Qui sont-ils ? Cinq hommes de notre escorte. Je fais part de mon étonnement. Les paras soviétiques qui m'ont capturé avaient ratissé le terrain le lendemain de l'embuscade. A ma connaissance, ils n'ont trouvé aucun corps. Un des officiers m'avait même expliqué que tous les « bandits » avaient pu s'enfuir vers le Pakistan avec mes amis, c'est-à-dire Jean-Louis Saporito le cameraman, Georges Hansen, le preneur de son et le guide-interprète, Hugues de Latude.

— Parlons-en de vos amis. Savez-vous où ils se trouvent ?

— Comment pourrais-je le savoir ? J'ai toutes les raisons de penser qu'ils ont pu regagner le Pakistan.

Hafez n'en est pas convaincu. Il n'exclut pas la possibilité qu'ils aient trouvé une cache dans le désert ou même qu'ils aient continué vers Kandahar. Il me dit encore que les patrouilles d'hélicoptères ont été renforcées.

Sans transition, Hafez revient sur l'affaire des cinq morts afghans. Sur un ton très sévère, il me demande si je me sens coupable. J'exige des précisions : où a-t-on trouvé les corps ? Quelles preuves peut-il me fournir ? Est-il en possession de photos ? Je lui fais observer que je ne me laisserai pas accuser à la légère. Si l'on veut me mettre sur le dos la mort de cinq personnes, qui ont peut-être été liquidées par les Soviétiques, il faudra fournir des preuves tangibles. Hafez n'insiste pas et considère que, de toute façon, « ces gens-là étaient de mauvais Afghans ». Voilà au moins un point sur lequel on ne me contraindra pas à un mea culpa.

Contrairement au général soviétique de Kaboul, Hafez est passionné par notre première expédition à l'intérieur de l'Afghanistan avec les passeurs d'armes lorsque nous allions vers Hérat. Il veut tout savoir à ce sujet, dans les moindres détails. Mon carnet de notes est passé au crible : la description du nombre de mitrailleuses, de mines, de mortiers, de roquettes, sonne à ses oreilles comme un poème d'Omar Khayyam. Il adore. Là, au moins, on est dans le concret. Armes chinoises, n'est-ce pas ? Délicieux... Sur une carte détaillée, il trace au crayon rouge notre itinéraire, coche le nom de Rabath, le secteur où les armes ont été enterrées. Sa conclusion : nous avons roulé 700 kilomètres sur le territoire pakistanais et pénétré d'une cinquantaine de kilomètres à l'intérieur de l'Afghanistan.

Très excité, il me fait dire par le truchement de l'interprète :

— Si on vous transporte à Rabath par hélicoptère vous devrez nous indiquer les caches d'armes.

Je me sens désemparé devant une telle éventualité. Je fais observer à Hafez que la région de Rabath est couverte de collines, chacune protégée par des mitrailleuses, que, de plus, les différentes organisations de Résistance ont installé de nombreuses bases de ravitaillement. J'ajoute qu'une attaque par hélicoptères ressemblerait à une mission-suicide. Il n'insiste pas. Il ne sera jamais plus question d'une expédition punitive contre Rabath.

Il n'en revient pas moins à la charge sur l'organisation du convoi d'armes, le chargement des camions, leur passage à travers les « check-posts » de l'armée pakistanaise. Une dizaine de barrages franchis sans encombre, cela mérite une description détaillée. Il exige que je reporte sur la carte les emplacements approximatifs des positions militaires pakistanaises. J'en suis bien incapable. La plupart consistaient en fortins surplombant la piste en plein désert du Baloutchistan, hors de toute agglomération.

Hafez est ulcéré par les Pakistanais qu'il accuse de duplicité éclatante. Non contents de fermer les yeux sur les agissements des « bandits », dit-il, nos voisins permettent les infiltrations de mercenaires et de conseillers militaires étrangers. Allons bon ! J'ai le choix entre les deux casquettes car, bien entendu, ma qualité de reporter est une plaisanterie pour la police secrète afghane. Décidément, les jours et les semaines à venir s'annoncent pleins d'embûches.

Hafez me congédie. De retour à la cellule, je repousse une nouvelle fois le plat de riz en sauce du déjeuner. La réaction, cette fois, ne se fait pas attendre. Je suis convoqué chez Poil de Carotte. Il me menace de sanctions si j'observe une grève de la faim. Je réponds que la nourriture me donne des envies de vomir et que, de toute façon, ces interrogatoires prolongés, à des heures décalées, me perturbent. Un médecin me propose des cachets, sans préciser leur nature, « pour me faire du bien ». Je les refuse et gagne ma cellule.

L'après-midi s'écoule sans nouvelle convocation. Je passe plusieurs heures étendu ou assis sur le matelas. Ma seule distraction est de regarder à travers le soupirail les passages d'hélicoptères soviétiques. Les plus gros transportent parfois un container au bout d'un filin.

Dans mes affaires, j'avais un livre, un roman de John Irving, *L'hôtel New Hampshire.* Avec un peu de chance, Hafez pourrait accepter de me le rendre. Je lui en parlerai à notre prochaine rencontre.

Elle se produit le soir même, après l'heure de la

« shorba », la soupe, que je renvoie telle quelle. Les soldats commencent à s'inquiéter et insistent gentiment.

Pour le livre, c'est un « non » sans réplique de la part de Hafez. Il m'indique que je devrai m'expliquer, le moment venu, sur le sens d'une dédicace qui figure en page de garde. Il précise que mes affaires sont toutes momentanément confisquées pour les besoins de l'enquête.

— Y compris le contenu de ma trousse de toilette ?

Affirmatif. En temps utile, on me fournira de quoi me laver. Pourrait-on au moins me donner des cigarettes ? Un paquet par jour ? Je fais observer que l'ambassade de France ne fera aucune difficulté pour couvrir ce genre de dépenses. J'ajoute que si les Soviétiques ne m'avaient pas volé 3 000 dollars dans mon sac de voyage, il aurait été possible de prélever sur cette somme l'argent nécessaire à mes besoins. 3 000 dollars ! Une véritable fortune pour Hafez, probablement bien plus que son salaire d'une année.

Mes réflexions le mettent en rage. Traiter les Soviétiques de voleurs, c'est insensé. Mon argent, dit-il, a été récupéré avec le reste des affaires. Mais cet argent est gelé pour les besoins de l'enquête. Il me sera restitué en temps utile. Toujours aussi furieux, Hafez me fait observer que j'avais déjà accusé les Soviétiques à propos de lunettes oubliées dans le bungalow, à l'aéroport de Kaboul.

— Eh bien ces lunettes, les voici ! Et il sort l'étui de son tiroir. Mister Jacques, pas d'accusations à tort et à travers, s'il vous plaît.

Décidément, l'entrevue est orageuse. Hafez veut savoir où se trouvent les boîtes de films tournés sur le transport d'armes. Elles sont restées au Pakistan. Et toutes ces boîtes de pellicule dans les sacs à dos ? Elles sont vierges. Quoi qu'il en soit, tout sera vérifié dans les labos de la télévision afghane.

Qu'avons-nous filmé pendant les heures qui ont précédé l'embuscade ? Les préparatifs. Le film est encore dans la caméra. Jean-Louis Saporito et Georges Hansen ont réalisé une brève séquence sur les moudjahidin...

Hafez m'interrompt, hors de lui. Il ne supporte plus que je parle sans cesse de moudjahidin, de résistants. Ce sont des « bandits », des « assassins », des « terroristes ».

En sommes-nous arrivés au point de rupture ? Les deux derniers interrogatoires se sont déroulés dans une atmosphère détestable. Les policiers afghans chercheraient-ils un prétexte pour justifier des violences physiques contre moi ?

Le plus calmement possible, j'explique à Hafez qu'il est hors de question pour moi de traiter les opposants au Régime communiste de bandits ou d'assassins. « Hors-la-loi », oui, car ils rejettent les lois édictées par Kaboul, ou encore « membres de l'opposition armée ». Rien de plus.

Je reprends donc la description de la séquence tournée quelques heures avant l'embuscade. Elle tient en une bobine qu'il sera aisé de faire développer à Kaboul. La bande sonore se trouve encore dans le magnétophone.

Hafez est pressé d'en finir ce soir. Vers 22 heures, je retrouve ma cellule. Cette journée aura été pleine d'enseignements : dans l'ensemble, je la juge plutôt positive. Poil de Carotte m'ayant menacé de représailles si je continuais à bouder la nourriture, je lui ai demandé d'en changer. Hafez s'est fâché tout rouge, à plusieurs reprises, mais il ne s'est jamais permis aucune brutalité. Il reste que je m'affaiblis à sauter les repas depuis presque trois jours.

23 septembre

La lumière ne m'a pas empêché de dormir à poings fermés. Vers 6 heures du matin, le soldat a dû me secouer pour me réveiller. Verre de thé aussitôt avalé, aussitôt vomi dans les latrines. De ce côté-là, pas d'amélioration : il me faudra un certain temps pour supporter la puanteur dès le matin. Le gardien m'apporte un autre verre de thé. J'avale mon seul « repas » chaud des prochaines vingt-quatre heures. A moins que... Les choses bougent, je le constate un peu plus tard dans la matinée. Poil de Carotte vient me visiter dans la cellule — ce sera la seule fois pendant toute ma détention — en compagnie d'un médecin. C'est le troisième que je vois en trois jours.

Je confirme l'impossibilité où je me trouve d'avaler le riz arrosé d'une sauce graisseuse et la soupe infecte du soir. Le médecin se montre conciliant, admet que cette alimentation n'est pas très adaptée pour des Européens, invoque les difficultés qu'il y aurait à me préparer une cuisine spéciale. Je demande simplement des fruits. Marché conclu : un soldat m'apportera chaque jour un petit sac de pommes.

La journée s'annonce faste. Sur le bureau d'Hafez,

qui m'a fait appeler, est posé un carton, un colis envoyé par l'ambassade de France. Avec une liste détaillée des merveilles que m'adresse notre chargé d'affaires, Roland Barraux. Qu'on en juge : trois boîtes de pâté de foie, des biscuits salés, des raisins secs, des cigarettes, du sucre en poudre, du café soluble, et... des pommes. Je signe un exemplaire du reçu qui retourne à l'ambassade. Il y a également une pile de livres. Oui, cette journée est à marquer d'une pierre blanche.

Enfin, je le pensais, car Hafez tempère mon enthousiasme. Les livres, il n'en est pas question tant que l'enquête se poursuit. Quant au colis, il devra être examiné par les services de Sécurité de la prison avant de m'être remis. Cette double brimade, il la savoure, Hafez. Elle le venge des propos qu'il a dû subir hier.

De plus, il peut jouer les grands seigneurs. Je reçois un paquet de cigarettes soviétiques et, miracle, du savon, un tube de dentifrice et une brosse à dents, « Made in China », ainsi qu'une serviette de toilette. Nouveau reçu et nouvelle signature. Hafez croit nécessaire d'ajouter que ces articles me sont attribués pour des « raisons humanitaires ».

Il enchaîne sur un nouveau chapitre : mes contacts au Pakistan, les représentants de l'opposition que j'ai rencontrés là-bas. Les noms figurent dans mes notes avec adresses, téléphones et quelques appréciations. Par exemple, Ahmed Gaylani, qui a organisé la malheureuse expédition vers Kandahar. Il dirige une organisation connue sous le nom de Front National (Mahaz-e-Melli). C'est un proche de l'ancien Pouvoir royal. Il entretient avec les Pakistanais les meilleures relations et reçoit une aide substantielle en argent et en armes. A Quetta, les locaux de Gaylani ne désemplissent pas de solliciteurs, un signe qui ne trompe pas.

Dans le bureau de Hafez, il devient, bien sûr, un agent américain, un homme dont les origines afghanes sont douteuses, un « moitié arabe », ajoute-t-il avec mépris. Et pour faire bonne mesure, il tourne en dérision l'islamisme pur et dur de Gaylani, qu'il présente comme un play-boy, un homme à femmes dont les « filles s'exhibaient en minijupes dans les rues de Kaboul avant la révolution ».

Pire qu'un portrait grossièrement déformé, c'est une caricature relevant de la basse propagande. Hafez ne s'embarrasse pas de nuances. Tout ce qui l'intéresse c'est de monter en épingle ma rencontre avec « un agent notoire de la CIA ». Mon profil de James Bond se précise, on est en plein délire.

Hafez délaisse momentanément mes contacts pakistanais. Dans ma panoplie d'espion, il a évidemment repéré les deux petites fioles marquées « poison ». Elles l'excitent au plus haut point. Je reprends donc les explications que j'avais déjà fournies à ses collègues soviétiques de Kandahar. C'est le cameraman qui était responsable de la pharmacie. Lui seul connaissait donc le contenu et l'usage de ces fioles.

Hafez n'est pas du tout convaincu. D'abord, comme chef de groupe, je ne devrais rien ignorer, selon lui, de ce que nous transportions. Ensuite, il considère que les deux fioles n'ont rien de pharmaceutique et il insiste pour que j'avoue leur véritable destination. Cette « affaire des poisons » à la sauce afghane va occuper l'essentiel de la matinée. Je suggère que les fioles soient envoyées dans un laboratoire de Kaboul et soumises à une expertise ou plus simplement montrées à un médecin, à un pharmacien. Hommes de l'art, ils pourraient se prononcer en toute connaissance de cause. Les deux fioles retrouvent leur place dans le sac à dos. Je suis renvoyé dans mon coin comme un mauvais élève.

Une surprise m'attend à mon retour dans la cellule. Deux détenus, tous deux afghans, s'installent.

Ils ne sont pas nouveaux venus à Sidorat. Le premier, un grand gaillard d'allure athlétique, Omar, est emprisonné depuis huit mois. Il a été pris les armes à la main dans le Panjshir. Le second est un hazara, un de ces descendants mongols de Gengis khān au faciès japonais. Il s'est fait capturer récemment dans sa maison de Kaboul. Les policiers ont pourtant cherché en vain chez lui deux revolvers et une mitraillette cachés dans un mur.

A peine installé, une question lui brûle les lèvres : est-ce que je connais Bruce Lee ? C'est son idole, il a vu tous ses films et rêve des mêmes exploits. Il mime les gestes du roi du karaté, fait mine d'écarter les murs de la prison à la seule force du poignet, se hisse en rugissant à hauteur du soupirail. Je le surnomme Karatéka, il fond de bonheur.

C'est ma première expérience de cohabitation. Mes deux compagnons s'observent avec une certaine méfiance. Le Mongol se charge du ménage, donne un coup de balai sur le tapis de sol pendant qu'Omar commence à me raconter ses exploits du Panjshir. En a-t-il tué des soldats soviétiques ! Il n'a été capturé, à l'issue d'une furieuse bataille, qu'après avoir épuisé toutes ses munitions. Omar a le goût des récits héroïques. Une bonne dizaine de détenus me raconteront le même genre d'histoires, dans des termes analogues. Je ne les accuse pas de mensonge, les Afghans sont si friands d'épopées que beaucoup d'entre eux bâtissent le même scénario type.

Comment ne serais-je pas sceptique ? Lorsque Omar a le dos tourné, Karatéka l'accuse d'être un communiste honteux. Selon lui, Omar n'aurait jamais mis les pieds dans le Panjshir. Il serait en prison pour avoir tout simplement assassiné sa femme. Accusation grave que le Mongol me confie sous le sceau du secret absolu. J'espère ne pas dénaturer ses confidences car ses connaissances de la langue anglaise sont à peu près aussi inexistantes que mes notions de persan.

Le reproche majeur de Karatéka envers Omar est son manque de zèle religieux. L'un prie à longueur de temps avec une ferveur impressionnante, l'autre laisse passer ostensiblement l'heure de la prière. Il préfère se contempler dans un petit miroir en se lissant la barbe avec un peigne.

Mes deux compagnons sont éblouis de se trouver en prison avec un Français. Ils veulent tout savoir de mes aventures, des circonstances de l'embuscade, de Paris. Une seule ombre au tableau. Ils sont tristes de penser qu'il y ait si peu de musulmans parmi les Français.

L'après-midi se passe à faire plus ample connaissance. Hafez me laisse tranquille. Peut-être a-t-il programmé une nouvelle nuit blanche. Je saute encore allégrement les deux repas : la seule vue du riz et de la soupe du soir me bloquent l'estomac. Les fruits promis par Poil de Carotte, ce sera peut-être pour demain. Quant aux délices de l'ambassade, elles m'encombrent cruellement l'esprit mais je ne vois rien venir.

Peu avant minuit, un soldat ouvre la porte de la cellule mais c'est Karatéka qui est convoqué. Il en tremble à l'avance.

Sidorat s'est acquis une affreuse réputation de centre de tortures. J'ai recueilli à ce propos de très nombreux témoignages en quarante jours. Pratiquement, tous les suspects arrêtés et soumis à des interrogatoires, subissent des sévices. Il y a d'abord les coups de poing et de pied qui constituent le premier stade, de même la tête cognée contre le mur. Ensuite les longues stations debout sur une seule jambe ou les bras en l'air. Les policiers infligent ce supplice le soir ou la nuit, lorsque le détenu est fatigué. Gare au malheureux qui s'endort. Il est aussitôt roué de coups.

Les brûlures à l'électricité sont pratique courante. On place les électrodes autour des chevilles ou des poignets, plus rarement sur les organes génitaux. Enfin, pour les plus récalcitrants, les mains plongées dans l'eau bouillante. Un jour devant moi, Poil de Carotte s'en amuse et, avec un cynisme révoltant, appelle cela « le bain-marie de Sidorat ».

Le pauvre Karatéka est de retour vers 4 heures du matin. Il titube, littéralement, et s'effondre sur son matelas. Il passera toute la journée couché sans dire un mot, sans pousser un cri, sans une plainte. Son matelas est taché de sang. Derrière la tête, les cheveux sont collés par un caillot. Il souffre d'un énorme hématome crânien.

24 septembre

Au réveil, Omar et moi aidons Karatéka à boire un peu de thé. Nous descendons à la toilette. Pour la première fois, je suis obligé de partager mon tour de robinet avec quelqu'un. Lorsque Karatéka sera rétabli nous serons même trois, ce qui est d'ailleurs très peu à Sidorat. Dans les cellules de 12 mètres carrés comme la nôtre, on enferme couramment 8 prisonniers. Dans les plus grandes, 15 mètres carrés, la moyenne est de 10 mais on y entasse jusqu'à 13 personnes. Imaginez le spectacle de tous ces malheureux condamnés à l'unique robinet pendant une séance de 6 ou 7 minutes au maximum.

Il y a bien un deuxième robinet au milieu de la cour. Mais seuls les soldats y ont accès, soit pour leurs ablutions, soit pour nettoyer leurs théières ou leurs gamelles. Ma décision est prise, ce matin. Il faudra me compter désormais au nombre des utilisateurs du deuxième robinet. A moins que les gardiens m'envoient promener. Au culot, je me dirige donc vers le centre de la cour, je pose mes affaires et commence à me laver.

Les soldats sont à la fois stupéfaits et perplexes.

J'imagine leur réaction : décidément, le Français... Pourtant aucun ne fait le geste de me chasser. La cour est battue par le vent, l'eau est glaciale mais je suis heureux de cette première petite victoire.

A la fin du temps réglementaire, les soldats me pressent d'en finir. Je rentre avec Omar, ravi lui aussi de ce coup de canif dans le règlement.

Karatéka est dans un état pitoyable. Il crache une salive rose-rouge dans le bac en plastique de la cellule. Il a reçu de violents coups de poing sur la poitrine et dans l'estomac. Omar demande aux soldats de prévenir un médecin. Ils refusent. Ce n'est pas jour de visite médicale. Le malheureux devra attendre jusqu'à demain. Son cas fait partie de la routine à Sidorat. Il en faut davantage pour susciter une réaction des responsables de la prison. L'hospitalisation est d'ailleurs extrêmement difficile à obtenir, même pour un détenu sérieusement malade. Les médecins de Sidorat se contentent de distribuer, à profusion, toutes sortes de cachets.

Retour chez Hafez, au centre d'interrogatoire. Je lui parle de Karatéka, ce qui le laisse de marbre.

— Ce voyou n'est probablement qu'un simulateur. Il n'a pas volé une bonne raclée.

Hafez a une nouvelle intéressante à m'annoncer : le contenu des fioles a été analysé. Par qui ? peu importe. Il s'agit bien d'un poison, poison tellement violent souligne le policier, qu'une seule goutte peur tuer dix personnes.

Je fais observer que beaucoup de médicaments peuvent empoisonner s'ils ne sont pas destinés à être avalés.

Il est vain d'insister. Mon dossier s'alourdit. Me voici classé « espion empoisonneur ».

Et ce n'est qu'un début. Hafez a déjà préparé sa botte secrète de la matinée. Pour la énième fois, il me redemande le but de l'expédition de Kandahar. Je lui fais observer que tout cela a déjà été développé et noté dans le procès-verbal des jours précédents. Pourquoi y revenir ? Il ne supporte pas mon insolence et le dit à l'interprète en frappant des petits coups sur son bureau. Il me fait également savoir qu'aujourd'hui je devrai me passer de cigarettes... Qu'à cela ne tienne. J'explique donc, avec une rage contenue, l'objectif du reportage envisagé : établir des contacts avec « l'opposition armée » (c'est la formulation que j'ai fini par imposer aux policiers), essayer de comprendre la puissance et la force de l'hostilité, de la haine que suscitent le régime communiste de Kaboul. Bref, rien que de très classique.

— Et la préparation d'attentats, c'est du classique ? Et la mise au point de sabotages, qu'en pensez-vous, monsieur Jacques ?

Quel piège Hafez est-il encore en train de me tendre ? Il parle d'attentats, de sabotages. On est vraiment en plein roman. Je lui fais observer que les seules armes contenues dans nos sacs à dos sont une caméra et un magnétophone. C'est alors qu'il brandit une lettre.

— Et ça ?

Je reconnais la feuille à en-tête de l'organisation Harakat.

A Quetta, la veille du départ pour Kandahar, j'étais passé à son siège en compagnie de Hugues, le guide-interprète, sans but très précis. Simplement, Hugues savait que Harakat est bien implanté militairement à Kandahar. Un contact n'était donc pas inutile.

On nous avait introduits dans une pièce où une demi-douzaine d'Afghans discutaient en buvant du thé. Hugues ayant expliqué qui nous étions et ce que nous voulions, le plus âgé du groupe suggéra de rédiger un message à l'intention des « Frères combattants » de Kandahar. Il le fit en continuant à bavarder avec ses amis. Il crachait de temps en temps des petits morceaux de tabac à chiquer dans un récipient qu'ils avaient rebaptisé le « Babrak Karmal ». La lettre terminée, je la rangeai dans mon carnet de notes et n'y pensai plus.

Les Russes m'en avaient parlé, c'est vrai, je m'en souviens maintenant. Ils l'avaient qualifiée d'« appel au meurtre » de la part des « bandits », mais sans être très explicites. Surtout, ils étaient rapidement passés à autre chose.

Et voilà que Hafez me la promène sous le nez avec un rire mauvais.

— Alors, monsieur Jacques ?

— Alors quoi ?

— Vous reconnaissez être porteur de cette lettre ?

— Absolument.

— Bien entendu, vous en connaissez le contenu.

— Pas vraiment. Je sais simplement qu'il s'agit d'une lettre d'introduction.

Hafez explose en tendant vers moi un doigt menaçant. Comment puis-je me moquer du monde à ce point-là. Il y a des limites au mensonge.

— Vous parlez d'une lettre d'introduction ! Vous savez ce qu'il est demandé aux « brigands » de Kandahar ? L'organisation, pour les besoins de votre film, d'actions militaires de caractère historique. Vous avez bien compris ? Des attentats, des sabotages contre nos forces et contre l'armée soviétique.

Et Hafez, déchaîné, ne s'interrompt plus. A qui pensais-je faire croire que je suis porteur d'une lettre dont j'ignore le contenu ?

C'est pourtant la stricte vérité. Je suis atterré par tout ce que je viens d'entendre. Sans le savoir, je transportais un brûlot, une bombe à retardement qui m'éclate en pleine figure.

Avec un document pareil entre les mains, mes accusateurs vont se régaler.

Le ciel, au-dessus de ma tête, commence à se charger des pires menaces. Déjà classé « espion » et « empoisonneur », me voici épinglé comme auteur en puissance de sabotages et d'attentats.

Hafez ne veut pas en rester là. Il exige de tout savoir sur l'auteur de la lettre, son nom, ses fonctions dans l'appareil militaire de Harakat, le nombre de gardes du corps qui l'entouraient, la disposition des lieux.

Ma situation devient franchement intolérable. Si je lui parle du petit vieux qui crachait son tabac à chiquer entre deux phrases, il va craquer. Si j'ajoute que j'ignore tout de l'identité de cet homme, ce qui est la stricte vérité, il va me sauter à la gorge.

En route donc pour le conte oriental. Lui qui exige des précisions, il va crier grâce sous l'avalanche des détails. Pour commencer, je rajeunis le patriarche d'une quarantaine d'années. Il devient un chef militaire reconnu et réputé, une figure de légende au sein du Harakat de Kandahar. On le surnomme « le lion » pour ses faits de guerre. Personne ne connaît sa véritable identité.

Alors, mon cher Hafez, je te sens appâté. Mais ce n'est pas tout, le feuilleton est à suivre. « Le lion » disposerait de plusieurs centaines d'hommes bien équipés et entraînés dans la province de Kandahar. Il aurait d'ailleurs reçu récemment un lot important d'armes chinoises. Peut-être même quelques fusées SAM antiaériennes. Lorsque je l'ai rencontré à Quetta, il effectuait un voyage éclair au Pakistan.

Hafez ne tient plus en place.

— Dans quel but ce voyage ? demande-t-il.

Je hoche la tête d'un air désolé :

— C'était une mission ultra-secrète, je n'ai rien pu savoir.

Perfidement, je risque une question :

— Le « lion », je suppose que vous savez tout de lui, de ses guerriers, de son organisation militaire ?

Hafez, superbe, ne se laisse pas démonter. Ce « lion », fruit de mon imagination, prend une existence inattendue :

— Nous savons tout de lui, mister Jacques, y compris qu'il change sans arrêt de pseudonyme. Tous ses déplacements au Pakistan nous sont signalés. Quant à ses groupes de « bandits » nous connaissons leur armement à une cartouche près. Des fusées SAM, dites-vous ? Quelle plaisanterie ! Ils ont voulu fanfaronner devant un étranger ignorant.

Fin du conte oriental. L'image du petit vieux crachotant, pauvre lion édenté, s'impose à moi avec tendresse.

Hafez est enchanté, quoi qu'il dise. D'abord, il a sauvé la face en prétendant tout savoir des agissements du « lion ». Ensuite, il est convaincu, m'ayant pressé comme un citron, d'avoir obtenu des informations de première main. Elles vont enrichir, pense-t-il, son rapport d'une manière substantielle.

Mais ai-je vraiment des raisons de me réjouir ? Je redoute que les rugissements du « lion » ne hantent les nuits de Hafez et de ses supérieurs.

Précisément, le grand chef de la police secrète fait son entrée dans le bureau. C'est l'homme qui, pour me rassurer, le premier soir, m'avait dit :

— Vous êtes père de famille ? Deux enfants ? Alors vous ne serez pas exécuté.

Il fait un bref aparté avec Hafez : je serais surpris qu'il n'y ait pas de lion au menu.

Le chef n'est pas très content. Se tournant vers moi, il me fait observer que le dossier de l'accusation est accablant. Il déplore mon manque de coopération en ce qui concerne mes activités d'espionnage. L'absence d'aveux ne peut que m'être préjudiciable devant l'opinion internationale. Le moment venu, les journalistes seront appelés à juger sur pièces, ici, à Kaboul. Je dresse l'oreille. Une conférence de presse ?

Le chef passe en revue tous les éléments terribles du dossier, les indices de ma culpabilité. Comme une litanie, il m'énumère les preuves de mes agissements condamnables : franchissement illégal de la frontière, escorte de « terroristes » en armes, passeport falsifié, projet d'organisation de sabotages (la lettre du Harakat). Un journaliste conscient, responsable, un vrai reporter, n'aurait jamais accepté de commettre une telle succession de crimes.

Où veut-il en venir, le chef ? Il me parle du rapport des « amis soviétiques » dont il a pris connaissance. Eux aussi excluent totalement mon appartenance à la presse. Plus exactement, ils concluent que le journalisme n'est pour moi qu'une activité accessoire.

Nous y voilà. Je proteste énergiquement. Un simple télex de l'ambassade afghane à Paris suffirait à confirmer mes liens avec Antenne 2.

Le chef me demande ce qu'il faut penser d'une direction qui envoie ses reporters travailler dans la plus totale illégalité. A moins que j'aie agi à l'insu de mes supérieurs. Je le tranquillise sur ce point : mon directeur était parfaitement au courant de l'expédition afghane et j'avais son accord total.

Le chef me questionne longuement à ce sujet. Comment le projet a-t-il vu le jour ? Quand la décision a-t-elle été prise ? L'idée venait-elle de moi ? M'a-t-on obligé, forcé la main ? J'essaie de lui expliquer que nous ne fonctionnons pas de cette manière. En aucun cas, dans une situation dangereuse comme en Afghanistan, on ne contraint un journaliste.

— Ainsi donc, vous étiez pleinement d'accord ?

— Tout à fait.

— Combien vous a-t-on payé pour ça ?

Nouveau développement pour lui expliquer qu'il n'est pas question d'être payé pour partir en reportage, que cela fait partie de nos attributions professionnelles.

L'exaspération le gagne. Il me demande si je le prends pour un naïf. La Télévision française, dit-il encore, appartient à l'Etat. Elle ne peut pas refuser aux services de Renseignements français des missions d'espionnage sous couvert de reportage. CQFD.

Le grand chef n'en démord pas. Nous tournons en rond. Il renonce cependant à poursuivre l'entretien, passe le relais à Hafez et s'en va. Mon investigateur estime sans doute qu'il en a suffisamment entendu. L'après-midi est largement entamé. Encore un repas de sauté.

J'ai le souffle court. Le moindre effort physique me pèse, je m'en rends compte en retournant à la cellule. Il est impensable que mon jeûne se prolonge. Depuis cinq jours, je tiens avec une tasse de thé matinal. Toujours aucune nouvelle des pommes promises hier par Poil de Carotte.

Karatéka est étendu, les mains sur l'estomac. Omar m'explique qu'il a craché du sang à plusieurs reprises.

L'interrogatoire a duré sept heures aujourd'hui et les positions sont toujours aussi bloquées. Pourquoi les policiers afghans s'acharnent-ils tellement au sujet de l'espionnage ? Ils ont assez d'éléments dans le dossier pour me faire condamner s'ils songent à un procès. Mais l'affaire ne leur semble sans doute pas assez corsée.

Une heure seulement après mon retour, on vient de nouveau me chercher. Monsieur Hafez a peut-être reçu pour instruction de durcir les interrogatoires, de me harceler à défaut d'user de violences physiques. Que va-t-il encore inventer ?

Il choisit un nouvel angle d'attaque et veut que je lui parle de mes contacts au Pakistan.

Rien de surprenant. Vu de Kaboul, le Pakistan est perçu comme un pays satanique. C'est l'empire du mal, plus encore que l'Iran des ayatollahs, la terre d'élection des « contre-révolutionnaires ».

La réalité est à la fois plus simple et plus tragique. Quatre millions d'Afghans, le quart de la population totale, ont fui le pays et trouvé refuge au Pakistan. A Peshawar, toutes les organisations de Résistance ont pignon sur rue. Peshawar est devenue en quelques années un haut lieu de la conspiration tous azimuts. Agents authentiques ou supposés de la CIA, du KGB, hommes de main de la « Central Intelligence » pakistanaise, mouchards afghans, passeurs d'armes et contrebandiers y côtoient les candidats à l'aventure.

La plupart des envoyés spéciaux de la presse mondiale se retrouvent en transit dans le vieil hôtel Green's, encore tout imprégné de la tradition coloniale britannique. Négligeant Peshawar, nous avions choisi pour base arrière Quetta, capitale du Baloutchistan pakistanais. C'était logique puisque nos deux objectifs, Hérat d'abord, puis Kandahar, sont géographiquement plus proches que Quetta.

Hafez m'a déjà questionné sur ma rencontre avec le leader rebelle Ahmed Gaylani. Je lui ai conté par le menu mon rendez-vous avec « le lion », ce chef de guerre aussi prestigieux que fictif, tout droit sorti de mon imagination. Il s'intéresse maintenant à un certain Hikmat Muslim dont le nom est souligné dans mon carnet de notes. Un personnage de légende, ce Muslim. Officier de l'armée afghane pendant dix-huit ans, fils de général, il a déserté après l'arrivée des communistes au pouvoir. Il s'est acquis une réputation de véritable « loup du désert », à l'affût des convois soviétiques dans la province de Kandahar. Vrai, faux ? A Quetta, dans une villa confortable, j'avais rencontré un homme jovial, sirotant un whisky dans son salon en suivant avec passion sur son magnétoscope le tumultueux face à face Vivian Leigh-Clark Gable de *Autant en emporte le vent.*

Un simple changement de cassette et une embuscade de la guérilla afghane avait remplacé les scènes de bataille de la guerre de Sécession. Il s'agissait d'un fantastique document tourné par une opératrice américaine en 1981, avec les hommes de Muslim. Un vrai carnage de blindés et d'hélicoptères soviétiques tombés dans un traquenard aux environs de Kandahar. Sans aucun doute, le reportage le plus saisissant que j'aie jamais vu sur la guerre en Afghanistan. Homme de l'art, Jean-Louis Saporito, le cameraman, n'avait d'ailleurs pas caché son admiration. C'était une entrée en matière plutôt encourageante. Nous étions là, précisément, pour demander à Muslim de partager pendant quelques jours la vie de ses combattants. Il nous avait alors brossé un tableau catastrophique de la situation des moudjahidin placés sous son commandement.

Depuis deux ans, le robinet à dollars lui était fermé. Les armes, il ne les recevait qu'au compte-gouttes. Ses hommes avaient à peine de quoi se défendre. Ils vivaient en alerte permanente, dans la crainte des offensives et des bombardements soviétiques. L'attaque filmée que nous avions vue appartenait à une époque révolue.

Comment expliquer un tel retournement de situation ? « Parce que je ne suis pas dans la ligne islamique orthodoxe », avait dit Muslim avec amertume. Son explication était simple : les pays musulmans qui aident la Résistance, les principaux payeurs, sont l'Arabie Séoudite et les Emirats du Golfe. Ils réclament des assurances sur l'utilisation de cette manne et favorisent en priorité les plus zélés sur le plan religieux, les plus prompts à se placer sous la bannière du Coran.

Les Pakistanais se chargent de la répartition. Argent

et armes leur passent entre les mains. Compte tenu du style islamique pur et dur du régime du général Zia, c'est la prime à la surenchère religieuse, voire à l'intégrisme.

Muslim s'était démené, il avait plaidé sa cause auprès des conseillers du général Zia, il n'avait rien obtenu. Trop peu conformiste, trop « occidental » d'une certaine manière et pas seulement en raison de son goût marqué pour le whisky.

Muslim déplorait l'incurie et la vénalité de la plupart des responsables politiques afghans de Peshawar. Ils les dénonçait comme des hommes cupides, plus soucieux de couvrir leurs femmes de bijoux que de se procurer des armes pour combattre les envahisseurs russes.

A l'évidence, Hafez serait très intéressé d'entendre un tel discours. Ce serait une aubaine pour la propagande du régime. Je m'en tiens à des généralités, indiquant simplement que Muslim avait refusé de nous aider. Je lui donne néanmoins quelques précisions sur le style de la villa, l'ameublement, l'accueil qui nous a été réservé. Sur le ton de la boutade, je parle du whisky. Du whisky ? Mon policier n'en croit pas ses oreilles. Voilà à quoi ces « douchmans » (bandits) hypocrites en sont réduits : à boire de l'alcool en cachette tout en brandissant le Coran. Hafez est aussi heureux que si je lui avais livré un secret d'Etat.

Il me tend une cigarette. J'insiste pour en obtenir un paquet quotidiennement. La question est, paraît-il, à l'étude. Je veux pouvoir aussi me raser et prendre une douche, une douche chaude s'entend. Hafez me regarde, incrédule. Prétendre obtenir une douche chaude à Sidorat, l'exiger de surcroît, quelle prétention ! Cette débauche de récriminations provoque chez lui de l'agacement. Il demande à un soldat de m'emmener. Avant de quitter le bureau, j'ai encore le temps de lui parler des pommes promises par Poil de Carotte. De quoi alimenter encore un peu plus sa mauvaise humeur.

Pour tromper ma faim, ce soir-là, je mange un peu de pain sec. C'est une première depuis mon arrivée à la prison. Karatéka a légèrement récupéré et absorbe un peu de soupe en faisant la grimace.

Je m'endors très vite, épuisé par les dix heures d'interrogatoire de la journée. Pourvu que Hafez ne m'impose pas une séance de nuit.

Il n'en fait rien. Mon sommeil est néanmoins agité et je suis réveillé par des rafales d'armes lourdes et quelques explosions. On entend des sirènes dans la ville et le bruit des chenilles des tanks. Omar et Karatéka s'amusent comme des gosses en mimant les gestes des moudjahidin dégoupillant leurs grenades et attaquant les Russes à la mitrailleuse. Nous sommes brusquement plongés dans le noir. Peut-être l'attaque était-elle dirigée contre une centrale électrique ? Le calme revient, tout le monde se rendort.

25 septembre

— Tachnag !

C'est l'heure de la toilette. Tout le monde demande au soldat mal réveillé des précisions sur les événements de la nuit. Il ne se risquerait pas à la moindre confidence auprès de détenus. D'ailleurs qu'en sait-il ? Sans doute rien de plus que nous. Radio-Kaboul passe généralement sous silence les attaques des maquisards, surtout lorsqu'il s'agit de la capitale. Moins on parle des « bandits » et moins les idées subversives trottent dans les têtes. Politique de l'autruche contre téléphone arabe, quel est le plus efficace ?

Ce matin, Karatéka nous accompagne à la toilette. Son hématome à la tête est encore douloureux, il souffre également de l'estomac mais il ne perd pas une occasion de s'aérer pendant quelques minutes.

Aussi naturellement que possible, je me dirige vers le centre de la cour. Un soldat se lave les pieds au robinet que je convoite. Il accepte bien volontiers de partager. Les autres gardiens, comme hier, laissent faire. Le test est concluant, la bataille du robinet est en passe de s'achever par une victoire. Je suis fou de joie de ces succès arrachés à mes geôliers. Je dois leur imposer, jour après jour, l'idée d'un traitement de faveur. C'est pourquoi tout à l'heure je reviendrai auprès de Hafez sur toutes mes requêtes d'hier. Elles l'avaient indisposé, certes, mais en l'obligeant à constater le rapport de forces.

Autre problème tactique : faut-il ou non que je mentionne les événements de la nuit, les tirs d'armes automatiques, la panne de courant ? Cela mérite réflexion. Je dois prendre garde à ne pas tomber dans la provocation. D'un autre côté, quoi de plus naturel que de poser une question puisque tout le monde dans la prison a entendu rafales et explosions. Tout dépendra de l'atmosphère dans le bureau, mais je penche plutôt pour le silence.

Cet animal de Hafez se lève vraiment à la pointe du jour. Il me relance déjà alors que nous avons été face à face pendant près de dix heures hier.

Les policiers essaient de m'avoir à l'usure. Je ris en paraphrasant le message historique du Général après la débâcle de 1940. « Les Afghans ont perdu une bataille (du robinet), mais ils n'ont pas perdu la guerre (des nerfs). »

Hafez pratique avec un art consommé le régime de la douche écossaise. Il commence par m'offrir un paquet de cigarettes en me priant de signer un reçu. Il m'annonce ensuite que je recevrai des fruits à midi. Dieu soit loué, mon carême touche peut-être à sa fin au bout de six jours.

Ce qui suit est nettement moins agréable. Trois soldats afghans auraient été blessés dans l'embuscade du 17 septembre. L'un d'entre eux serait dans un état grave. Bien entendu, on me colle sur le dos la responsabilité de cette affaire.

Les autorités attendent de ma part un minimum de bonne volonté dans cet incident « très grave pour nos forces armées », croit devoir ajouter Hafez. En d'autres termes, je suis expressément invité à reconnaître ce nouveau « crime » par écrit.

Il en est d'autant moins question que seuls les paras soviétiques avaient participé à l'embuscade, exception faite d'un soldat de liaison afghan. Je me lance donc dans des explications longues, détaillées. Je reviens minutieusement sur les circonstances de l'embuscade, sur les déclarations des Soviétiques. Ils avaient admis n'avoir subi aucune perte.

Alors d'où sortent ces trois soldats afghans ? Je rappelle en passant à Hafez que, quelques jours auparavant, il avait fait état de cinq tués dans mon groupe. Et puis on n'en avait plus parlé.

Je me bats avec la dernière énergie, car ces trois blessés pèseraient lourd dans un éventuel dossier d'accusation.

Hafez est intraitable. Il y a trois blessés du côté soviéto-afghan. L'embuscade ayant eu lieu la nuit, ils ont été évacués aussitôt. Les précisions ont tardé à venir, mais les conclusions de l'enquête sont formelles. Suit le couplet de circonstance : quand on accepte de se placer dans l'illégalité, il faut en assumer les conséquences.

La discussion est serrée et se prolonge pendant toute la matinée. Je sais que la marge de manœuvre de Hafez est nulle. Il *doit* obtenir coûte que coûte mes aveux écrits sur ce point. Je reviens sur l'embuscade, passe en revue les différentes phases, je tente de convaincre

Hafez que tout cela est absurde, qu'il est tenu de me fournir des preuves indiscutables, des documents irréfutables.

— Elles existent ces preuves ! déclare-t-il.

Et il exhibe des photos représentant trois hommes couchés dans des lits et plus ou moins couverts de pansements. L'un d'eux est sous perfusion. C'est grotesque. Je lui fais observer que ces photos peuvent avoir été prises n'importe où, n'importe quand.

Hafez se lance à son tour dans une diatribe passionnée. Qu'est-ce qui me permet de mettre en doute sa parole, les conclusions des enquêteurs, la véracité des faits ? Toutes les précautions ont été prises pour ne pas lancer des accusations à la légère. Ceci explique d'ailleurs que le dossier parvienne seulement huit jours après l'embuscade. On n'en sort pas. L'interprète est débordé. Il doit en même temps assurer la traduction simultanée orale et s'efforcer de tout transcrire par écrit. Il demande une interruption pour mettre un peu d'ordre dans ses notes. Hafez en profite pour quitter le bureau. Son absence se prolonge. J'en déduis qu'il est allé demander de nouvelles instructions pour sortir de l'impasse.

A son retour, je comprends très vite qu'on lui a demandé de maintenir le cap. Il faut que je reconnaisse par écrit ma culpabilité. Je développe un autre argument : nous n'étions pas armés, nous, les quatre du groupe français. Comment peut-on nous tenir pour responsables de la bataille qui s'est engagée ?

La discussion s'éternise, s'enlise. Chacun se bat pied à pied, mais tout cela reste stérile.

Au début de l'après-midi, Hafez décide qu'il vaut mieux en rester là provisoirement et je retrouve donc

Omar et Karatéka, tout heureux de profiter de mes cigarettes. Le Mongol a enfin vu un médecin ce matin. Il brandit un cornet en papier rempli de comprimés. Le docteur a décidé d'ignorer l'hématome crânien qui aurait mérité au moins un point de suture.

Je m'allonge et c'est alors qu'un soldat m'apporte un sac plein de fruits. Ce sont des raisins que je dévore voracement, à pleines grappes. A part un peu de pain sec et du thé, c'est mon premier aliment solide depuis six jours. Le raisin est très sucré et me force à boire de grands verres d'eau. Un nouveau point de marqué ? Je le ressens comme tel en m'étendant sur le matelas.

La porte s'ouvre. Au tour d'Omar d'être convoqué. Il a derrière lui plusieurs mois d'emprisonnement et, malgré tout, je le sens inquiet. Lui aussi s'est plaint d'avoir été torturé dans la première phase de sa détention. Pas à l'électricité. Il a reçu des coups de poing, des coups de ceinturon et a subi d'interminables stations debout ou accroupi, visage tourné contre le mur.

Pourquoi Karatéka est-il si hostile à son compagnon de cellule ? A peine ce dernier a-t-il le dos tourné que l'éreintement recommence. Omar serait un vulgaire mouchard chargé de faire des rapports périodiques. Karatéka, lui, se définit comme un vrai patriote, membre d'un réseau de guérilla urbaine.

— Je suis un terroriste, ajoute-t-il. Les communistes, je les liquide comme des chiens. Une balle dans la tête et c'est terminé.

Confiance ? Inconscience ? Mythomanie ? Il m'explique le genre de missions qu'il accomplit. Depuis deux ans, on lui désigne une cible de temps en temps. Il s'agit le plus généralement de membres du parti, plus rarement d'officiers, jamais de Soviétiques. Il repère sa future victime d'après une photo, reçoit toutes les précisions concernant l'adresse, le lieu de travail, les horaires, le mode de déplacement. La mission est accomplie en moyenne dans un délai d'une semaine. Il tue toujours de la même façon, d'une balle à bout portant, suivie si possible du coup de grâce dans la tête. Il opère seul, sous des accoutrements divers, y compris en uniforme de l'armée. Il ne connaît qu'un membre de son réseau, celui qui désigne l'objectif. En deux ans, il aurait ainsi exécuté quatorze personnes.

Les tueurs, cela existe. J'ignore si Karatéka dit la vérité mais je le découvre avec d'autres yeux. Il parle de ses « missions » avec une apparence de détachement, un calme qui donnent froid dans le dos. Je suis à la fois horrifié et presque envoûté. Côtoyer un homme qui revendique quatorze assassinats me fait mieux prendre conscience de ma propre situation.

Je suis à Sidorat depuis huit jours et je me sens tellement coupé du monde extérieur, jeté dans ces oubliettes...

Jusqu'ici les événements se sont bousculés ; l'embuscade, l'arrestation, les premiers interrogatoires, le transfert de Kandahar à Kaboul, les Soviétiques puis Sidorat. Et Françoise ? et les enfants ? Je réalise avec effroi qu'ils ont été très peu présents dans mes pensées.

Emmanuelle est encore à Ceylan. Aura-t-elle été informée ? Vincent a retrouvé le lycée depuis environ deux semaines. Mon affaire ne pouvait pas se dérouler à un plus mauvais moment. Elle risque de sérieusement les perturber.

Une lettre. Peut-être une lettre de Françoise

est-elle déjà arrivée ? Huit jours, c'est un peu court, mais il y a des chances. Je poserai la question à Hafez dès le début du prochain interrogatoire. Ce sale type serait capable de sortir l'enveloppe de son tiroir, de l'exhiber et de la ranger. Il m'expliquerait que les nécessités de l'enquête interdisent de me remettre la lettre. Comme pour le colis de l'ambassade. Comme pour mes affaires confisquées. Je l'entends déjà invoquer le règlement. Combien de fois s'est-il abrité derrière ce maudit règlement depuis mon arrivée ? Il me le cite à tout propos. Je suis d'ailleurs convaincu qu'il improvise beaucoup dans ce domaine.

Mon dernier contact avec Françoise, c'était un coup de téléphone de Quetta à notre retour de la première expédition. Rien dans cette histoire afghane ne lui plaisait vraiment. Elle avait d'abord été rassurée d'apprendre que les trois premières semaines passées clandestinement avec les moudjahidin s'étaient bien déroulées. Elle avait moins apprécié la suite. Faute d'avoir atteint notre objectif, la ville d'Hérat, nous devions repartir. Il m'était difficile d'être plus précis au téléphone. On replongeait, voilà tout. C'était l'affaire de trois semaines maximum. Je serais de retour vers le 5 octobre au plus tard.

Pourquoi cette anxiété de sa part ? Je n'avais jamais constaté rien de tel dans le passé. Et pourtant le Viêtnam, le Liban, l'Erythrée, le Cambodge, le Chili, ces quinze jours terribles passés avec les clandestins de gauche dans le Santiago de Pinochet. « Soyez vraiment prudent », m'avait-elle dit. Et puis : « Tu auras des surprises en revenant à Cap Blanc », ajouta-t-elle en évoquant notre maison des Landes.

Je suis sûr qu'elle a commandé la bibliothèque à

Destruhaut : une série de niches en ciment blanc dans le mur, des lignes sobres dans le prolongement de la cheminée. Je lui fais toute confiance, c'est vraiment un bon maçon. Et puis, il travaillera sur le plan de l'architecte Legand.

A moins que ce ne soit l'escalier. Raoul Puyo l'avait promis pour cet été. Très bien Puyo, mais si la saison de la palombe est ouverte, c'est cuit jusqu'à la fin de l'automne.

La bibliothèque, l'escalier : le rez-de-chaussée et l'entrée vont complètement changer d'allure.

Françoise m'a quand même annoncé une bonne nouvelle. L'armoire de Mathilde est en place. Bouyrie a enfin fait le nécessaire après un an de patience. Elle m'assure que c'est très réussi. C'est vrai qu'il va y avoir des changements à Cap Blanc. J'ai hâte d'y revoir Jean Bordes et sa femme...

— Mister Jacques !

Karatéka s'agite sur son matelas. Encore ses histoires de tueur. Mais comment a-t-il été arrêté ? Une descente de miliciens dans sa maison, près du bazar de Kaboul. Probablement, une dénonciation. Ils ont fouillé partout sans trouver les deux revolvers soigneusement empaquetés et rangés. Une cache indécelable dans le mur, explique Karatéka en s'accompagnant de gestes éloquents.

On le soupçonne, on l'accuse mais il est convaincu, après son premier interrogatoire, qu'ils ne savent rien de ses véritables activités. Son père, un homme âgé, n'a d'ailleurs pas été inquiété. Or les miliciens ont pour habitude d'embarquer tous les membres de la famille lorsqu'ils flairent un repaire de moudjahidin dans une maison.

Omar revient. Calme, plus détendu que tout à l'heure, avant le départ. Il n'a subi aucune violence. Les policiers l'ont confronté à son chef de groupe du Panjshir. Il parle de lui avec enthousiasme. Un garçon de trente ans. Il a perdu une jambe dans un accrochage avec les Soviétiques. Des médecins français ont procédé à l'amputation. Ils l'ont envoyé à Paris où des spécialistes lui ont adapté une jambe artificielle. Il est revenu se battre en Afghanistan et a été fait prisonnier à la suite d'une embuscade.

Omar raconte, raconte... Karatéka se renfrogne mais ne perd rien du récit. Comment imaginer qu'il s'agit d'un tissu de mensonges ? Le chef, les médecins français, la prothèse, Paris... Il ne peut avoir tout inventé ! Alors pourquoi cet acharnement de Karatéka à accuser Omar d'un crime crapuleux ?

A l'heure de la soupe, ils semblent réconciliés. Le bouillon gras est servi dans un unique plat métallique creux. Ils le boivent à petites gorgées en se passant le récipient à tour de rôle. Le pain constitue l'élément solide du repas. Il n'a rien à voir avec les délicieuses galettes que l'on trouve partout en Afghanistan. Le pain de Sidorat se présente sous la forme de grosses miches épaisses, au point que la mie mal cuite est pâteuse et collante.

Après le bouillon, Omar et Karatéka se partagent équitablement les petits morceaux de carottes, ou de viande, qui traînent au fond du plat. Ils mangent à deux les parts de trois personnes car je suis toujours allergique à la « shorba ».

Aujourd'hui, je ne peux pas me plaindre : j'accompagne ma dernière grappe de raisin d'un peu de pain.

C'est à Karatéka qu'il revient de tout ranger après

les repas. Il enveloppe les restes de pain dans une toile cirée qui sert également de nappe, remet les gobelets en place après les avoir rincés avec la réserve d'eau contenue dans un pot en plastique. Il ramasse soigneusement les miettes. Pas de couverts à laver puisque les Afghans mangent avec la main droite. Ils se lavent toujours les mains avant et à la fin des repas.

Je suis admiratif devant le soin que mes deux compagnons apportent à maintenir la cellule toujours propre. En outre, ils sont très soucieux de leur hygiène corporelle malgré les pires difficultés à se procurer le savon et le reste.

Hafez veut me voir. A moins d'une surprise, je ne serai pas couché avant quatre ou cinq heures, c'est-à-dire vers minuit. A peine assis dans son bureau, je le questionne au sujet de la lettre. Il me regarde sans avoir l'air de comprendre. J'ai la certitude d'en avoir reçu au moins une de ma femme. Il trouve l'idée saugrenue, semble-t-il, et me fait dire par l'interprète de ne pas m'exciter inutilement. Et le rasage ? A-t-il pensé au rasage ? Aucun règlement au monde ne peut m'imposer le port de la barbe. Je lui fais observer que la plupart des détenus ont le crâne rasé. Probablement pour des raisons d'hygiène. Ceux qui conservent la barbe le font sans doute volontairement.

Il m'arrête net. Mes considérations sur la situation capillaire comparée des uns et des autres ne présentent pour lui aucun intérêt. Cela ressemble fort à une manœuvre de diversion. Si nous en revenions plutôt aux choses sérieuses ? « Mister Jacques » vous avez une fâcheuse tendance à oublier que vous êtes enfermé à Sidorat pour répondre de plusieurs crimes contre la République Démocratique d'Afghanistan...

Les trois soldats blessés reviennent sur le devant de la scène. Il est vraiment sans surprise, l'ami Hafez. Il reprend toute l'affaire à son commencement. J'éprouve les pires difficultés à suivre la traduction. Mon esprit est ailleurs, du côté de Cap Blanc : l'escalier, la bibliothèque...

J'ai tort. Jusqu'ici j'ai tenu tête à Hafez en étant très concentré, très attentif à ses déclarations, contestant tel mot qui me paraissait impropre, telle description qui me semblait non conforme. Alors, restons sur nos gardes. Il est vrai que sa méthode est mortellement répétitive. Il s'agit de marteler les mêmes affirmations pendant des heures, de revenir sur les mêmes questions déjà posées dix fois précédemment. Les officiers russes n'avaient pas agi différemment à Kandahar. J'ignore si Hafez a été formé par ses maîtres soviétiques. Dieu qu'il est ennuyeux ! Et patient. C'est peut-être le propre des robots. Il me laisse développer avec la même minutie la thèse que je défendrai pendant toute la matinée : absence de soldats afghans lors de l'embuscade, pas de perte selon l'officier tankiste soviétique.

Il exige que tout soit consigné par écrit. Commence alors un travail long et fastidieux. Il pose des questions qui sont autant d'accusations sur les trois soldats. Je conteste en bloc. Le tout est traduit, rédigé en persan, co-signé par Hafez, l'interprète puis moi. Questions/réquisitoires, réponses/plaidoiries, traductions, rédaction, signature... Le procès-verbal final reflète bien l'opposition totale des deux thèses en présence. Hafez n'a rien concédé, je n'ai rien reconnu. J'espère simplement que l'interprète traduit par écrit les propos que j'ai vraiment tenus. Sur ce point, je n'ai évidemment aucune possibilité de contrôle ultime. Je n'écris ni ne lis le persan. Ils restent donc les maîtres du jeu.

Le coup de minuit est largement passé lorsque Hafez lève la séance. Une fois de plus, je suis exténué. J'ai l'imprudence de demander s'il a l'intention de me reconvoquer dans les heures qui suivent. Il entre dans un état de fureur, dénonce mon esprit provocateur, menace de me garder dans le bureau toute la nuit et ordonne à un soldat tout penaud et endormi d'écarter de sa vue « l'espion » détesté.

Pauvre Hafez, triste existence que la sienne. Est-il marié ? Vit-il dans l'enceinte de Sidorat ? Lui et ses semblables de la police me semblent aussi prisonniers, aussi « taulards » que les 700 détenus du centre d'interrogatoires. En ville, ils doivent être montrés du doigt comme les « collabos » par excellence. Quelles belles cibles pour Karatéka ! Plus ils déploient de zèle dans leur travail, plus ils questionnent, plus ils torturent et plus ils s'exposent aux représailles de leurs adversaires. Or ils n'ont d'autre choix que de pousser les interrogatoires, de supplicier encore et toujours. Il leur faut débusquer les « contre-révolutionnaires », traquer les « bandits » qui sommeillent en chaque Afghan. Et la religion à Sidorat est que chaque nouvel arrivant dans le Centre est non pas suspect mais coupable. Il doit donc avouer, confesser ses fautes, reconnaître sa culpabilité et alors seulement il peut invoquer l'indulgence des bourreaux. Ceux-ci devront encore évaluer le degré de sa sincérité avant de se prononcer.

La nuit est calme. Pas de mitraillages comme hier soir. La lumière crue des projecteurs ne laisse pas un recoin de la cour dans l'ombre. Karatéka et Omar se tournent légèrement sur leur matelas à l'ouverture de la porte. Je m'endors en contemplant la grosse ampoule du plafond qui se balance imperceptiblement au bout de son fil.

26 septembre

Pourquoi diable les Afghans aiment-ils leur thé si sucré ? Comme chaque matin, je suis obligé d'arrêter le soldat qui verserait volontiers trois et même quatre cuillerées à soupe de sucre dans ma tasse. Omar et Karatéka l'encouragent au contraire et se régalent de leur breuvage sirupeux. Le rite du thé accompagne la journée de tout Afghan. Chaque pause, chaque rencontre, chaque réunion est une occasion. A Sidorat, il est servi avec les trois repas. Curieusement, les détenus doivent se contenter d'un thé non sucré à midi et le soir, ce qui ne les décourage pas d'en absorber des quantités phénoménales. Il est vrai que le thé des prisonniers, d'une couleur jaune paille, manque singulièrement de vigueur. Les soldats sont plus gâtés si j'en juge par le contenu de leurs théières. La nourriture de base, riz et soupe, est la même pour tous. Les soldats ont droit néanmoins à des portions de viande plus substantielles. En outre, malgré leur maigre solde, ils s'achètent parfois des galettes de pain au bazar. Elles remplacent avantageusement les grosses boules pâteuses qui constituent notre ordinaire. Quoi qu'il en soit, il n'y a pas place pour la gastronomie dans tout cela.

Les prisonniers privilégiés, ceux qui ont quelques ressources financières, peuvent s'offrir des petits extras à la cantine de la prison. N'allez pas imaginer un magasin regorgeant de marchandises. Plus modestement il s'agit d'un carton qu'un militaire promène de cellule en cellule. Il propose des articles de consommation courante : lessive en poudre, savonnettes, serviettes de toilette, dentifrice, cigarettes soviétiques, bulgares ou pakistanaises, allumettes, petits bonbons dans des sachets en plastique et raisins secs. La séance de la cantine a lieu deux fois par semaine.

Les prisonniers peuvent dépenser dans la limite de cent francs par mois. Cela suppose que les familles soient informées de leur présence à Sidorat, ce qui est loin d'être le cas général.

Ce matin, par exemple, seul Omar achète deux paquets de cigarettes et des bonbons. Il est enfermé depuis huit mois et son frère, conducteur de bulldozer à Kaboul, en a été avisé officiellement. Il verse donc régulièrement les sommes nécessaires au greffe de la prison. Karatéka, lui, est absolument démuni d'argent bien que ses parents vivent dans la capitale. Ils n'ont pas la moindre idée de l'endroit où leur fils a été enfermé après son arrestation. Il est là comme un orphelin, sans le moindre vêtement de rechange ; je lui prête mon savon et Omar et moi l'entretenons tant bien que mal en cigarettes.

Je n'ai pas non plus accès à la cantine, faute d'argent liquide. Les trois mille dollars dont j'étais porteur sont officiellement confisqués. Ils ont probablement fait les beaux jours de quelques paras soviétiques. Quant à l'ambassade de France, sans doute n'a-t-elle pas été autorisée par les Afghans à me faire parvenir le moindre pécule.

Le titulaire de la cantine est un vieux militaire qui s'attarde volontiers sur le pas de la porte pour faire la causette avec Omar et Karatéka. Mes deux complices essaient de grappiller quelques petites informations sur la vie de la prison ou sur les événements extérieurs. Ils en tirent des sujets de conversation pour la journée, en bons Afghans bavards qu'ils sont.

Ma présence est une mine pour eux. Ils ne cessent de m'interroger sur la France et l'Europe, avec des centres d'intérêt très particuliers : les voitures françaises sont-elles aussi bonnes que les Mercedes ou les Toyota ? Paris est-il plus grand ou plus petit que Téhéran ? Les Français ne boivent pas beaucoup de thé, mais du café ? Quel est le goût du café ? Est-ce qu'on trouve en France autant de fruits qu'en Afghanistan ?

Ils sont particulièrement ravis des comparaisons entre l'Occident et l'Union Soviétique. Les conclusions ne sont que rarement favorables aux Russes, ce qui les fait chavirer de bonheur. Omar comme Karatéka ne reconnaissent qu'une supériorité à leurs adversaires : ils n'imaginent pas qu'il puisse exister au monde un meilleur fusil d'assaut que la Kalashnikov. Dans ce domaine, même le modèle chinois de Kalash leur paraît une pâle imitation.

On vient me chercher mais ce n'est pas une convocation de Hafez. Ciseaux en main, le coiffeur de la prison m'attend dans une cellule voisine. Malgré l'entrevue orageuse de la veille, j'ai enfin droit à une séance de rasage. J'embrasserais volontiers le barbier sur les deux joues pour lui manifester ma reconnaissance. Il débute par une bonne coupe de cheveux. Mais le vrai bonheur commence lorsqu'il étend longuement le savon à barbe avec son blaireau. Les crissements du rasoir sur la peau finissent de me combler. Au final, il fait courir ses doigts sur mon visage afin de s'assurer que la peau est bien lisse. Sensation inoubliable. Je n'ai pas le droit de contempler le résultat dans un miroir. Le règlement l'interdit. Peu importe.

En arrivant dans le bureau de Hafez, je me sens triomphant. Il me semble que j'ai pris un ascendant psychologique indiscutable pour le reste de la journée.

Une journée pas comme les autres. J'ai croisé deux femmes dans la partie ouverte de la prison. Jeunes, vêtues à l'européenne de tailleurs stricts. Je les ai vues pendant quelques secondes seulement. Les ai-je regardées avec une certaine avidité ? Elles ont baissé les yeux toutes les deux. Ont-elles compris que j'étais un étranger ? C'est peu probable. Je les ai trouvées jolies l'une et l'autre, le temps de cette rencontre fugitive. L'une très fardée, m'a-t-il semblé. Sans doute, deux employées de la prison de femmes, mitoyenne de notre centre. Quel choc de les apercevoir au détour d'un bâtiment. Peut-être interrogent-elles des suspectes à longueur de temps comme le font Hafez et ses collègues de la police. La réputation de la section des femmes n'a rien à envier à la nôtre. On y torture, paraît-il, avec la même férocité.

Hafez est satisfait du travail du coiffeur. Encouragé par cette entrée en matière, je lui demande la permission de laver ma tenue rayée de prisonnier. Pour cela, il faut que l'on me rende mes vêtements afghans. Je le sens tout de suite un peu agacé. Peut-être pense-t-il que chaque concession, chaque geste de bonne volonté de la part des autorités de Sidorat entraîne de mon côté une nouvelle requête. On verra bien. Et ma douche chaude ? Il me trouve franchement insupportable et en discute avec l'interprète qui est prié de ne pas traduire Ces banderilles que je plante de temps en temps exaspèrent mes interlocuteurs afghans.

Hafez s'efforce de rester calme. Est-ce la proximité du week-end ? Il ne sera de service ni jeudi ni vendredi. A moins qu'il veuille cravacher. Il m'interroge sur mes compagnons de voyage. Hugues de Latude l'intrigue tout spécialement. Un garçon de vingt-cinq ans, photographe indépendant ayant des rudiments de persan, Hafez ne comprend pas pourquoi il s'intéresse à l'Afghanistan au point d'avoir déjà effectué plusieurs voyages clandestins. On a retrouvé dans ses affaires un dictionnaire anglais-persan, un carnet de notes, des adresses d'opposants afghans.

De plus, au cours des interrogatoires, j'ai eu tendance à m'abriter derrière lui pour lâcher le moins de noms possibles. Il est vrai que Hugues se chargeait des contacts avec les Afghans dans les bureaux de Quetta. Il savait à qui s'adresser, m'évitant ainsi d'avoir à retenir les noms des petits chefs politiques ou militaires locaux.

La conviction de Hafez est que Hugues est, lui aussi, un agent de renseignements. Et il n'en démordra pas. Même plus tard, lorsqu'il renoncera à me coller l'étiquette d'espion.

Hafez me demande à brûle-pourpoint :

— Combien de barbus y avait-il dans votre groupe ?

Il regarde par transparence un rouleau de photos développé à Kaboul. Dans les affaires abandonnées par l'équipe, il y avait trois ou quatre de ces rouleaux.

J'essaie de me souvenir où ces clichés ont été pris, avant de répondre. Georges Hansen avait fait quelques photos souvenir, la veille de l'embuscade, alors que nous attendions dans une maison, près de la frontière. A ce moment-là nous étions quatre et il n'y avait comme barbus que Hugues et Saporito.

Et s'il s'agissait de photos prises lors de notre première expédition ? Au camp de Rabath où était arrivé le convoi d'armes destinées à la Résistance, nous étions sept étrangers, en comptant Anne et Eric, deux membres de la Guilde du Raid et Jeff, un journaliste américain un peu fou. Il adorait se faire photographier, brandissant une arme au milieu des combattants. A Rabath, avec Eric et Jeff, notre groupe comptait quatre barbus.

Or jusque-là, je m'étais toujours abstenu de mentionner l'existence d'Anne, Eric et Jeff. Je les avais passés sous silence lorsqu'on m'avait interrogé sur le convoi d'armes.

Hafez, découvrant trois nouveaux visages, dont un barbu armé parmi des moudjahidin, se déchaînerait. Il m'accuserait d'avoir maquillé la vérité. Surtout il se convaincrait d'avoir débusqué un repaire de mercenaires et de conseillers militaires étrangers. Et je serais embarqué dans un roman-fleuve au dénouement imprévisible. J'entends déjà Hafez me demander :

— Alors cette fille et ce garçon sont français ? Membres d'une association humanitaire ? Que faisaient-ils dans des camions transportant des armes pour les « bandits » ? Et l'autre, le barbu qui pose avec une Kalashnikov, c'est un journaliste américain ? C'est le rôle d'un journaliste de s'exhiber de la sorte ?

Surtout, Hafez pourrait s'étonner que j'aie passé sous silence la présence de tout ce monde à Rabath.

Il continue à regarder les photos, discute avec l'interprète.

— Alors, combien de barbus ?

— Deux. Le cameraman et le guide.

Il n'insiste pas, range les photos sans me les montrer. Coup de chance, ce sont bien celles que Hansen a prises la veille de l'embuscade. Il n'y a rien sur Rabath. J'ai frôlé la catastrophe.

Un soldat entre dans le bureau et pose sur la table la pile de livres envoyés par l'ambassade de France. Hafez va peut-être se laisser fléchir, m'en donner au moins un pour le week-end. Je me garde bien de faire la moindre remarque tandis qu'il range ostensiblement les cinq volumes dans son armoire. Allons, ce ne sera pas encore pour aujourd'hui.

Il met ses affaires en ordre ; l'interprète et moi nous nous levons. Je réclame un paquet de cigarettes, il consulte sa montre et me dit que c'est trop tard, que la cantine est fermée. Je sais qu'il lui suffit d'envoyer un soldat, mais Monsieur Hafez aime bien recourir aux petites brimades de temps en temps.

Il m'offre néanmoins une de ses cigarettes que je refuse. Nous nous quittons très froidement. Je retrouve Omar seul dans la cellule. Karatéka a été convoqué peu de temps après mon départ ce matin. Un soldat apporte le petit sac contenant quelques grappes de raisin, l'essentiel de mes trois repas quotidiens. Ces quelques fruits ne m'empêchent pas d'être tenaillé par la faim. Cela tourne à l'obsession. Je n'ai eu aucun aliment chaud ou salé depuis le 19 à Kaboul, en compagnie de mon général géorgien.

Une semaine déjà ! Une semaine de semi-carême, enfermé entre quatre murs, sans réelle communication avec les autres, en étant soumis à des interrogatoires quotidiens. Je me sens affaibli, déprimé. Aussi, lorsque je me lève un peu brusquement de mon matelas, mes tempes battent-elles violement et je suis pris de vertiges. Ma tension artérielle a certainement baissé. Les médecins de Sidorat qui m'ont déjà examiné ont constaté ces différents symptômes mais je refuse leurs traitements à base de comprimés. J'exprime devant eux le souhait, jusque-là non exaucé, d'être suivi par le médecin de l'ambassade de France.

Difficile de s'endormir avec une faim aussi tenace. Je me reprojette vers Cap Blanc. L'arrière-saison y est souvent très belle, après les grosses chaleurs et les orages parfois violents du mois d'août. Les Landes ont aussi leur été indien. Les hommes s'installent dans leurs palombières pour de longues semaines, scrutant le ciel, guettant les vols en formations serrées des « demoiselles bleues ». J'espère vraiment que Raoul Puyo aura fini l'escalier à temps. Mais il est là, le bougre ! Et il a bien travaillé. C'est vrai que son escalier est réussi : du pin massif de couleur claire, sans rampe et sans contremarche, surtout. Un mouvement tournant, élégant et l'on découvre instantanément l'impressionnante charpente du grenier.

La clé grince dans la serrure. Ai-je vraiment dormi ? Mais oui, on apporte la soupe et Karatéka n'est toujours pas revenu. Dans quel état vont-ils encore le renvoyer ? Il arrive en fait sur les talons des soldats qui distribuent le pain. Il a l'air à bout de forces, s'étend sur son matelas mais accepte cependant de partager la soupe avec Omar. Il a reçu quelques coups de poing, un officier lui tirait les doigts en arrière à les rompre mais seulement au début de l'interrogatoire. Puis il a été forcé de s'accroupir dans un couloir, face contre le mur. Il entendait des cris provenant d'une pièce voisine. Sans tourner la tête, il sentait de nombreuses allées et venues, des portes qui s'ouvraient ou se refermaient brutalement. Son interrogatoire a repris dans l'après-midi, mais sans être accompagné de violence. A la différence de ce qui se passe pour moi, Karatéka et les détenus afghans restent debout pour répondre aux questions. Ce qui explique son état d'extrême fatigue à son retour.

27 septembre

A peine réveillé, j'apprends la bonne nouvelle : je suis autorisé à laver la tenue de prisonnier qui me sert à la fois de vêtement et de pyjama depuis huit jours. Je déchante rapidement lorsqu'on m'apporte le pantalon et la chemise de rechange. Ils sont très sales et dégagent une odeur de sueur et de corps mal lavé qui découragent toute velléité de s'en vêtir. Qu'à cela ne tienne, c'est la tenue de rechange qui sera lavée en premier.

Je me dirige donc vers mon robinet de privilégié, au milieu de la cour. Catastrophe, il est condamné, bouché par une pièce de bois qui empêche l'écoulement de l'eau. Un soldat, un peu goguenard, me fait comprendre que ce robinet-là est cassé. Les militaires eux-mêmes doivent utiliser l'autre, celui de tout le monde, l'unique exemplaire qui reste pour 700 personnes.

Je dois endurer une des plus pénibles épreuves subies depuis mon arrivée : nettoyer des vêtements dégoûtants dans un lavabo ébréché et crasseux à proximité de toilettes dégageant une puanteur atroce. Dans le petit matin, ma condition m'apparaît peu enviable mais je constate néanmoins un certain progrès dans l'adaptation. Il y a huit jours, à mon arrivée, j'étais pris de nausées à la seule vue du lavabo et le simple fait de passer devant les toilettes me faisait vomir. Aujourd'hui, rien de tel. J'ai même la force de sourire aux soldats, qui trouvent irrésistible le spectacle de « l'espion » français faisant sa petite lessive.

Par association d'idées, je repense à cette douche chaude dont je suis privé depuis notre départ de Quetta, il y a douze jours. Je vais finir par sentir mauvais, par incommoder Hafez et l'interprète en arrivant dans le bureau. Par contraste, eux me semblent toujours impeccables, changeant quotidiennement de chemise et très souvent de costume. Je le fais remarquer à mon policier en guise d'entrée en matière, ce matin.

Il secoue la tête dans un mouvement de lassitude, comme quelqu'un qui aurait examiné le problème sous tous ses aspects, le jugeant insoluble. Sidorat n'est pas équipé de salles de bains et il n'y a ni cumulus, ni chaudière pour obtenir de l'eau chaude. Les autres détenus se contentent de l'installation existante.

Parlons-en ! Un tuyau en plastique de vingt centimètres de long prolongeant un robinet d'eau froide dans un des lieux d'aisances. Omar et Karatéka s'en accommodent une fois par semaine. Ils sortent de cette douche improvisée ruisselants et grelottants de froid. L'idée même de devoir supporter les odeurs de merde et d'urine sous le jet glacial me fait repousser l'échéance de jour en jour.

Je fais observer à Hafez que les responsables de la prison ont certainement à leur disposition de véritables installations sanitaires. Ne pourrait-on m'en faire bénéficier, ne fût-ce qu'au prix d'une dérogation ? Il juge sans doute ma demande déplacée et même exorbitante mais il a décidé d'être patient. Pas de coup de gueule en ce premier jour de la semaine. Je décide d'en rester là.

Hafez a très bien compris que cette histoire de douche chaude était vitale pour moi et s'il baisse les bras c'est que vraiment il est impuissant et démuni. Je sens d'ailleurs une certaine évolution dans son comportement depuis les deux derniers interrogatoires. Bien sûr, il continue de réagir très vivement à certaines de mes remarques. Mon comportement lui déplaît et l'exaspère même, lorsque je refuse la règle commune, mais une certaine sympathie commence à pointer sous la carapace.

Hafez a mon dossier entre les mains et depuis huit jours il me bombarde de questions. Ce garçon n'est pas idiot. Est-il possible qu'il me prenne encore pour un agent de renseignements ? A l'évidence, non. Mais je dois aussi faire la part du sectarisme, du fanatisme et aussi de l'ignorance. Hafez est un homme borné vis-à-vis de tout ce qui n'est pas communiste. Il est victime de ses œillères idéologiques. L'idée même de résistance au Régime le révulse. La guérilla n'est pour lui qu'un ramassis de paysans ignares, victimes d'un féodalisme ancestral et d'un Islam obscurantiste. Il trouverait parfaitement logique que tous les Afghans chantent les louanges de M. Babrak Karmal, et que ses compatriotes se satisfassent de la présence de 150 000 soldats soviétiques dans leur pays.

Hafez se considère comme le représentant d'une avant-garde et il est disposé à en payer le prix. Il accepte aveuglément la ligne fixée par la hiérarchie.

Les directives de ses supérieurs sont paroles d'évangile. Ces derniers ont ainsi décidé que j'étais un espion déguisé. Hafez est de plus en plus convaincu du contraire mais cela n'est pas suffisant. Son chef immédiat exige un dossier d'espionnage. Hafez doit lui donner satisfaction au nom de la raison d'Etat. C'est pourquoi je n'ai pas de cadeau à attendre. Il fera des concessions minimes pour essayer de me rendre moins pénible la vie de tous les jours. Mais sur le fond, il restera intransigeant. Et si devant mon refus de passer aux aveux ou de confesser certains « crimes » les supérieurs de Hafez lui donnent l'ordre d'employer les grands moyens, y compris la torture, il n'hésitera pas. Telles sont les limites du code de bonne conduite qui régit nos rapports.

Hafez m'annonce que notre bout de film tourné avant l'embuscade a été développé. On va m'emmener dans une salle de projection et je devrai fournir le maximum de détails sur la séquence. Pour la première fois, je quitte la prison proprement dite, après avoir traversé plusieurs cours. Elles débouchent sur un grand jardin dont les parterres de fleurs sont soigneusement entretenus. Des petits lapins domestiques se dorent au soleil sur les pelouses. J'apprendrai plus tard que les bâtiments ceinturant cet espace vert abritent les services du Premier ministre. La salle de projection est en fait une salle de conférence. Dans le fond, quelques fauteuils de cuir et un écran escamotable. Pour la circonstance, le chef de la police secrète s'est déplacé en personne, accompagné de plusieurs individus que je n'avais pas rencontrés auparavant.

Au total, la séquence dure environ six minutes et consiste donc dans les préparatifs du départ. On voit les moudjahidin de notre escorte, une vingtaine d'hommes, saluant leurs camarades avant de monter dans les camionnettes. Ils vérifient leurs armes, chargent les caisses de munitions à bord et se réunissent une dernière fois tous ensemble pour la prière.

Puis c'est l'embarquement. Les véhicules roulent dans le désert et les combattants reprennent certains slogans et entonnent des chants guerriers.

Dans la salle, tout le monde écoute attentivement, sans faire le moindre commentaire. On repasse la séquence et je dois localiser d'abord l'endroit où ont lieu les préparatifs, puis essayer d'identifier les différents participants. Je ne suis pas d'un grand secours : ces combattants, j'ai passé trois heures au grand maximum en leur compagnie, je ne connais pas leurs noms. J'ignore même l'identité du chef de groupe, un grand gaillard barbu que nous avons pourtant rencontré à Quetta chez Ahmed Gaylani. Hafez et ses collègues présents s'énervent. Comment me suis-je embarqué dans cette expédition sans même connaître les noms des hommes de l'escorte ? J'explique qu'ils avaient pour mission de nous emmener à Kandahar, de nous conduire auprès des chefs de l'opposition locale et que nous n'avions pas eu le temps de faire amplement connaissance. J'insiste une nouvelle fois sur le fait que c'était notre guide Hugues de Latude qui avait pour tâche précisément de discuter des problèmes pratiques avec ces gens dont il parlait la langue.

Ils ne sont ni satisfaits ni convaincus. On repasse la séquence sept fois de suite. J'aperçois fugitivement l'homme qui portait la mallette de voyage, celle qui m'avait valu tant de questions de la part des Soviétiques. Depuis mon arrivée à Sidorat, les Afghans ne m'ont rien demandé à ce sujet. Et pourtant la mallette débordait de documents manuscrits ou imprimés, de tampons, de feuilles à en-tête des groupes de Résistance, de photos de moudjahidin et même d'un plan de l'aéroport de Kandahar. Les Afghans me questionneront peut-être plus tard, en tout cas leur attitude m'intrigue à cet égard.

Pour l'instant, ils discutent du film puis se concentrent ensuite sur la bande son. Ils l'écoutent de nombreuses fois sans comprendre, et pour cause, le sens des commentaires du preneur de son, Georges Hansen. Je dois leur expliquer qu'il s'agit d'annonces techniques au début ou à la fin des prises. Ils discutent également entre eux des slogans des moudjahidin et de leurs chants. Ils se comportent comme si notre film était un document explosif.

De retour dans le bureau de Hafez, je subis une revue de détail de tout notre équipement. Tout y passe : la caméra, le magnétophone, les micros, les cellules, les optiques et tous les accessoires. Il veut des précisions sur chaque type de matériel, le pays et la date de fabrication avec en prime une estimation du montant. Je fais observer à Hafez que n'étant pas technicien, je n'ai pas d'éléments de réponse. Je lui suggère de s'adresser aux spécialistes de la télévision afghane. Pourquoi le prend-il si mal ? Il est hors de lui, indigné par mon manque d'esprit de coopération, scandalisé, dit-il, par mes manœuvres de sabotage. En réalité, il est furieux du déroulement de la séance de projection du matin. Lui et ses supérieurs attendaient probablement des révélations fracassantes et ils n'ont rien tiré du film.

Il s'ensuit donc un certain durcissement. Hafez

remet sur le tapis l'histoire des deux fioles de médicaments portant l'étiquette « poison ». Il joue encore une fois de l'intimidation : la possession de ces deux flacons est considérée comme un acte gravissime qui pèsera lourd dans la suite de l'enquête. J'ai cherché à me dérober, à éluder, mais je devrai en répondre le moment venu. Même chose pour mon passeport mentionnant « commerçant » comme profession.

Hafez, très excité, s'en prend aux autorités françaises qui « se compromettent dans ce genre de falsification ». Là encore, il faudra bien que je m'explique ultérieurement sous peine d'encourir une condamnation très lourde. Hafez ne me donne même pas la possibilité de répondre et me renvoie.

Les prochaines séances s'annoncent orageuses. Paradoxalement, c'est cet après-midi que j'ai droit à ma première promenade hors de la cellule en compagnie d'Omar et Karatéka. Promenade est d'ailleurs un grand mot. Nous sommes autorisés à marcher dans un coin de la cour pendant quinze minutes sous la surveillance d'une sentinelle en armes. Interdiction totale de parler ou de chanter. Les autorités de la prison veillent jalousement à ce qu'aucun contact n'ait lieu entre occupants de cellules différentes.

Dans le trio, Omar est celui qui a le moins d'occasions de sortir. Après huit mois de détention, ses interrogatoires se sont espacés. Il s'offre torse nu au chaud soleil de l'après-midi, mais les quinze minutes sont vite passées et nous réintégrons nos douze mètres carrés la mort dans l'âme. La cellule, orientée au nord, est sombre et froide. Elle nous paraît encore plus lugubre que d'habitude.

La faim ne me laisse aucun répit. Quatre pommes

pour les trois repas : je ne supporte plus ce régime alimentaire et je le dis tout de go à Hafez qui m'a fait appeler peu de temps après la promenade. Je lui demande si le colis de l'ambassade de France me sera remis un jour. Une semaine pour en vérifier le contenu me paraît un délai suffisant. A moins que l'on veuille me punir de mon manque de zèle au cours des interrogatoires. J'invoque mon état de faiblesse et d'amaigrissement, j'exige que soit revu mon régime alimentaire, je veux obtenir une nourriture digne de ce nom.

Hafez triomphe. Selon lui, les autorités afghanes ont toujours respecté leur part du contrat, ce qui est loin d'être mon cas. Elles ont fait leur possible pour rendre ma détention moins pénible, alors que je passe mon temps à revendiquer, à me plaindre et à me comporter d'une manière déloyale aux cours des interrogatoires.

Même ma biographie, rédigée le premier soir de mon arrivée, est truffée d'erreurs. Je m'étonne. Peut-il préciser le genre d'erreurs ? Hafez est lancé et ne prend même pas la peine de me répondre. Cette biographie passe sous silence des « choses essentielles » dont les Afghans ont été avisés à mon sujet. Que va-t-il encore inventer ? Je ne vais tout de même pas devoir recommencer ce pensum Eh bien, si. Hafez me l'annonce froidement. Exécution, immédiatement. Je n'obtiens même pas de la rédiger en français. On m'impose de nouveau la version anglaise. Je demande à Hafez de me signaler au moins ces erreurs ou ces omissions qu'il dénonce si fort. Trop facile, selon lui. C'est à moi de faire la preuve de ma bonne foi en ne cachant rien. Je m'y attelle donc.

Cette plaisanterie m'amène jusqu'à 1 heure du

matin. Hafez note les heures, feuillet après feuillet, sans commentaire. Je rédige au total vingt-quatre feuillets contre vingt-trois la première fois. J'ai repris fidèlement les mêmes événements survenus dans ma vie, cité les mêmes dates. Dans cet ordre d'idées, il me semble difficile de faire preuve d'une grande innovation. Surtout je m'applique à ne laisser dans l'ombre que quelques reportages clandestins, en Pologne notamment, déjà passés sous silence dans la première version. Ce sont peut-être les « choses essentielles » manquantes de la première biographie dont parlait Hafez. En tout cas, rien ne différencie les deux moutures.

Omar et Karatéka dorment profondément à mon retour. Ils se retournent pourtant et ouvrent un œil. C'est devenu une seconde nature chez les détenus de Sidorat, susceptibles d'être convoqués à toute heure du jour et de la nuit.

28 septembre

Omar est très anxieux ce matin. A peine éveillé, il ouvre le sac de voyage dans lequel sont entassées ses quelques affaires, en tire du linge sale. Il espère recevoir de la visite. Deux vendredis par mois les familles sont autorisées à apporter du linge de rechange aux détenus ainsi qu'une lettre ouverte qui ne doit pas exéder une page de cahier.

Il n'y a pas de contact direct entre le prisonnier et ses visiteurs. Ceux-ci remettent au poste de garde les affaires qui lui sont destinées, généralement des vêtements propres. Tout est fouillé minutieusement. Un policier prend connaissance du contenu de la lettre et barre les passages qu'il juge superflus. La censure est impitoyable. Le paquet ne doit contenir ni cigarettes, ni nourriture.

Un soldat apporte à Omar le colis qu'il attendait. Il lui tend un crayon et une feuille de papier. Omar avait déjà préparé son paquet de linge sale et écrit fébrilement. Il n'a que trois minutes pour rédiger son message et rendre le crayon au soldat. Voilà ce que l'on appelle une visite à Sidorat : quelques bribes de nouvelles reçues et envoyées à la sauvette. Après quoi, c'est le silence complet et l'isolement pour les deux semaines qui suivent.

La famille d'Omar n'est admise à entrer en contact avec lui que depuis très peu de temps. Pendant six mois, elle a été tenue dans l'ignorance complète de son sort. La décision est laissée à l'appréciation de la police secrète.

Omar range soigneusement le linge propre qu'il vient de recevoir : un pantalon bouffant, une chemise, quelques mouchoirs, deux serviettes de toilette. Puis il parcourt une fois, deux fois, dix fois la lettre de son frère. Celui-ci parle de ses parents, de son épouse, de ses trois jeunes enfants. L'essentiel des nouvelles peut se résumer en une phrase : tout le monde va bien et pense à toi.

Vendredi étant le jour de repos hebdomadaire, il n'y a pas, en principe, d'interrogatoires. Les services de la prison sont réduits au strict minimum et les soldats qui ne sont pas de permanence ou de garde vont se promener dans Kaboul.

L'activité militaire est également réduite au point que depuis le réveil on n'aperçoit aucun avion soviétique ou hélicoptère à travers le grillage du soupirail. Les autres jours, au contraire, décollages et atterrissages sont ininterrompus.

Autre particularité du vendredi : en dehors des deux séances de toilette au lever et avant le coucher, on reste enfermé dans la cellule, condamné à l'inaction totale. Karatéka récite ses prières, longuement, avec une piété impressionnante. Omar effectue quelques mouvements de gymnastique, procède à des exercices respiratoires et arpente méthodiquement les quatre mètres de la cellule. Je passe des heures étendu ou assis sur le matelas, accablé par l'ennui, assailli par la faim, sans même une cigarette à fumer. J'ai au moins une surprise agréable à l'heure du déjeuner : en guise de repas, quelques pommes remplacent le raisin des jours précédents. Je les engloutis intégralement, pépins compris. Il est impensable que je tienne encore longtemps avec un tel régime. J'en parlerai sans faute à Hafez, demain.

Omar et Karatéka se livrent à un petit jeu qu'ils affectionnent et qui fait partie de la routine à Sidorat. Ils donnent des coups discrets sur les murs, selon un code connu de tous, pour savoir combien de détenus se trouvent dans les cellules voisines. Ils reçoivent des réponses immédiates à leurs appels.

A trois, nous sommes toujours les moins nombreux dans toute la section. Les chiffres varient entre cinq et huit personnes pour chacune des autres cellules. Huit personnes dans douze mètres carrés, c'est insupportable. Le manque de place est tel que les huit détenus doivent se contenter de six matelas au grand maximum.

Ce soir, une certaine agitation règne dans les couloirs, il y a des allées et venues incessantes. La porte s'ouvre et un officier entre, jette un coup d'œil circulaire, pose des questions à Omar et Karatéka qui se tiennent debout, les mains derrière le dos. Je suis resté assis sur mon matelas.

L'officier me fait dire par un interprète qu'il est le gouverneur de la prison, c'est-à-dire le supérieur de Poil de Carotte. Tant que l'enquête à mon sujet est en cours, ajoute-t-il, je dois me considérer comme un invité de la République Démocratique d'Afghanistan. Ce monsieur a vraiment un sens très personnel de l'hospitalité. Content de son numéro d'humour involontaire, il sort.

Une heure plus tard, on vient donc nous chercher pour la toilette du soir et qui voyons-nous dans le couloir ? L'officier de tout à l'heure et Poil de Carotte, l'oreille collée à la porte d'une cellule. Un soldat, le doigt sur la bouche, nous fait signe de circuler en silence. Quelques minutes plus tard, à notre retour, les deux hommes sont toujours dans la même position. Poil de Carotte prend des notes en écoutant.

Que se passe-t-il ? Un soldat a dû signaler à ses supérieurs une conversation jugée suspecte dans une cellule. Ou encore l'officier a décidé d'écouter derrière une porte, choisie au hasard, ce qui se disait entre détenus.

Le résultat ne se fait pas attendre. Quelques prisonniers sont emmenés sans ménagement, certains protestent de leur innocence, d'après ce que me dit Omar.

Il faut toujours être sur ses gardes à Sidorat, se méfier des mouchards qui font des ravages parmi les détenus naïfs ou trop confiants. Mon ignorance de la langue persane est un atout, elle m'évite des indiscrétions ou des confidences orientées.

29 septembre

Hafez me laisse à peine le temps de me laver le visage et d'avaler une tasse de thé. Me voilà dans son bureau alors que le soleil n'est même pas levé. Il m'annonce très solennellement qu'à compter d'aujourd'hui j'aurai droit à une boîte de conserve soviétique quotidiennement. Poisson ou viande, au choix. Va pour la viande.

Ceci n'est qu'un prétexte. La vraie raison de la conversation matinale, la voici : Hafez, tout en restant dans le vague, me précise que peut-être, à une date rapprochée, je rencontrerai des journalistes. Une conférence de presse ? Non, pas précisément. Ils seront en nombre très limité, moins de cinq. Afghans et étrangers ? La question n'est pas tranchée. Pas plus que de savoir si la télévision locale sera ou non présente. Hafez ne prend aucun risque et se complaît dans le flou artistique. Dans ces conditions, pourquoi m'en parler ? Il sera toujours temps, lorsque la décision aura été prise. Hafez objecte que la décision dépend largement de mon attitude.

Ma culpabilité est évidente. J'ai violé les lois de la République d'Afghanistan, sous le prétexte de reportage, en réalité pour recueillir des informations à caractère militaire qui tombent sous le coup des activités d'espionnage. Tant que je n'aurai pas reconnu ce point essentiel, note Hafez, je ne serai pas autorisé à m'adresser à la presse.

Je lui fais observer que l'idée de cette réunion avec des journalistes vient des Afghans. Je ne suis nullement demandeur. Le seul contact qui m'intéresserait à l'heure actuelle serait une rencontre avec un représentant de l'ambassade de France. Le reste est très secondaire. Hafez se contient. Après tout, je tiens un langage de bon sens. Je lui fais également part de ma certitude d'avoir reçu du courrier de ma famille. Des lettres ont certainement été transmises par l'ambassade de France. Pourquoi ne me les remet-on pas ? Bien entendu, Hafez n'est au courant de rien et trouve que, une fois de plus, je me lance dans une manœuvre de diversion.

Il revient à la charge. Suis-je prêt, oui ou non, à reconnaître publiquement ma culpabilité ? Je contre-attaque : les Afghans finiront-ils par admettre publiquement ma qualité de journaliste professionnel ? La seule accusation que je ne discute pas est mon entrée illégale en Afghanistan en compagnie d'un groupe armé. Tout le reste est du vent dans le dossier de mes accusateurs. Je le répète à Hafez, en détachant chaque mot.

Cette passe d'armes m'aura du moins appris que les Afghans souhaitent ou sont contraints de me montrer en public. Il est probable qu'ils subissent une certaine pression de l'extérieur. Sans doute estiment-ils également qu'il manque une clef de voûte à leur fragile édifice. Les aveux s'imposent, plus que jamais.

Hafez s'accorde un délai de réflexion et m'envoie directement chez le barbier. Cette deuxième séance de rasage est aussi agréable que la première. Un peu plus tard, un soldat apporte la fameuse boîte de conserve soviétique — sans ouvre-boîtes, il n'en existe pas à la prison. Omar, Karatéka et le militaire se lancent dans une grande discussion. Finalement, la boîte, littéralement éventrée à coups de poignard et de pierre, libère un impressionnant bloc de graisse entourant de menus morceaux de viande. C'est à peu près immangeable tel quel, sans faire cuire le tout dans une casserole. Mais tant pis, je suis tellement affamé que je mange tout le contenu de la boîte. Même si ce corned-beef me pèse durement sur l'estomac, j'aurai vingt-quatre heures pour m'en remettre.

Retour chez Hafez dans l'après-midi. Je le vois quitter son bureau en compagnie de deux grands blonds dont l'un est en uniforme soviétique. Hafez ne semble pas content de cette rencontre et fait une réflexion au soldat qui m'escorte et qui est arrivé, semble-t-il, quelques minutes trop tôt.

Bien sûr, à son retour, Hafez ne souffle pas un mot de l'incident. Ce sera la première et unique fois au cours de ma détention que j'apercevrai des Russes en compagnie d'un policier afghan de la Sécurité d'Etat.

Hafez semble vouloir donner une nouvelle orientation aux interrogatoires. On revient sur des questions qui semblaient réglées une fois pour toutes. C'est ainsi qu'on reprend le dossier à la base : je reparle de mes contacts à Paris avec des opposants afghans, de l'élaboration du projet de reportage, de l'attitude de la direction d'Antenne 2. Hafez me demande un organigramme aussi précis que possible de ma société. Il s'intéresse spécialement au responsable de la rédaction du moment, Michel Thoulouze. Hafez aimerait m'entendre dire que l'idée du reportage m'a été imposée ou encore que l'on m'a promis une forte somme d'argent pour le réaliser.

Je vais comprendre où les Afghans veulent en venir. Ils cherchent à me rassurer en dégageant partiellement ma responsabilité personnelle et en me présentant comme le jouet, donc la victime, de mes supérieurs. Un virage difficile à négocier pour eux. Dans les dépositions écrites déjà officiellement enregistrées, j'avais indiqué être venu en Afghanistan de mon plein gré, sans avoir subi une pression quelconque de ma direction. Comment les Afghans pourraient-ils s'accommoder d'une rétractation ? Hafez tente aussi d'attribuer un rôle dans ce scénario au ministère français des Relations Extérieures et à l'ambassade de France à Islamabad.

Bref, il s'efforce d'accréditer l'idée d'un véritable complot tramé contre le régime de Kaboul. Le malheur, pour lui, est qu'il ne possède aucun indice, aucun commencement de preuve sur lequel s'appuyer. Le Quai d'Orsay a été tenu dans l'ignorance totale de notre projet et nous n'avons pris aucun contact avec l'ambassade de France à Islamabad. L'interprète a beau éplucher mes carnets de notes, scruter tous les papiers, il ne trouve rien. Hafez insiste, cependant, avec une conviction mitigée. Au fond de lui-même, est-il vraiment dupe ?

Je regagne mon cachot pour m'entendre ordonner par un adjoint de Poil de Carotte de préparer mes affaires. Mon paquetage se résume à peu de chose : les objets de toilette, un verre à thé et ma tenue de rechange. Je suis transféré. Je quitte Omar et Karatéka et, sauf nouveau changement, nous ne devrions plus nous rencontrer. La séparation m'est pénible.

Nous nous entendions bien et puis, moi parti, mes deux compagnons savent que le cauchemar de l'entassement va recommencer pour eux. Je serai remplacé par quatre ou cinq détenus afghans.

Ma nouvelle cellule, au rez-de-chaussée, donne directement sur la cour. Elle est plus spacieuse, plus claire que l'autre et orientée à l'est. Le matin, elle est inondée de soleil, m'indique l'un des quatre occupants qui s'exprime dans un anglais passable. Nous voilà cinq dans quinze mètres carrés, ce qui est tout à fait confortable selon les normes de Sidorat. Dans ce genre de cellule, on parque jusqu'à treize personnes.

L'anglophone, Hussein, est le doyen, un homme de quarante-cinq ans, corpulent. Il se présente comme un ancien chef de maquis pris les armes à la main un an auparavant. Avec lui, un soldat qui semble en piteux état de santé. Lui, il a voulu déserter mais il s'est fait prendre. Il risque la peine de mort. Il y a également un Iranien barbu, ce qui lui vaut le surnom de « Soufi » qui signifie précisément « barbu » en persan. Son aventure n'est pas banale et vaut d'être contée.

Soufi menait l'existence précaire d'un ouvrier agricole dans la région de Zahedan, en Iran, non loin de la frontière afghane. Dure condition, proche de l'esclavage. Il gagnait à peine de quoi nourrir femme et enfants. A son malheur s'ajoutait une « tare » : musulman sunnite, il se sentait mal aimé et même rejeté au pays des ayatollahs chiites. Un de ses cousins lui parla de l'Afghanistan comme d'une terre de lait et de miel. Il lui fit miroiter la possibilité d'obtenir une ferme.

Soufi rassembla ses maigres économies qu'il remit au cousin en question et franchit la frontière clandestinement avec un groupe de compatriotes. Catastrophe ! un désaccord surgit entre les passeurs et leurs clients. Il y eut d'abord des mots, puis l'affaire dégénéra et se termina par une bataille rangée. Une patrouille de l'armée afghane, alertée, boucla le secteur et embarqua tout le monde. C'est ainsi que le naïf Soufi, dépouillé de son argent, se retrouva derrière les barreaux d'une geôle. Comble de malheur : le cousin avait disparu de la circulation.

La police afghane ne voulut rien entendre des explications de l'ouvrier agricole iranien, qui fut expédié à Kaboul, en étant accusé par les Services de Renseignements afghans d'être un agent infiltré. Pauvre « agent », aussi pieux qu'il est barbu, invoquant des heures par jour la compassion d'Allah et des policiers afghans. Il les supplie à la fois de lui rendre la liberté, lui le misérable ouvrier agricole balouch d'Iran, et surtout de ne pas le livrer à la police de Khomeiny qui lui collerait immédiatement l'étiquette d'agent communiste.

Les enquêteurs de Sidorat se comportent comme s'ils avaient affaire à un redoutable espion. Soufi, s'il veut revoir sa famille un jour, devra repasser la frontière clandestinement, se cacher dans son propre pays, y mener une existence d'homme traqué. Ceci dans l'hypothèse la plus favorable car, pour l'instant, il est pris au piège afghan. On le « cuisine » durement et il vit dans la terreur des interrogatoires qui se succèdent.

Dans la cellule, Soufi est le domestique du groupe.

Les tâches les plus humbles, les corvées de nettoyage lui sont dévolues.

Hussein, l'anglophone, est un homme courtois, plutôt sympathique, qui a souvent voyagé à l'étranger pour ses affaires. Il possédait deux petits hôtels de tourisme à Kaboul et il accuse les communistes de l'avoir ruiné. Il affirme avoir conduit dans la capitale, au nez et à la barbe des autorités, un cameraman suédois en 1982. Avec la complicité d'un ami officier, ils auraient circulé en véhicule militaire, revêtus d'uniformes de l'armée, filmant le plus librement du monde bâtiments officiels, casernes et blindés soviétiques dans les rues de la capitale afghane.

Par la suite, à la tête d'un groupe de maquisards, Hussein aurait mené la vie dure aux Russes dans le Panjshir avant d'être encerclé et capturé.

Pourquoi suis-je si réservé à l'égard de cet homme ? Il parle avec excès, se met trop en avant. Il s'attribue, me semble-t-il, des exploits imaginaires ou rêvés. Il a endossé la tunique du héros et, à l'évidence, elle ne lui sied pas. Ses hauts faits d'armes ne collent pas avec son comportement en prison. Il me semble plus respectueux qu'il n'est nécessaire, voire obséquieux, envers les soldats. Dès que la porte de la cellule s'ouvre, il est raidi par la peur. Il interdit aux autres de communiquer avec les cellules voisines en frappant contre les murs à petits coups. Il craint la réaction des soldats s'ils s'en apercevaient.

Quoi qu'il en soit, Hussein est un homme de bonne compagnie, un bon père de famille qui, parlant de ses enfants, a les accents de la vérité. J'ignore les raisons exactes de sa présence à Sidorat mais, d'après ses dires, il est enfermé depuis treize mois. Il se plaint d'avoir été durement traité au début de sa détention. On l'a battu, brûlé à l'électricité et il a eu plusieurs dents cassées par des enquêteurs particulièrement brutaux. Son dossier n'est pas encore complet, c'est pourquoi il traîne toujours en prison bien qu'il ne subisse pratiquement plus d'interrogatoires.

Le quatrième du groupe est un taciturne qui reste dans son coin. Il évite de se mêler aux conversations et ne se joint aux autres que pour la prière et le repas pris en commun. Hussein et ses compagnons ignoraient ma présence dans la prison, les geôliers ne leur en avaient jamais parlé. Preuve s'il en fallait une que l'étanchéité entre les cellules n'est pas un leurre. A Sidorat, on est vraiment coupé du monde extérieur.

Il commence de l'autre côté de la porte du cachot.

30 septembre

Hussein avait dit vrai, les premiers rayons du soleil sont pour nous et me caressent le visage. La vie en commun est parfaitement organisée dans la cellule. Dès le réveil, Soufi joue à la perfection son rôle de fée du logis : il range les affaires qui traînent, donne un coup de balai, aligne les verres avant la distribution du thé ; les quatre ont une réserve de sucre, de bonbons, de raisins secs ; le pain restant de la veille est enveloppé dans une toile cirée et se rassit moins vite. Jusqu'à la lampe du plafond qui est soigneusement entourée le soir d'un voilage noir. On dort ainsi avec une lumière tamisée. Le règlement l'interdit : la nuit, en surveillant à travers l'œilleton fixé sur la porte, le soldat de garde doit pouvoir s'assurer que tout son monde est là. Mais il y a des arrangements avec le ciel. Et puis chacun sait ici qu'on ne s'évade pas de Sidorat. Le dispositif de sécurité est infranchissable et, au moindre mouvement suspect, les sentinelles ont ordre de tirer sans sommation.

Mon robinet du milieu de la cour étant toujours hors d'usage, je n'ai d'autre possibilité que de me jeter dans la mêlée autour de l'unique robinet. A cinq, les minutes sont comptées et j'assure avec le brossage des dents. Pour le reste, je verrai bien. Au point de saleté corporelle où j'en suis...

Un sixième détenu est affecté à notre groupe et s'installe dans la cellule. Il se présente comme un étudiant pakistanais en Afghanistan. Son nom est Zulficar, il est âgé de vingt-trois ans. Il a le cheveu noir, les yeux noirs, le regard angoissé, il est très maigre, a une pomme d'Adam proéminente et une moustache fournie qui lui donne un faux air de Groucho Marx. Zulficar est passionné de religion et s'en remet au Très-Haut pour le sortir de son mauvais pas. Pourquoi est-il ici ? Il élude la question, se présente comme la victime d'un malentendu et fait part de sa conviction d'une libération prochaine.

En réalité, par prudence, il préfère noyer le poisson et ne pas se compromettre devant un auditoire aussi large. Il parle l'anglais avec cet accent inimitable des gens de son pays, en roulant les R, comme s'il avait la bouche pleine. Ses connaissances de persan sont très limitées, il s'exprime donc en pachtoun comme tous les habitants de Peshawar, sa province d'origine. Le pachtoun est également l'une des deux langues dominantes de l'Afghanistan avec le persan.

Zulficar n'a donc pas de difficultés particulières pour se faire comprendre dans la prison et ses interrogatoires se déroulent sans le secours d'un interprète. Lui, il était au courant de mon incarcération. Il en a été informé par son enquêteur qui l'a pris en sympathie et ne lui mène pas la vie trop dure.

A peine a-t-il commencé à se livrer que Zulficar le regrette et m'invite à la prudence :

— Please keep silent about it, Jacques.

Il n'a pourtant encore rien dit de très confidentiel mais ses yeux angoissés supplient déjà.

Nous n'avons guère le temps de faire plus ample connaissance, Hafez m'attend. Divine surprise : sur son bureau le colis de l'ambassade. Hafez ne cherche pas à finasser :

— Vous pourrez l'emporter, les services de contrôle n'ont rien décelé d'anormal.

— Ils ont pris leur temps, les services de sécurité.

— Vous bénéficiez d'une mesure tout à fait exceptionnelle. Normalement les détenus de Sidorat ne reçoivent rien de l'extérieur, comme vous avez pu le constater. L'embargo sur les livres est maintenu. On verra plus tard, ajoute simplement le policier.

Il note en passant que la propagande « impérialiste » ne se prive pas de dénoncer les manquements aux Droits de l'Homme en Afghanistan :

— J'espère, souligne-t-il, que vous saurez témoigner du contraire, le moment venu.

Il s'interroge sur la prétendue pratique de la torture dans les prisons de Kaboul, me prend à témoin. Je ne suis, selon lui, ni mieux ni plus mal traité que les Afghans emprisonnés. Hafez sait parfaitement que je n'ai aucune possibilité de le contredire. Omar, Karatéka et les autres subiraient des représailles immédiates. Je laisse dire, il élargit son discours à une tentative d'endoctrinement pure et simple.

— Les efforts du régime sont mal compris. Notre président Karmal n'a qu'un objectif : arracher l'Afghanistan au sous-développement, mettre fin au féodalisme, combattre l'ignorance et l'obscurantisme, extirper l'analphabétisme.

Qui ne pourrait effectivement souscrire à un tel programme ? Il est simplement dommage que le gouvernement de Kaboul doive avoir recours aux divisions blindées soviétiques pour l'appliquer.

Ces régimes qui broient leurs peuples en énonçant des idées généreuses, ils sont légion. En ai-je entendu des Hafez, depuis dix ans, sous toutes les latitudes. En avril 1975, à Saigon, quelques jours avant la chute de la ville et l'entrée des troupes de Hanoi, un porte-parole officieux du Nord-Viêt-nam me disait en substance :

— Nous mettrons fin à la corruption, cette gangrène du Sud-Viêt-nam. Nous n'imposerons rien, les Sud-Vietnamiens choisiront le modèle de société qui leur convient. La liberté de conscience sera respectée. Ne rejoindront les communistes que ceux qui le souhaitent.

On a vu le résultat. Quelques jours seulement après leur arrivée à Saigon, les nouveaux dirigeants déclenchaient une formidable chasse aux « traîtres » pro-Américains. Le pays se couvrait bientôt de camps de rééducation, entreprises collectives de lavage de cerveau pour l'endoctrinement le plus borné. La délation était ouvertement encouragée.

L'Iran de Khomeiny se promettait de supprimer toutes les tares du régime impérial. Aujourd'hui les bourreaux, les tortionnaires sont parfois ceux-là mêmes qui officiaient déjà à la Savak, la redoutée police secrète du Shah.

Comme Hafez à Kaboul, les porte-parole de l'Iran islamique nous avaient pourtant, eux aussi, promis l'avènement d'un âge d'or. Où sont-ils aujourd'hui ? Exilés comme Bani Sadr, emprisonnés, bannis, liquidés comme Ghotzadeh (ancien ministre des Affaires étrangères, il fut l'enfant chéri de Khomeiny), bâillonnés et réduits au silence par la terreur.

Alors, Hafez peut bien poursuivre son discours ronronnant. Il ne s'en prive d'ailleurs pas.

— Avez-vous la moindre idée des atrocités que commettent les ennemis du régime ? Récemment, un communiste a été fait prisonnier par un groupe de rebelles. Ils l'ont attaché par les pieds à une branche d'arbre, la tête en bas, puis ils ont mis le feu à un bûcher.

Et pour prouver qu'il dit vrai, Hafez me montre une photo particulièrement affreuse : les restes d'un corps à moitié carbonisé encore accroché à la branche.

Il me cite également le cas d'écoles brûlées par les « bandits », d'instituteurs tués ou mutilés pour les empêcher de remplir leur mission, de militants communistes écorchés vifs et mis à mort après une longue agonie.

Il y a une certaine symétrie dans l'horreur. Les Soviétiques sont accusés régulièrement de se comporter d'une manière barbare lorsqu'ils capturent des moudjahidin. On leur impute les supplices du « gilet » qui consisterait à briser et même couper les bras de leurs victimes avant de les mettre à mort.

Hafez estime en avoir suffisamment dit pour le moment. Je repars avec mon colis sous le bras. Dans la cellule, je procède à une distribution de chocolat, de biscuits. Les pommes se sont un peu ratatinées avec le temps. Elles sont néanmoins très appréciées par Hussein, Zulficar et les autres. Je garde pour ma consommation personnelle les deux boîtes de pâté de foie, viande de porc, donc interdite aux musulmans, et le café soluble que les Afghans ne connaissent pas. Encore faudra-t-il que je puisse me procurer de l'eau chaude.

Je raconte à Hussein ma conversation avec Hafez. Il m'affirme avoir assisté personnellement à l'exécution d'un communiste brûlé vif, accroché par les pieds à un arbre. Il s'étend avec complaisance sur les hurlements du malheureux au début du supplice et il explique comment la peau fondait sous l'effet des flammes.

Chacun, dans la cellule, y va de son témoignage sur les atrocités commises par les « Chouravi », les Russes. La conversation est animée, mais tous parlent à voix basse pour éviter que des oreilles ennemies écoutent. La méfiance est telle qu'un guetteur va de temps en temps se coller l'oreille contre la porte.

J'interroge Zulficar sur les échos qu'il a recueillis à mon sujet. Son enquêteur lui a dit qu'il y avait un Français à Sidorat, un journaliste de télévision, impliqué dans une histoire d'espionnage.

Pauvre Zulficar, lui aussi est pris à la gorge, selon son expression :

— Vous comme moi nous serons traduits devant un tribunal, me dit-il encore.

Un procès. C'est la deuxième fois depuis mon arrestation que j'entends prononcer le mot. Zulficar est formel, je n'y échapperai pas. Et lui ? Il est tombé dans un piège dont il ne voit pas l'issue. Tout ça parce qu'il a voulu faire ses études de médecine à Djelalabad, en Afghanistan. Faute d'obtenir son inscription dans une faculté au Pakistan. Il n'y avait pas de place. Certes, il aurait pu se rendre en Angleterre, mais sans bourse le fardeau était trop lourd pour sa famille. Le père de Zulficar dirige une petite affaire de réparations d'appareils électro-ménagers, il a peu de moyens et beaucoup d'enfants.

L'Afghanistan présente deux avantages indiscutables : proximité et gratuité des études. Zulficar était conscient du risque encouru à se rendre dans un pays communiste, il ne sous-estimait pas les difficultés qui pouvaient en résulter dans son propre pays, le Pakistan. Une certaine suspicion pourrait peser sur lui. Mais c'était sa seule chance de devenir docteur en médecine, ce à quoi il aspirait depuis toujours.

La première année à Djelalabad s'était d'ailleurs déroulée sans incident. Arrivé à ce point de son récit, Zulficar doit s'interrompre. En dépit de l'heure tardive, son enquêteur le réclame. Il traîne un air de chien battu en nous quittant. Et, de nouveau, il me fait des recommandations :

— Please, Jack, pas de bavardages à tort et à travers avec les gens de cette cellule. Discrétion et prudence.

Hussein et les trois autres font leur prière du soir. Dans ces moments-là, je reste étendu sur le matelas pour leur faire de la place et je m'abstiens de fumer ou de manger.

Omar et Karatéka m'avaient interrogé à plusieurs reprises sur la façon de prier des chrétiens. Ils avaient imité le signe de croix en se moquant et j'avais dû les remettre sèchement à leur place pour qu'ils cessent leurs grimaces. J'avais tenté de leur expliquer que les chrétiens n'étaient pas astreints à cinq prières rituelles quotidiennes et pouvaient parfaitement se recueillir sans manifestation extérieure. Omar et Karatéka ne cachaient pas leur perplexité. En bons musulmans, il leur fallait se tourner dans la direction de La Mecque, faire leurs ablutions, répéter encore et toujours les mêmes gestes, rabâcher dans une langue — l'arabe — qui leur est étrangère. Et gare à celui qui laissait passer l'heure de la prière sans réagir. Il devenait immédiatement suspect aux yeux des tiers. La pression du groupe est très forte, je le ressens avec Hussein et ses compagnons.

Ainsi, après son départ, Zulficar subit une critique en règle de la part de Soufi, l'ouvrier agricole iranien. Il estime que l'étudiant pakistanais, pourtant très pieux, bâcle ses prières. Il lui reproche d'avoir poursuivi sa conversation avec moi, alors que les autres récitaient les versets du Coran.

Zulficar est d'ailleurs pris à partie à son retour au moment de dîner. Il s'en explique, mi-sérieux, mi-plaisantant et comme l'Iranien insiste lourdement il finit par l'envoyer promener en déclarant :

— Khomeiny et ses mollahs sont des terroristes et des mauvais musulmans.

Soufi le prend mal, bien qu'étant lui-même une victime de ce terrorisme-là, au point de s'être sauvé de son pays. Il reproche aux Pakistanais d'être des « débauchés ». Accusation risible lorsqu'on sait que le Pakistan vit sous la stricte loi islamique : la consommation d'alcool y est rigoureusement interdite et la peine du fouet s'applique aux individus reconnus coupables d'adultère. Mais il est vrai que dans l'Islam des intégristes et des fanatiques de tous poils, on est toujours le débauché de quelqu'un.

Je me console de ces discussions stériles en plongeant dans ma ration quotidienne de corned-beef soviétique. Comme hier, il a fallu défoncer la boîte à coups de couteau. Pas plus qu'hier, le bloc de viande graisseuse ne m'a converti à l'ordinaire de l'intendance russe.

Je m'endors de bonne heure, laissant Zulficar, Soufi, Hussein et les autres poursuivre leur guéguerre de religion.

1er octobre

Jamais ma toilette matinale n'a été expédiée aussi rapidement. Imaginez notre groupe de six autour du robinet. Nous en plaisantons. Zulficar a choisi de se laver les pieds, Soufi et Hussein optent pour le visage, je reste fidèle au brossage de dents, le soldat et le taciturne crachent dans le lavabo en s'aspergeant d'eau sur le buste. C'est vraiment hallucinant.

Tout à coup le taciturne est pris de tremblements, puis il commence à gémir. Je crois d'abord qu'il grelotte. Il se tord sur place, deux soldats le saisissent à la taille, les autres lui enveloppent le visage d'une serviette humide. On entend ses râles étouffés, il bat l'air avec ses bras comme s'il manquait d'oxygène puis il s'effondre sur le sol en ciment. Les tremblements deviennent convulsions, les râles se transforment en cris aigus puis en hurlements. Il faut quatre hommes pour le maintenir et le transporter dans la cellule.

Le taciturne est en fait victime d'une crise d'épilepsie, il bave et délire. Il lui faudra un long moment pour retrouver son calme. Le médecin de garde juge superflu de se déranger. En fin de matinée, il enverra des cachets par un soldat. Le taciturne devra attendre la prochaine consultation pour se faire examiner. Voilà comment fonctionne le service médical de Sidorat.

Je signale le cas à Hafez, qui semble apprécier de plus en plus les interrogatoires matinaux. Je m'étonne devant lui de la désinvolture du médecin de la prison. Il estime mes critiques mal venues et s'en tient à sa dénonciation habituelle des « contre-révolutionnaires » simulateurs.

— Le manque d'hygiène auquel je suis contraint est intolérable !

— Une solution est à l'étude, dit-il avant d'enchaîner sur un couplet idéologique, vantant les mérites de la « démocratie » directe telle qu'elle a cours en Afghanistan.

Je me retiens d'éclater de rire. Elle est tellement directe, cette démocratie, qu'aucun responsable n'y survit. Ainsi quand Taraki prend le pouvoir et devient le premier président communiste en avril 1978, son prédécesseur Daoud est assassiné. Dix-huit mois plus tard, en septembre 1979, même scénario : le coup d'Etat d'Amin liquide Taraki. Enfin troisième acte le 25 décembre 1979 : Babrak Karmal arrive, comme le père Noël, dans les fourgons des Soviétiques et Amin tombe sous les balles de ses successeurs.

C'est ce jeu de massacre que Hafez baptise « démocratie directe ». Dans les cachots de Sidorat, on fait des gorges chaudes sur la « démocratie du polochon » inventée par les communistes afghans. L'histoire circule sous le manteau : Le 14 septembre 1979, Taraki vient de regagner Kaboul après une visite à Moscou où il a rencontré Leonid Brejnev. Le soir même, Amin et quelques-uns de ses fidèles réussissent à se glisser dans la chambre à coucher de Taraki qui dort profondément. Ils se jettent sur lui, le neutralisent puis l'étouffent avec son propre oreiller. C'est ainsi que serait née cette fameuse démocratie « bolesht » ou démocratie du « polochon » qui fait s'esclaffer les opposants afghans.

Hafez est loin d'imaginer les idées pernicieuses qui m'occupent l'esprit. Il poursuit son exposé sur la nécessité d'éliminer les terroristes pour sauvegarder un système démocratique (type « direct » ou type « polochon » ?). Une question le préoccupe :

— Quelle serait l'attitude du gouvernement français si un journaliste étranger s'infiltrait clandestinement avec un groupe terroriste dans votre pays ?

Je lui avoue mon embarras à répondre.

— Je n'ai jamais véritablement réfléchi à une telle éventualité...

Il insiste et ne prend pas la peine d'attendre ma réponse :

— Eh bien moi, je vais vous le dire. En France comme en Afghanistan, un individu se plaçant dans l'illégalité tombe sous le coup de la loi. Il est donc coupable et s'expose à une condamnation. D'autant plus sévère s'il ne fait pas preuve de sincérité.

Nous y voilà. Hafez cherche à me convaincre, une fois de plus, d'être plus « coopératif » avec les services de Sécurité.

Au détour d'une phrase, il fait état de la bonne volonté des autorités afghanes à mon égard. Elles reconnaissent mon appartenance à la presse, ma qualité de journaliste professionnel. Pourquoi persister dans mon refus d'admettre que ma démarche s'apparentait davantage à la mission d'un espion qu'au travail d'un reporter ?

Les policiers afghans viennent de faire un grand pas en avant suivi d'un petit pas en arrière. Ma qualité de journaliste n'étant plus contestée, l'obstacle majeur est écarté, me semble-t-il.

Les Afghans sont libres de penser qu'un reportage clandestin est répréhensible : c'est leur interprétation, ça n'est pas la mienne mais au moins vont-ils me laisser tranquille avec le SDECE, la CIA ou l'Intelligence Service. Et ceci est capital. Je sens que Hafez va donner une nouvelle orientation aux interrogatoires et j'en suis soulagé.

Pour l'instant, il suspend la séance et je retrouve tout mon petit monde dans la cellule. Il y a même une nouvelle tête, un garçon de dix-sept ans, élève d'un lycée de Kaboul à qui je trouve certains traits communs avec le prince Charles d'Angleterre. Il ne parle malheureusement pas un mot d'anglais ni aucune autre langue étrangère.

Cet adolescent à l'air angélique vient pourtant d'être condamné à quinze ans de prison. Il faisait partie d'un groupe de dix jeunes gens, lycéens ou étudiants pour la plupart, qui posaient des bombes dans Kaboul. Au cours de l'été, ils ont organisé un gros coup. Trois engins de forte puissance déposés en divers points de l'aéroport de Kaboul, fréquenté surtout par des Soviétiques. Ces explosions ont fait un carnage : une vingtaine de tués et des dizaines de blessés.

Quelques jours plus tard, tous les membres du commando étaient arrêtés. Après une enquête menée tambour battant, ils étaient traduits devant un tribunal révolutionnaire qui ne faisait pas de détail : neuf condamnations à mort et quinze ans de prison pour notre nouveau codétenu.

Il a été enfermé au pénitencier de Pouli-Charki où l'on purge ce genre de peine. Ce retour à Sidorat l'inquiète. Cela signifie obligatoirement que son dossier est rouvert et qu'une nouvelle enquête va commencer. Autrement dit, il réintègre le circuit des interrogatoires, des coups, de la torture.

Par l'intermédiaire de Zulficar, je l'interroge sur son rôle au sein du groupe de poseurs de bombes. Il était le spécialiste de la mise au point du système d'explosion. C'est lui qui s'occupait des réglages. Il l'explique avec un sourire parfaitement limpide, en jouant avec une boîte d'allumettes.

Alors qu'un soldat apporte le corned-beef soviétique et défonce, comme d'habitude, le couvercle à coups de couteau, Zulficar reprend la suite de son récit sur les circonstances qui l'ont amené en prison. Ses malheurs remontent au début du mois d'août. Il avait pris congé de ses parents à Peshawar, et regagnait Djelalabad en autobus. Pourquoi a-t-il fallu qu'un violent accrochage oppose, sur le parcours, un détachement de l'armée afghane à un groupe de moudjahidin ?

Le bus de Zulficar et d'autres véhicules se sont trouvés coincés entre les adversaires, au milieu d'une fusillade intense. Terrorisés, les passagers s'abritaient tant bien que mal sous les sièges et même sous les voitures. Les maquisards ont fini par décrocher pour échapper à la pression des militaires afghans et des hélicoptères d'assaut envoyés par les Russes.

Au cours du ratissage qui a suivi, tous les passagers de l'autobus ont été fouillés minutieusement. Zulficar n'était pas tout à fait en règle pour les papiers. Il a immédiatement fait figure de suspect. Un Pakistanais, intercepté sur les lieux d'un incident et ne pouvant pas, de surcroît, présenter toutes les pièces justificatives, c'en était trop.

Conduit à Djelalabad dans une voiture de l'armée, Zulficar a été aussitôt accusé d'avoir trempé dans le coup de main des moudjahidin. On le soupçonnait d'avoir coordonné l'opération. Comment expliquer aux policiers afghans l'absurdité d'une telle accusation ? Zulficar a tout tenté en disant la stricte vérité, en expliquant qui il était : un étudiant en médecine inscrit en seconde année à la faculté. C'était facile à vérifier. Eh bien cet argument lumineux ne lui a pas évité de tomber entre les griffes de la Sécurité d'Etat.

Bien entendu, les enquêteurs afghans ont recoupé toutes les déclarations de Zulficar. Mais, selon eux, elles ne prouvaient rien. Elles étaient même si peu probantes, à leurs yeux, qu'ils ont gardé l'étudiant pendant quatre jours à Djelalabad, dans une sorte de prison à ciel ouvert. Les suspects étaient réunis dans une vaste cour encadrée de miradors. Ils dormaient là, à même le sol, et ne quittaient cet endroit affreux, brûlé par le soleil dans la journée, que pour se rendre aux interrogatoires.

Au bout de quatre jours, Zulficar a été transféré à Kaboul par hélicoptère et on l'a amené à Sidorat. Il est là, depuis des semaines, à la merci des enquêteurs.

Je tente de le réconforter, de l'encourager :

— Mais voyons, Zulficar, il n'y a rien dans ton dossier. Sans doute n'étais-tu pas parfaitement en règle vis-à-vis des Afghans. Mais quelle charge peut-on retenir contre toi ? Aucune.

Je me trompe lourdement. Des charges, un dossier, des accusations, cela se construit jour après jour à Kaboul. A priori l'étudiant pakistanais étant inattaquable, comment inculper un paisible voyageur se déplaçant en autobus, ne portant aucune arme, n'ayant sur lui aucun objet suspect ? C'est l' « exploit » réussi par les policiers afghans, à force de contrainte, de menaces, de pressions. Zulficar n'y a pas résisté. Il a craqué, il est entré dans leur jeu. Ils lui ont bâti un scénario qu'il a dû assimiler.

Pour les besoins de la cause, il est devenu un agent du CID (Central Intelligence Department), le contre-espionnage pakistanais. Pas un James Bond, un obscur, un besogneux du Renseignement, afin de rendre l'accusation plus crédible. Sa mission ? Toujours selon le scénario, il devait surveiller les autres étudiants pakistanais de Djelalabad, rendre compte de leurs activités, remarquer ceux qui déployaient un certain zèle pro-communiste, surtout signaler ceux de ses compatriotes qui se portaient volontaires pour achever leurs études en Union soviétique.

Résigné, fataliste, Zulficar me raconte tout cela, les larmes aux yeux.

— C'était ma seule chance de retourner rapidement dans mon pays. Si je m'étais rebellé, les Afghans m'auraient gardé indéfiniment en prison, sans même me juger. Les relations entre Kaboul et Islamabad sont exécrables et ce n'est pas l'arrestation d'un étudiant anonyme qui les aurait fait empirer...

En acceptant d'entrer dans le jeu afghan, Zulficar a reçu la promesse qu'il serait condamné, certes, mais que sa libération interviendrait dans les trois mois maximum.

Lui aussi attend d'être présenté à la presse, au cours des prochains jours. Il compare nos situations et la sienne lui paraît peu enviable, alors qu'il est totalement innocent. L'ambassade pakistanaise n'a pas bougé, n'a même pas cherché à savoir où il était enfermé. Au contraire, le chargé d'Affaires français ne cesse de harceler les Afghans pour essayer de me rencontrer. Il multiplie les démarches afin d'obtenir un maximum de renseignements sur mon incarcération. Ces indications, Zulficar les tient de son enquêteur. Sans le savoir, il me donne un formidable coup de fouet.

Hafez m'envoie chercher pour une seconde séance aujourd'hui. Je note en traversant la cour que les gardiens ont troqué leur tenue d'été contre un uniforme de grosse laine beige. Avec leur casquette à visière, ils ressemblent à des soldats des troupes de montagne. Nous autres, détenus, gardons le même pantalon bouffant et la même chemise ras du cou en cotonnade à rayures vertes et jaunes. J'ai toujours les pieds nus dans des sandales. L'ensemble est plutôt printanier et j'appréhende l'arrivée de l'hiver. Kaboul connaît des nuits polaires où le thermomètre oscille régulièrement entre – 10 et – 20 degrés.

Je demande à Hafez si un quelconque moyen de chauffage est prévu dans les cellules. Il hésite et finit par répondre affirmativement.

Puis il me tend une feuille et me demande de noter les sentiments que j'éprouve à l'égard de la République d'Afghanistan. Comme je ne semble pas comprendre, il m'invite à exprimer mes regrets, à manifester mon désir de me racheter et même à suggérer la peine qui devrait m'être infligée en vertu de mes activités criminelles.

— Comprenez-moi bien : plus votre sincérité apparaîtra dans le texte et plus vos chances de bénéficier de l'indulgence du Praesidium seront grandes.

Ça le démange, Hafez. Il appartient à une race d'inquisiteurs que nourrit la passion des aveux, des confessions extorquées, arrachées par tous les moyens. Il joue sur tous les ressorts, en appelle à tous les sentiments qui animent sa victime, la peur, l'humiliation, la lâcheté. Il tire parti de l'isolement, du manque d'information, de la lassitude.

En ce moment, il me tend le paquet de cigarettes que je lui réclame depuis des jours, parle de son désir de m'aider, m'encourage à écrire. Pour la première fois, peut-être, j'éprouve envers lui un profond dégoût.

Il a tout son temps, ce soir ; il est calme, détendu, il plaisanterait volontiers. Il commande du thé, m'en propose un verre. Le temps passe et je ne trouve rien à écrire sur le feuillet posé devant moi. Hafez s'en étonne. J'invoque ma perplexité devant cette nouvelle forme d'interrogatoire. Que l'on m'interroge sur des faits et je ne me déroberai pas. Depuis deux semaines, il m'a été posé des centaines de questions par écrit. Toutes ont reçu une réponse. Pourquoi s'écarter de cette voie et vouloir en arriver à me faire mentionner noir sur blanc le châtiment que je mérite ?

— C'est le travail des juges, pas le mien !

La discussion s'éternise, s'enlise. Hafez demeure flegmatique tout en revenant à la charge : il s'est peut-être fait mal comprendre. On attend de moi que je fasse part de mes sentiments, par exemple envers la famille des trois soldats blessés dans l'embuscade. Suis-je insensible au mal que je leur ai fait ? Bien sûr que non. Je renvoie Hafez à la partie de l'interrogatoire où cette affaire était traitée. S'il veut y revenir, libre à lui. Il lui suffit de me poser une question précise, il recevra une réponse adéquate.

Va pour la question. Mais on retombe dans le train-train, les redites. Ce soir Hafez souhaitait un texte plus lyrique, avec les envolées d'un accusé battant sa coulpe et encensant le régime. Bref, il rêvait d'une scène choc dans la comédie du repentir.

Il tourne encore autour du pot, me laisse le temps de réfléchir, mais je reste sec et à l'heure fixée pour le ramassage des devoirs, je rends copie blanche. Hafez, décidé à faire bonne figure, ne laisse rien voir de sa déception. Il ne reprend même pas le paquet de cigarettes qu'il m'avait offert. Mais je sais que ce soir il me hait.

En retraversant la cour illuminée par les projecteurs, j'entends le passage d'une patrouille blindée dont le fracas fait légèrement vibrer le sol. Dans la cellule, je retrouve six gisants enveloppés dans leurs couvertures. Les ronflements spectaculaires de Hussein me bercent pendant une partie de la nuit.

2 octobre

Je suis pris de démangeaisons à mon réveil. Les puces ou les poux sont-ils passés à l'offensive ? C'est ma hantise. Je fouille dans les replis de la couverture, je traque les petites bêtes entre les coutures du matelas. Je scrute les rainures dans le bas du mur, je retourne le tapis de sol. Rien. Hussein et Zulficar me rassurent : il fait déjà trop froid et les puces ne s'acclimatent pas dans les cellules à cette période de l'année. Les mouches s'y sentent bien au contraire et nous envahissent à travers le grillage du soupirail. Au moment du repas, elles se précipitent sur le bouillon gras, ne dédaignent pas les morceaux de pain, se noient de bonheur dans le thé sucré et me disputent avec férocité le corned-beef soviétique.

La chasse est ouverte le matin, lorsque nous rentrons de la toilette. Avant de refermer la porte, le soldat nous accorde un délai de grâce de deux minutes. Armés de nos serviettes que nous faisons claquer, nous traquons les plus récalcitrantes en essayant de les canaliser vers l'extérieur.

J'ignore si la méthode est vraiment efficace pour les mouches, mais pour soulever un épais nuage de poussière dans la cellule, elle est infaillible. Dans la lumière des rayons du soleil matinal dansent des milliers de minuscules particules qui se déposent progressivement sur toutes nos affaires, matelas et couvertures compris.

La bataille des mouches a Hussein pour grand stratège. C'est lui qui coordonne les mouvements : il attaque par le centre, Zulficar et moi le couvrons sur son flanc gauche alors que Soufi assure seul l'aile droite. Les trois autres occupants de la cellule sont démunis de serviettes. Ils se frappent dans les mains, secouent leurs chemises mais leur contribution reste modeste. Hussein les traite en supplétifs. Une fois la porte refermée, Hussein contemple le résultat avec une satisfaction non feinte et conclut chaque matin par un inévitable :

— Good job, mister Jacques !

Dans le courant de la journée, la chasse continue, bien entendu, mais elle relève plutôt des opérations de harcèlement menées individuellement par chacun d'entre nous.

Mes démangeaisons matinales m'ont incité à changer de priorité pour la toilette. Aujourd'hui, je sacrifie le brossage des dents au profit d'un timide savonnage des bras, du visage et de la poitrine. Objectif audacieux, car à sept autour du robinet, nous battons notre record d'encombrement. Non seulement le temps nous est chichement compté mais l'eau ne m'a jamais semblé aussi froide.

Il faut être un maniaque de la propreté pour se laver dans ces conditions. Toutefois, si les démangeaisons reprennent, je m'en accommoderai. A partir de demain, retour au brossage des dents.

En prévision de l'hiver, un soldat vient installer une plaque de verre contre le soupirail. Elle est fixée par quatre clous aux extrémités. La plaque en obstrue la moitié, l'autre partie sera posée plus tard, vers le mois de décembre, m'explique Hussein. Ce système de protection contre l'air glacial du dehors est très relatif. Il a pour résultat principal d'empêcher la moindre aération. Pour peu que trois ou quatre détenus se mettent à fumer, l'atmosphère devient rapidement irrespirable.

Et le chauffage ? Il n'existe que dans l'imagination de mon policier, affirme Hussein. Au cœur de l'hiver, les prisonniers se roulent dans leurs couvertures, s'emmaillotent du mieux qu'ils peuvent avec des chandails, se couvrent les jambes de chaussettes et restent couchés toute la journée. Ils n'ont que le thé du matin et la soupe du soir pour se donner une fugitive sensation de bien-être.

Surprise, ce matin. Hussein est appelé le premier à l'extérieur. C'est la troisième fois depuis trois jours qu'il est ainsi convoqué alors que, selon ses propres dires, depuis trois mois son enquêteur le rencontre au maximum une fois par semaine.

Il n'en faut pas plus pour nourrir les soupçons de Zulficar. Sa conviction est que Hussein est un mouchard et ce n'est pas un hasard si l'on nous a installés, l'étudiant pakistanais et moi, dans sa cellule. Grâce à sa connaissance de l'anglais, il serait chargé de recueillir nos confidences, de rendre compte de notre état d'esprit, de nos réactions après les interrogatoires.

Et ses treize mois de détention ? Et ses prouesses militaires contre les Soviétiques ? Hussein n'a pas pu tout inventer. Exagérer, sans doute, comme tout

Afghan mais pas mentir totalement. De plus, sa haine des communistes n'est pas feinte. Il déclare à qui veut l'entendre que les Rouges mériteraient tous d'être passés à la moulinette. J'exclus que Hussein soit un agent provocateur.

Il ne l'est pas. Zulficar est au moins d'accord sur ce point. Il croit savoir néanmoins que Hussein aurait été acculé à coopérer avec la police après l'arrestation de sa femme.

Elle avait été emmenée par des miliciens et incarcérée à la suite d'une perquisition dans sa maison. Hussein était déjà sous les verrous. Son épouse a été remise assez rapidement en liberté. Dans les mois qui ont suivi, toujours selon Zulficar, les policiers ont démantelé une partie du réseau de Hussein. Il aurait « balancé » quelques-uns de ses camarades pour soustraire sa femme aux risques d'interrogatoires poussés ou même de sévices. L'accusation est extrêmement grave mais Zulficar n'en démord pas et jure sur le Coran qu'il tient ses informations de la meilleure source. Impossible de lui en faire dire davantage. Il me supplie de le croire, mais se refuse à être plus précis.

Comme les jours précédents, Hussein ne s'absente pas très longtemps. Je le regarde avec d'autres yeux, sans arriver à me convaincre que cet homme est un traître. J'aurai le même comportement avec lui. Simplement, j'observerai une certaine prudence. Après tout, je ne suis détenteur d'aucun secret, et j'ai toujours dit la vérité depuis mon arrivée à Sidorat. Enfin, presque toujours. J'ai passé sous silence la présence d'un journaliste américain, Jeff, et de deux membres de la Guilde du Raid, Eric et Anne, lors de notre première expédition vers Hérat. Je n'ai pas non plus signalé qu'Anne et Eric étaient encore avec nous le soir de l'embuscade, sur la route de Kandahar. Je ne crois pas avoir commis d'imprudence en citant leurs noms devant Hussein. Quoi qu'il en soit, mouchard ou pas, Hussein sait que je ne délire pas d'enthousiasme pour les communistes afghans et leurs amis soviétiques. Hafez, mon enquêteur, le sait tout autant.

Coïncidence assez drôle, la première question qu'il me pose ce matin a trait à mes attaches politiques :

— Vous êtes membre de quel parti ?

— Mes convictions personnelles, politiques, religieuses, philosophiques ne regardent personne et n'ont surtout rien à voir avec le dossier afghan...

Tout penaud, conscient d'avoir gaffé, Hafez bredouille des excuses. Il admet s'être écarté de son sujet. Je me sens presque tenu de venir à son secours. J'ajoute sur le mode badin :

— En tout cas, je ne suis pas communiste, mais sans doute l'aviez-vous compris ?

On en reste là.

Il cherche à marquer un point en me déclarant que mes amis sont peut-être dans la région de Kandahar. Je lui fais part de mon scepticisme. Le soir de l'embuscade nous étions à trente kilomètres du Pakistan et ils se seraient enfoncés en territoire afghan ? Avec quelle escorte ? Leurs accompagnateurs ne devaient avoir qu'une idée en tête : rebrousser chemin au plus vite et se mettre à l'abri des blindés soviétiques. Non, cette histoire ne tient pas debout.

Ce n'est pas une certitude, selon Hafez, mais des rapports sont parvenus à Kaboul, indiquant la présence d'un groupe d'étrangers aux abords immédiats de Kandahar. On verra bien.

Hafez ressort l'un des rouleaux de photos saisis dans mes affaires. Il les regarde par transparence sans me les montrer. Une fois de plus, il veut une description de mes trois compagnons. Pour le preneur de son, Hansen, c'est facile. Son passeport est resté à Kaboul, je lui suggère de consulter la photo d'identité.

Sur une épreuve, il pourrait y avoir confusion, pour qui ne les connaît pas, entre le cameraman Saporito et le guide de Latude. Ils sont barbus l'un et l'autre, sensiblement de la même taille. Le premier, plus âgé, est plus corpulent. Le second a une couleur de cheveux plus claire. Hafez regarde encore attentivement les clichés, prend quelques notes et quitte le bureau pendant un court instant, puis revient en compagnie d'un soldat qui pousse sans ménagement un homme dans la pièce.

Le nouveau venu est littéralement gris de terreur. Il est vêtu du costume des paysans afghans, pantalon bouffant, chemise longue et la tête couverte d'un chapeau plat en laine aux rebords arrondis. C'est un couvre-chef très répandu dans les provinces proches de Kaboul. Aux pieds, il a des sandales fatiguées, couvertes de poussière. Ses vêtements sont tachés. Il dégage une odeur très forte de sueur. Ses yeux sont rougis par la fatigue : celui-là n'a pas dû beaucoup dormir depuis quelques jours.

Hafez lui pose des questions sur un ton très sec. L'homme me jette des coups d'œil à la dérobée et secoue la tête furtivement. Hafez insiste, l'autre me fixe plus longuement et confirme avec le même mouvement de tête. Le policier ouvre le passeport de Georges Hansen et montre la photo. L'inconnu agite les mains et refait le même geste, accompagné de quelques mots, lorsque Hafez lui montre le rouleau de photos de tout à l'heure.

D'autres questions sont suivies de réponses brèves, sur un ton de lamentation.

— Connaissez-vous cet individu ? me demande Hafez.

Je réponds que non, sans en être absolument certain. La plupart des Afghans vêtus du costume traditionnel ont pour moi la même silhouette. Bruns, mal rasés ou barbus, la tête couverte, ils sont bien difficiles à distinguer à moins d'une attention soutenue.

Cet homme-là a été transféré de Kandahar. Pris dans une rafle, il a déclaré être arrivé du Pakistan depuis peu. Il aurait fait une partie du voyage en compagnie d'étrangers. Médecins, journalistes ? Hafez ne me fournit aucune précision. Il est aussi discret sur la nationalité des étrangers en question, sur leur nombre et la date à laquelle ils seraient arrivés.

L'homme est-il un maquisard ? Je l'ignore. Apparemment, la confrontation n'a rien donné. Hafez est peut-être déçu mais ne le manifeste pas. Il s'absente de nouveau alors que l'inconnu est collé contre le mur dans le couloir. Hafez est peut-être allé téléphoner à ses supérieurs pour rendre compte.

J'avais noté, dès le premier jours, l'absence de téléphone dans son bureau. Ces pièces sont réservées aux interrogatoires et les policiers ne doivent pas être dérangés par des appels intempestifs. J'ai d'ailleurs observé que personne ne frappe à la porte lorsqu'elle est fermée. Dans les moments de détente ou pendant les temps morts, Hafez la laisse entrouverte et ses collègues comprennent qu'ils peuvent venir aux nouvelles, échanger quelques mots ou fumer une cigarette.

La règle est de ne pas laisser un détenu seul dans un bureau. Le problème ne s'est presque jamais posé dans mon cas, en raison de la présence de l'interprète. Lorsque celui-ci est appelé à l'extérieur en même temps que Hafez, un de leurs collègues vient me tenir compagnie. Et si vraiment tout le monde est occupé, Hafez m'installe sur une chaise dans le couloir. Il la tourne face à une fenêtre et il m'est interdit de regarder en arrière, c'est-à-dire de suivre les allées et venues des uns et des autres.

L'attente se prolonge. Je bavarde avec l'interprète. J'avais signalé précédemment sa maîtrise de la langue anglaise. En dehors de cet aspect purement technique, nous avons eu peu de contacts directs. Il s'est toujours comporté avec une certaine froideur et même, dans les débuts, avec une hostilité non dissimulée. Il s'ouvre un peu et me parle de sa passion des voyages, contrariée par la situation politique dans son pays. Il n'a pas mis le nez dehors depuis cinq ans. Il fait une carrière de policier au département de la Sécurité d'Etat, mais sa véritable vocation, dit-il, aurait été la diplomatie. Je lui demande s'il n'est pas tenté de se rendre dans les pays de l'Est ou en URSS. Professionnellement, s'entend. Il sourit et me répond de manière sibylline qu'il en a eu l'occasion. Mais il préfère attendre la possibilité d'aller apprendre un jour dans « l'enfer » américain. Encore un fugitif en puissance, s'il a un jour un billet d'avion pour New York en poche.

Hafez revient, il est soucieux. Pour moi, c'est terminé. Il s'enferme dans le bureau avec l'inconnu. Je sens que ce dernier va vivre des moments difficiles.

La cellule est presque vide. Zulficar, Hussein et le jeune poseur de bombes sont absents. Soufi égrène son chapelet, le taciturne et le soldat déserteur discutent à voix basse. J'en profite pour faire de l'exercice dans le cachot. Il est rarissime de pouvoir y circuler un tant soit peu. Cinq mètres sur trois, le tour du propriétaire est impossible lorsque nous sommes au complet.

C'est l'heure du corned-beef soviétique. Sa seule vue me retourne l'estomac, mais le spectacle quotidien du soldat obligé de défoncer le couvercle de la boîte à coups de couteau, m'enchante.

Se décideront-ils un jour à faire l'acquisition d'un ouvre-boîtes ? A défaut, tous les soldats de Sidorat vont finir par prendre en grippe les conserves russes. C'est que deux d'entre eux se sont déjà entaillé le pouce de la main gauche au cours de cet exercice périlleux. Je me force à manger cette pâtée mélangée avec un peu de riz.

Zulficar rentre le premier en début d'après-midi, passe sous silence son interrogatoire et choisit de m'entretenir de son passe-temps de prédilection à Peshawar : l'élevage des coqs de combat. Je savais ce sport très populaire aux Philippines et en Thaïlande, j'ignorais qu'il en fût de même au Pakistan. Zulficar se considère comme l'un des meilleurs experts du pays. Il a élevé quelques spécimens de champions dont les exploits sont restés légendaires. Et de m'expliquer ce qui différencie, au premier coup d'œil, le coq royal du tocard. Tout se joue dans la forme et la couleur de la crête, le profil des pattes, la fermeté des muscles des cuisses.

Pendant la saison « pugilistique », Zulficar partage l'existence de son coq champion. Il le bichonne, le masse, lui fait avaler des fortifiants. Ils sont inséparables, vivent dans la même chambre et prennent leurs repas en commun.

Les succès de ses coqs au combat valent à Zulficar un prestige énorme auprès des jeunes femmes de Peshawar. Il est intarissable sur le sujet.

— Savez-vous, Jacques, que j'ai été demandé deux fois en mariage, grâce à mes coqs ?

Démarche insolite en terre d'Islam. Les deux prétendantes appartenaient à de riches familles de Peshawar. Quelle aubaine pour le fils de l'humble réparateur d'appareils électro-ménagers ! Il a pourtant dit non aux demoiselles. Il ne se sentait pas prêt, selon son expression.

Le roi des combats de coq me paraît singulièrement terrorisé par les femmes. A vingt-trois ans, ce futur docteur en médecine avoue son pucelage avec une certaine fierté. Zulficar est attendrissant de naïveté. Lui, le bon musulman, l'homme qui aime disserter sur les vertus comparées d'Abraham et de Mahomet, qu'est-il venu faire dans la galère communiste afghane ? Son esprit de dérision, son humour lui valent une popularité réelle à Sidorat. Il a choisi d'être un anti-héros et joue son personnage avec une intelligence lumineuse. Les policiers l'aiment bien, les soldats acceptent ses facéties avec bonhomie. Pour les occupants de la cellule, il est le « paki », celui qui fait rire les autres, qui accepte leurs sarcasmes sans les prendre au tragique. Même sa façon de prier les met en joie. Ils prétendent que Zulficar expédie ses dévotions avec une désinvolture scandaleuse, qu'il saute un verset sur deux pour en finir au plus vite. Il s'ensuit d'interminables discussions théologiques où il apparaît que le style « paki » laisse furieusement à désirer.

Hussein et le poseur de bombes, de retour dans la cellule, font le compte rendu de leurs interrogatoires.

— Avez-vous été rossés ?

Ils ne l'ont été ni l'un ni l'autre. Le jeune poseur de bombes a eu droit à une séance d'intimidation. On l'a un peu empoigné par les cheveux, mais rien de très méchant. Il ne comprend toujours pas les raisons de son retour à Sidorat, ni ce qu'on attend de lui. Les policiers lui ont simplement confirmé que ses neuf camarades condamnés à mort seraient exécutés prochainement. Ils seront pendus ou fusillés au polygone de tir de la forteresse de Pouli-Charki. Le plus âgé du groupe n'a même pas vingt et un ans. Notre jeune poseur de bombes raconte cela avec un certain détachement, comme s'il regrettait de ne pas être au milieu de ses camarades.

La réaction des Afghans présents et de Zulficar est de réciter en chœur la prière des « shahid », des martyrs.

En écho à leur recueillement, des cris répondent dans la cellule au-dessus de nous. C'est la deuxième fois depuis mon arrivée à Sidorat. Des cris effrayants qui nous parviennent malgré l'épaisse paroi de ciment. Ils s'interrompent, reprennent, se terminent par des plaintes et des pleurs.

Tous sont tendus autour de moi, essayant de capter les questions des bourreaux et le sens des supplications lancées entre les hurlements. Impossible de savoir ce qui se passe. Un soldat apporte le pain et la soupe du soir, alors que la séance au-dessus se prolonge au-dessus de nos têtes. Il ne dit pas un mot, se garde de tout commentaire et referme la porte violemment.

Personne ne touche au bouillon, le pain est emballé intact dans la toile cirée prévue à cet effet. Chacun se prépare à dormir à jeun, sans prononcer une phrase, sans même souhaiter une bonne nuit au reste du groupe.

3 octobre

Aujourd'hui, grand ménage d'automne, ont décidé les responsables de la prison. A tour de rôle, les détenus doivent sortir les matelas, battre les tapis de sol, secouer les couvertures.

Notre tour arrive de bonne heure. Dans cette fichue prison, il est aussi compliqué de s'occuper l'esprit que d'être tranquille. Faire la grasse matinée relève de la performance : le thé du matin est distribué à la pointe du jour, suit la toilette sur le coup de 7 heures et l'on enchaîne avec les interrogatoires.

Le grand ménage nous procure du moins la joie d'être dehors au lever du soleil. Une sensation merveilleuse mais les soldats nous pressent d'aller vite. Soufi est comme un capitaine sur le pont. Une fois sorties toutes les affaires, il balance des seaux d'eau dans la cellule pendant que le poseur de bombes, le soldat déserteur et le taciturne pataugent pieds nus en donnant des grands coups de balai.

Doyen du groupe afghan, Hussein échappe à la corvée et sert de conseiller technique à Soufi. Zulficar et moi secouons les couvertures pour en chasser la poussière et les miettes de pain. Vide, la cellule semble presque spacieuse. Un certain nombre de graffitis, d'inscriptions habituellement cachées par les matelas et les paquets des prisonniers, apparaissent au bas des murs. Toujours dans le même style : un nom et une date gravés dans le ciment au moyen d'une cuillère, d'un peigne ou même avec la pointe d'un tube dentifrice. Parfois, il s'agit d'un fragment de verset du Coran.

Une inscription tranche sur les autres. Le nom, Sélim, est écrit au crayon gras. Il est suivi de l'emblème communiste, faucille et marteau miniatures, avec pour date 1971. Un militant marxiste, enfermé il y a treize ans à Sidorat, avait pris un maximum de risque. Je montre le dessin à un soldat qui rit stupidement, peut-être pour dissimuler sa gêne. Il est du style brave soldat Chveik. Il s'en fout. Quel que soit le régime, lui, il s'arrangera toujours pour être du côté des gardiens, non des détenus.

On n'attend même pas que le ciment ait séché. Il faut rentrer les tapis de sol et la literie. Dispersées dans la cour nos affaires ressemblent vraiment à des hardes de guenillards. Obtenir de pouvoir laver son linge est une telle complication que peu à peu les prisonniers se découragent. Ils finissent par se résigner à avoir des vêtements douteux ou même crasseux. Les privilégiés sont ceux dont les familles sont autorisées à apporter des tenues de rechange tous les quinze jours. Dans la cellule, seul Hussein connaît ce grand bonheur. Ses chemises d'un blanc impeccable, ses gilets et ses pantalons bouffants parfaitement repassés, tranchent sur nos tenues sales et tachées.

Cette simple image provoque en moi un nouveau sursaut de révolte à mon arrivée chez Hafez.

— Où en est-on pour ma douche chaude ? Dix-sept jours que j'attends ! Et le barbier ? Plus rien depuis quatre jours ! Décidément, rien n'est jamais acquis dans cette maudite prison.

Hafez laisse passer l'orage, mais je m'obstine.

— Monsieur Hafez, il n'est pas possible que vous reteniez les lettres de ma famille. Car je suis sûr qu'il y en a. Elles s'empilent quelque part dans cette prison. Vous vous comportez d'une manière inhumaine. Ouvrez-les, ces lettres ! Lisez-les et si certains passages vous déplaisent surchargez-les à l'encre. Mais au moins donnez-les-moi...

Ma véhémence est avivée par le fait que je peux, enfin, m'exprimer en français. C'est un interprète francophone qui est là ce matin. Un grand garçon sympathique, sanglé dans son costume rayé un peu juste pour sa taille, cravaté. Il sourit avec chaleur dès que j'ouvre la bouche. Il se présente :

— Nageeb... je suis un ancien élève du lycée Istiqlal, le lycée français de Kaboul. Je suis si heureux de parler votre magnifique langue, j'en ai rarement l'occasion.

Je vais la lui donner l'occasion, ne serait-ce qu'avec mes récriminations. Je sens que Nageeb va devenir très vite un allié. Il exprime spontanément son regret de me rencontrer dans cet endroit. Du coup, je décèle une pointe d'inquiétude chez Hafez. Il ne tient pas à ce que mes conversations avec l'interprète prennent un caractère trop personnel, qu'elles s'écartent d'une certaine ligne formelle.

Hafez tire sur la bride pour mater la bête. Nageeb est prié de me rappeler que je n'ai aucun droit, sinon celui de répondre aux questions. Il est inutile que je revienne sans arrêt sur les mêmes demandes. Elles ont été transmises et sont à l'étude :

— Combien de fois faudra-t-il vous le répéter ?

L'expression de Nageeb remplissant son office est indescriptible. Il se raidit sur sa chaise, les mains à plat sur les cuisses. Ce grand gaillard, avec son gabarit de troisième ligne de rugby, a brusquement l'air d'un gamin subissant les remontrances de son prof. Certains mots français qu'il avait oubliés le fascinent.

— Comment écrivez-vous chronique ? Qu'est-ce que ça veut dire ? Comment écrivez-vous complaisamment ?

Dès qu'un mot nouveau pour lui est prononcé, il le note sur un coin de feuille, me déclarant, enthousiaste :

— Si votre séjour se prolonge un peu à Kaboul, je vais faire de grands progrès en français.

Et, comme pour se racheter de cette gaffe involontaire, il ajoute :

— Mais je suis sûr que tout ira bien pour vous. Seulement, il faut nous dire toute la vérité, monsieur Jacques.

Il est désarmant de gentillesse. Mais je dois garder à l'esprit que Nageeb, lui aussi, est un flic. Et puis sa gentillesse n'est pas vraiment contagieuse. Hafez se renfrogne. Toutes ces doléances dès le matin, ça l'exaspère, surtout devant le nouveau.

Peut-être se souvient-il de la conversation d'hier. Il croyait frapper un grand coup avec son histoire d'étrangers repérés dans les environs de Kandahar. Et il a fait chou blanc. En plus, le témoin transféré à grands frais jusqu'à Kaboul n'a reconnu personne d'Antenne 2 sur les photos. Le cher Hafez doit repartir à zéro ou plutôt se contenter de son dossier maigrichon sur lequel il sue sang et eau depuis deux semaines. Le tableau de chasse n'est pas brillant : franchissement illégal de la frontière, le seul point vraiment acquis par les Afghans. La contribution de Hafez à ce sujet est nulle puisque j'ai été pris en flagrant délit. Qu'a-t-il obtenu, finalement ? Sur l'espionnage, rien. Il n'y croit plus lui-même. Les trois soldats afghans blessés : une invention qui va les servir, certes, mais ça n'est pas très glorieux. Je me démarque toujours de cette accusation en employant la formule : « S'il y a eu trois soldats blessés, comme vous l'affirmez. » Je prends acte de l'accusation mais sans rien reconnaître.

Qu'y a-t-il encore ? Ah ! oui, les fameux flacons marqués « poison ». Ma position n'a jamais varié. Il s'agit probablement d'un médicament qu'il suffirait de faire expertiser. Bien sûr, les policiers sont faibles. Leurs deux seuls atouts indiscutables sont la mention « commerçant » sur mon passeport et la lettre de l'organisation Harakat appelant les maquisards de Kandahar à monter des opérations militaires pour Antenne 2. Là, je suis très vulnérable. Pour le passeport j'ai bien dû admettre qu'il y avait falsification. Quant à la lettre, je pouvais difficilement en nier l'authenticité. Elle a été trouvée dans mon sac.

Mais tous ces éléments sont apparus dès le début de l'enquête. Alors à quoi servent ces interrogatoires absurdes qui se répètent tous les jours et souvent deux fois dans la journée, quand ce n'est pas la nuit. Nous tournons en rond, Hafez me pose sans cesse les mêmes questions, comme il recommence à le faire en ce moment même. Sans doute procède-t-il ensuite à des comparaisons entre les réponses faites à plusieurs jours d'intervalle. Toutes les réponses étant consignées par écrit, il lui suffit effectivement de consulter les feuilles d'interrogatoires.

Depuis le temps, il devrait avoir compris que je ne varie pas dans mon attitude. Mais pourquoi accorder une telle importance aux initiatives de Hafez ? Comme s'il était maître du jeu...

La matinée passe. Je réponds inlassablement avec un automatisme de robot. Les rôles sont parfaitement distribués, chacun connaît ses répliques par cœur. Et quand il est à court d'imagination, Hafez me renvoie au cachot. Là au moins, Zulficar, Hussein, le poseur de bombes et les autres ont une certaine verve créatrice.

Que se passe-t-il ? Pourquoi Zulficar est-il aussi fébrile ? A mon retour, je le trouve assis dans son coin, la tête appuyée contre le mur de la cellule. Il me fait signe de venir près de lui. Il est tout tremblant et ne cesse de s'enduire les mains de vaseline. En fait, mon « paki » est mort de peur. Son enquêteur lui a annoncé que la journée de demain serait capitale pour lui. Il n'a pas voulu en dire davantage. Zulficar l'a supplié d'être un peu plus précis, l'autre a refusé net et a mis fin immédiatement à l'entretien.

De quoi peut-il s'agir ? Peut-être de sa présentation à la presse, ce qui serait un moindre mal. Il craint plutôt une rencontre avec le procureur chargé de son dossier. Le magistrat pourrait lui notifier officiellement son inculpation pour espionnage.

Zulficar est tellement bouleversé qu'il dévore la presque totalité de ma boîte de corned-beef. Il me parle de sa mère, une femme illettrée mais d'un grand bon sens, qui l'avait mis en garde avant son départ pour l'Afghanistan. Elle avait supplié son fils de renoncer :

— Il y a trois millions d'Afghans qui ont fui. Ils ont renoncé à tout, perdu leurs maisons, leurs champs, leurs boutiques. Ils sont venus au Pakistan et toi, mon fils, tu vas étudier chez ces communistes. Ils vont te mettre des mauvaises idées dans la tête.

Sa décision prise, le jeune homme ne s'était pas laissé fléchir, malgré les larmes de sa mère. Et maintenant, il le regrette amèrement.

Que va-t-il se passer demain ? Il retourne le problème dans tous les sens. Et si on avait décidé de le libérer ? Hors de question, bien entendu. Les policiers afghans se sont donné un tel mal pour lui ancrer dans la tête un ramassis de mensonges. Et ils feraient volte-face au dernier moment, après des semaines de pressions psychologiques ? Impensable.

Zulficar n'est pas dupe. Hussein, constatant son état, tente de le questionner mais se heurte à un mur. Surtout pas lui, pense le Pakistanais, plus que jamais méfiant envers le mouchard supposé. Il me parle presque dans le creux de l'oreille et nous avons vraiment l'air de deux conspirateurs.

N'y tenant plus, Zulficar sort son livre de prières qu'il parcourt avec une ferveur inhabituelle. Après quoi, il égrène longuement son chapelet puis s'enveloppant dans ses couvertures, il se couche face contre le mur.

L'après-midi constitue toujours pour nous le cap difficile. L'oisiveté à laquelle nous sommes condamnés nous pèse alors plus qu'à aucun autre moment de la journée. Dans la cellule, personne ne parle. Les Afghans, si bavards d'habitude, observent le silence.

Chacun médite sur sa misérable condition. C'est l'heure des coups de cafard. Deux fois, j'ai surpris le jeune poseur de bombes pleurant doucement. Etre condamné à quinze ans de prison quand on en a dix-sept, c'est une véritable tragédie. Soufi regarde à travers le soupirail. Le soldat déserteur ne va pas bien. Il a été battu sévèrement au cours d'un interrogatoire et se tient les côtes en gémissant à intervalles réguliers. Inutile d'alerter les gardes, ils ne dérangeront pas le médecin pour si peu. Hussein, assis en tailleur, se passe régulièrement les mains sur le visage.

A-t-il vraiment trahi pour sauver sa femme ? Qui oserait lui jeter la pierre ? Hussein est notre doyen : treize mois de cachot, sans contacts directs avec sa famille, sans la moindre promenade dans la cour, treize mois à subir des menaces, des violences physiques avec au bout du compte le risque d'une lourde condamnation. La véritable torture pour Hussein, c'est d'en être réduit depuis quatre cents jours à la misérable pitance de Sidorat.

Il vivait dans un milieu aisé de Kaboul. Avant de se tourner vers l'hôtellerie de tourisme, il avait travaillé pendant plusieurs années comme traiteur pour une société américaine opérant en Afghanistan. Il devait fournir, midi et soir, le nombre de repas nécessaires pour les employés américains et locaux. De plus, deux fois par mois, la société invitait les Américains de Kaboul à une « party » et Hussein se chargeait de toute l'organisation.

Il évoque cette période de sa vie avec nostalgie. L'argent ainsi gagné lui avait permis de se lancer dans l'hôtellerie. Il était également expert en tapis, ces merveilleux tapis afghans, d'une élégance, d'une richesse de coloris incomparables.

Hussein se déplaçait dans les différentes provinces à la recherche de belles pièces qu'il revendait ensuite à des collectionneurs ou à des propriétaires de galeries, en majorité des Allemands et des Américains. « Aujourd'hui, me dit-il, regardez le résultat de 400 jours de riz et de soupe grasse. » Il est bouffi, ses yeux bridés lui donnent l'allure d'un Bouddha. Seules les prières l'arrachent à son immobilité. Encore éprouve-t-il les pires difficultés à suivre la cadence des autres pour s'agenouiller, se relever, se prosterner face contre terre.

Le grondement des chars dans les rues de Kaboul nous arrache à nos solitudes. Il ne fait pas encore nuit alors qu'en général, les patrouilles coïncident avec le début du couvre-feu, vers 10 heures du soir. A en juger par l'intensité du bruit, il y a de nombreux blindés. L'animation revient dans la cellule. Chacun y va de son commentaire sur l'audace des moudjahidin dans Kaboul, leurs coups de main, l'impuissance des Soviétiques à les mater.

A ce propos, il est rassurant de constater que les Afghans prennent toujours pour cibles les Russes dans leurs discussions. Comme si leur numéro un, Babrak Karmal, son gouvernement, son armée, n'étaient que des comparses, des fantôches n'ayant pas voix au chapitre.

S'agit-il d'une pure coïncidence ? la lumière s'éteint dans la cellule juste à l'heure de la distribution de la soupe. Il fait noir et une joyeuse pagaille commence à régner dans la prison. Les soldats enflamment des bouts de papier avec des allumettes. Un bidon se renverse, on entend quelques jurons, des plaisanteries. Tout le monde prend l'incident avec bonne humeur. A l'extérieur, les passages de blindés continuent.

Ce n'est pas la première panne de courant depuis mon arrivée. La centrale de la ville a dû être attaquée une fois de plus. A la prison, on ne connaît pas plus les bougies que les ouvre-boîtes. Nous sommes donc condamnés à l'obscurité et personne ne s'en plaint. Rien de tel que le noir pour s'endormir agréablement lorsqu'on est condamné à la lumière électrique vingt-quatre heures par jour. Notre joie est de courte durée. Le courant est rétabli peu avant minuit.

4 octobre

Au vrombissement des moteurs de chars succède, ce matin, le ronronnement des avions à hélice. Ils défilent à la verticale de Sidorat, suivis par de nombreux hélicoptères. Ils n'arrêteront pas de la matinée.

Un policier et un soldat viennent chercher Zulficar de bonne heure. Sa peau prend une teinte cendrée sous l'effet de la peur. Il me serre les mains sans dire un mot, comme si nous ne devions plus nous revoir. Je lui donne une grande tape dans le dos et il part derrière ses deux accompagnateurs. Un peu plus tard, c'est au tour du poseur de bombes, suivi par le soldat déserteur, Soufi et Hussein. Je ferme la marche, laissant le taciturne seul occupant des lieux. Quelle explication donner à cette grande vadrouille générale ? On verra bien au retour des uns et des autres.

Hafez et Nageeb m'attendent devant le bâtiment qui abrite leur bureau, dans la partie ouverte de Sidorat. On va tirer mon portrait dans une pièce prévue à cet effet. Photos classiques de l'identité judiciaire de face, de profil. On m'épingle un carton numéroté sur la chemise. Au fichier de la prison, je côtoierai désormais la fine fleur du monde criminel afghan. J'en plaisante avec Nageeb et Hafez qui sont tous les deux d'excellente humeur ce matin. Ils m'invitent d'ailleurs à partager leur « kishmish », ce mélange de raisins secs et de noix dont les Afghans sont très friands.

Hafez pousse l'amabilité jusqu'à choisir à mon intention quelques morceaux de noix.

— Mangez-en, elles donnent de la force.

Elles complètent merveilleusement l'inévitable verre de thé. Nous en sommes là de nos mondanités lorsque l'Afghan transféré l'avant-veille de Kandahar pénètre dans le bureau. L'arrivée de ce personnage n'annonce rien de bon. D'abord parce qu'il est aussi sale et malodorant qu'il y a quarante-huit heures. Ensuite, parce qu'il a l'air encore plus terrorisé. Ses yeux roulent de Hafez à Nageeb qui s'est un peu raidi sur sa chaise. Il est aussi surpris que moi par l'apparition.

Je pensais pourtant bien ne plus revoir cet homme qui prétendait avoir voyagé vers Kandahar en compagnie d'étrangers. Hafez lui avait montré des photos de l'équipe d'Antenne 2 prises au Pakistan. Il n'avait reconnu personne et nous en étions restés là, à la grande déception du policier.

Il est vrai que depuis deux jours, mon enquêteur a eu tout le temps nécessaire pour rafraîchir la mémoire de l'autre bougre. Ce dernier aurait « insisté » pour revoir les photos. Il suffit effectivement de regarder la tête du pauvre Afghan pour se convaincre qu'il est tout à fait en situation d'« insister »...

Son regard affolé parcourt les clichés et il pose un doigt sur la photo du passeport de Georges Hansen, le preneur de son. Hafez, au comble du ravissement, encourage l'homme du geste. Suit une interminable explication émaillée de questions provoquant des réponses apparemment détaillées et circonstanciées. Invité à traduire, Nageeb me résume d'un air consterné toute l'histoire par cette unique phrase :

— Il dit que M. Georges était dans le groupe d'étrangers qui voyageaient vers Kandahar.

C'est maigre. Enfin, supposons, bien que je ne croie pas un mot de ce rebondissement, fabriqué de toutes pièces.

En quoi ce « témoignage » me concerne-t-il et surtout qu'en attend Hafez ? Le supérieur du policier, le grand chef, arrive sur ces entrefaites dans le bureau, s'étonne de voir l'Afghan loqueteux, discute avec son subordonné et tous les deux se retirent en emmenant le « témoin ». Je reste seul en compagnie de Nageeb qui secoue la tête d'un air dubitatif. Il me sourit mais évite de dire quoi que ce soit. Je le sens pourtant désireux de parler.

Un soldat vient me chercher et explique à Nageeb qu'il a ordre de me raccompagner à la cellule. J'ai nettement l'impression que Hafez essayait de monter un coup tordu pour me nuire. Il semble que l'arrivée du grand chef ait singulièrement contrarié le projet.

Côté cellule, tout le monde est rentré au bercail à l'exception de Zulficar. Le poseur de bombes, Hussein, Soufi et le soldat déserteur ont tous été plus ou moins « cuisinés », chacun de son côté. L'un a reçu quelques coups de poing, un autre a eu la tête cognée contre le mur, mais il n'y a pas de bobo. Bref, la routine. Seul le soldat déserteur doit avoir été rossé en règle. Il se plaint de plus en plus de douleurs dans le thorax et n'arrive toujours pas à voir un médecin.

L'apparition du préposé au corned-beef réveille en moi le goût des statistiques. J'attaque une sixième boîte de 350 grammes, dépassant ainsi légèrement la barre des deux kilos de viande soviétique, auxquelles il convient d'ajouter quatre ou cinq kilos de pommes plus quelques grappes de raisin. Je renonce à comptabiliser le nombre de litres de thé avalés matin et soir. Le bilan de ma consommation alimentaire dans les geôles afghanes est aussi maigre que morne. La rigueur statistique exige peut-être que je prenne également en compte les deux pouces entaillés des soldats chargés d'ouvrir les boîtes de conserve.

Enfin, Zulficar est là, tout sourire. Assurément il tient la vedette dans le groupe. Tout le monde est curieux de l'entendre raconter. Le « paki » n'est pas pressé, il ménage ses effets. Son aventure lui a ouvert l'appétit et il mange goulûment de grandes cuillerées de riz. Lui et moi sommes seuls à posséder une cuillère dans la cellule. Les quatre Afghans et l'Iranien Soufi se servent de leurs doigts. Ils plongent la main droite dans le plat commun, confectionnent une boule de riz, déchiquettent délicatement la viande en petits morceaux, avec les doigts, et portent le tout à la bouche. Il est très rare que des grains de riz retombent dans le plat, alors que Zulficar renverse la moitié du contenu de sa cuillère à chaque bouchée. Pour dire les choses crûment, il mange assez salement. Les grains de riz sont répandus un peu partout autour de lui, sur le matelas, dans les plis de son pantalon, sur sa veste et même sur le tapis de sol.

Il parle la bouche pleine, essuyant la graisse d'un revers de main. Il a été emmené à l'hôtel Aryana. Pour qui connaît Kaboul, c'est un bâtiment officiel où sont hébergées certaines délégations, journalistes étrangers notamment, invitées par le gouvernement. L'Aryana est également une sorte de club de la Presse où se retrouvent les correspondants, en majorité des Soviétiques ou des ressortissants des pays de l'Est.

C'est donc là que Zulficar a été conduit. Il était en compagnie de deux autres larrons, emprisonnés eux aussi à Sidorat, mais qu'il n'avait jamais vus. Le trio a été installé dans un salon de l'Aryana, pendant que des techniciens de la télévision locale réglaient leurs éclairages. Zulficar a donc compris qu'ils allaient être présentés à la presse.

Un groupe de plusieurs dizaines de journalistes, des photographes, des cameramen encadrés par de nombreux officiels afghans ont pris place dans le salon et la conférence de presse a commencé. Réunion d'un genre spécial : les journalistes n'étaient pas autorisés à s'adresser directement aux « espions », car les trois compères étaient présentés comme tels. Ils devaient poser leurs questions aux représentants afghans. L'un de ceux-ci, un responsable de l'agence de presse afghane Bakhtar, a donné le ton en indiquant que les forces de sécurité afghanes « avaient neutralisé des dizaines d'espions américains, pakistanais, français, irlandais, anglais et d'autres ». Liste non limitative.

C'est ainsi que Zulficar a entendu énumérer, sans surprise, ses « crimes » : appartenance aux services de renseignements pakistanais, rapports d'espionnage sur ses camarades de la faculté de Djelalabad et, en prime, sa participation à la fameuse attaque des maquisards contre un détachement de l'armée afghane. Ce jour-là, on s'en souvient, Zulficar voyageait dans un autobus de Peshawar à Djelalabad et s'était trouvé malencontreusement pris dans un accrochage, sans y être le moins du monde mêlé. Mais puisque tel était le scénario, il fallait le respecter. Entouré par les opérateurs, aveuglé par les projecteurs, filmé et photographié sous toutes les coutures, Zulficar a dû jouer son rôle en figurant discipliné. Pour les besoins de la cause, dans leur exposé à la presse, les Afghans l'ont désigné sous l'appellation de « capitaine Zulficar ». Il a ainsi pris du galon, le temps de la conférence.

Ses deux compagnons de misère étaient, l'un turc, Ouzala, l'autre iranien, Charif, ce dernier présenté comme un horrible trafiquant d'armes. Selon la version donnée aux journalistes présents, il avait été pris en territoire afghan à la tête d'un convoi destiné aux « bandits ». Quant au Turc, il a été reconnu coupable de machinations abominables en faveur de la « contre-révolution » : il était supposé avoir fait des aveux complets sur son appartenance à la CIA.

Conclusion de cette mascarade : l'annonce pour les trois « espions », d'un procès public, à une date non fixée, devant un tribunal d'exception.

A l'évocation du procès, Zulficar s'effondre en pleurs, interrompt son récit et pousse des cris contre « ces salauds de communistes qui l'ont piégé, transformé en esclave pour leur sale propagande ». Je l'interroge sur le comportement des journalistes présents à l'hôtel :

— Ils me regardaient comme le monstre du Loch Ness !

Le plus calmement possible, j'explique à Zulficar qu'il doit surtout songer à préparer son retour au Pakistan. C'est là-bas qu'il risque de sérieux ennuis, pas à Kaboul. Après tout, il a conclu un marché avec les Afghans. Il s'est laissé accuser : ils lui ont promis de le libérer rapidement après le procès. La méthode est atroce mais on peut imaginer que les bourreaux respecteront les termes du contrat.

Les Pakistanais, eux, sont pas la moindre raison d'être indulgents avec leur concitoyen. Il les a impliqués dans une histoire à laquelle son pays n'était pas mêlé. Il contribue ainsi à aggraver la suspicion qui pèse sur le Pakistan. On lui demandera des comptes. La sanction sera peut-être la prison et un procès, dans son propre pays.

Pour s'en tirer, Zulficar entend charger à fond les policiers afghans, une fois rentré chez lui. Il les accusera de l'avoir torturé, de lui avoir fait subir les pires violences pour obtenir ses aveux. La partie s'annonce aussi serrée et son dénouement aussi incertain là-bas qu'ici, pour l'étudiant en médecine.

Dans la mise en scène de l'Aryana, le choix du trio — un Turc, un Pakistanais, un Iranien — n'avait rien de fortuit. Toute la propagande officielle de Kaboul est concentrée sur le thème de l'encerclement du pays par des régimes hostiles, au premier rang desquels se trouvent l'Iran islamique de Khomeiny et le Pakistan dénoncé comme une plate-forme de la CIA. Dans la galerie des méchants, le Pakistan occupe une place de prédilection. C'est un pays satanique pour les communistes afghans, la rampe de lancement de tous les complots, la pépinière de la subversion. Selon le credo de la propagande de Kaboul, c'est à partir du Pakistan que s'infiltrent les « mercenaires » étrangers, les « conseillers militaires » qui encadrent les résistants. On tente de chauffer à blanc la population avec ces thèmes-là. Une telle orchestration paranoïaque a nécessairement besoin d'être alimentée par des exemples concrets. Zulficar et ses deux compagnons de chaîne sont donc des boucs émissaires rêvés, le Turc, notamment.

Ressortissant d'un pays membre de l'OTAN, il incarne parfaitement l'agresseur occidental.

Le dossier des trois lampistes étant instruit, il ne reste plus qu'à les jeter en pâture à la vindicte populaire. C'est le rôle de la télévision. Après quoi, ils seront jugés et sévèrement châtiés. Excellent pour l'édification du bon peuple. Pour finir, on les fera filer en catimini, par la porte de service.

Je suis sans illusions. Les inquisiteurs de la police secrète déploieront des trésors d'astuce, de mensonges. Ils joueront de la menace et de la séduction, exerceront les pressions nécessaires pour me faire passer par le même laminoir.

Zulficar n'en est pas convaincu. Plus précisément, il pense que dans mon cas un vrai rapport de forces existe. Il me cite à nouveau les démarches répétées de l'ambassade de France en ma faveur, les harcèlements continus auxquels le chargé d'Affaires, M. Barraux, soumet les Afghans.

Sans doute. Mais au fond de mon cachot, je ne vois rien venir. Le verrouillage afghan est bigrement efficace. Pas même une lettre de Françoise n'a pu forcer le blocus. En matière d'oubliettes, ils sont orfèvres, ces Afghans.

5 octobre

Tasse de thé, robinet express et toilette symbolique. Ce jour d'Allah commence dans le plus pur classicisme de Sidorat. Pourtant, une bonne surprise m'attend dès potron-minet. Le barbier est à pied-d'œuvre. Une semaine que je l'espérais ! Il est là, mal réveillé, mais humectant déjà d'eau tiède la peau de mon visage, les joues, le cou. L'enthousiasme que suscitent ses attouchements délicats le fait éclater de rire. Il en plaisante avec les soldats. Pas de doute, je suis un client heureux.

Et quel triomphe, à mon entrée dans la cellule.

— Mister Jacques, prédit Hussein, cette journée ne sera pas une journée ordinaire pour vous.

Le barbier, un vendredi, jour de repos : il se mijote effectivement un événement hors du commun.

Un moment, j'imagine que les Afghans vont peut-être présenter aux journalistes étrangers une deuxième fournée d'espions. L'hypothèse paraît peu vraisemblable à Hussein et Zulficar. Les journalistes, même soviétiques, hongrois ou tchèques finiraient par en avoir une indigestion. Il faut leur donner le temps d'exploiter la trilogie turco-irano-pakistanaise d'hier.

Mes compagnons sont un peu ébranlés lorsqu'un soldat apporte mes vêtements « civils » afghans, ceux dont Poil de Carotte, le directeur, m'a débarrassé le jour de mon arrivée à la prison. C'était le 20 septembre, il y a quinze jours. Depuis, je n'ai eu droit qu'à l'uniforme rayé des taulards.

Le soldat m'ordonne de revêtir les affaires propres. Je suis pris de vertige. Une idée folle me traverse l'esprit. Mais oui, c'est peut-être... Non, impossible. Une libération, maintenant ? Bien sûr, il y a eu les démarches pressantes de M. Barraux. Quel coup de théâtre ce serait !

Les autres y pensent aussi mais se gardent de toute allusion. Le soldat fait encore monter la pression :

— Prenez vos affaires.

— Toutes mes affaires ?

— Non. Savon, shampooing, dentifrice, serviette.

Quel suspense, alors que je lui emboîte le pas. Il prend la direction du bureau de Hafez mais s'arrête en route devant un bâtiment où je n'avais jamais pénétré. J'attends à l'extérieur. Au rez-de-chaussée, dans une pièce qui ressemble à une permanence de commissariat, plusieurs policiers en civil discutent avec animation. Ils viennent de prendre leur service, boivent un premier verre de thé et enfument l'atmosphère avec leurs cigarettes. Certains me saluent d'un hochement de tête. Je ne les connais pas mais eux savent que je suis « le » Français, l'unique Européen perdu parmi 700 Afghans et quelques autres Orientaux.

Poil de Carotte arrive à son tour, ouvre une porte cadenassée sans dire un mot, passe quelques instants dans une pièce dont je ne distingue pas l'intérieur, puis il m'appelle. Je tombe littéralement à la renverse :

c'est une salle de bains ! Entendons-nous bien. N'allez pas imaginer un de ces ensembles *design* qui font rêver dans les pages publicitaires des magazines.

Il ne s'agit nullement de cela. Il y a une baignoire dont le dernier utilisateur a laissé une trace palpable de son passage : une couche de crasse épaisse, en relief, d'un gris sombre, indique sur les bords le niveau que l'eau avait atteint. Le fond est rongé par la rouille. Le vert-de-gris a envahi les robinets, s'est répandu sur la pomme de la douche qui se dresse majestueusement à deux bons mètres du sol. Dans le lavabo, l'émail a sauté par endroits, révélant un enduit d'un brun pisseux.

Qu'à cela ne tienne. Cette vision d'appareils sanitaires d'un autre âge me fait bondir de joie. Poil de Carotte ne peut s'empêcher de sourire :

— Vous êtes content, hein ? Vous l'avez enfin votre douche.

J'en rêve depuis vingt jours. Comme un fou.

Je ne suis pas au bout de mes surprises. Quatre soldats arrivent en portant chacun un seau d'eau chaude qu'ils versent dans un tub placé près de la baignoire. Il y a de l'eau froide dans un réservoir de cinquante litres. Muni d'un seau en plastique, j'en verse un peu dans la bassine.

En fait, robinets et douche sont totalement hors d'usage. Je suppose qu'on n'a plus utilisé cette salle de bains depuis des décennies.

Peu importe, c'est un détail. Je m'installe dans la baignoire et l'opération consiste à puiser l'eau avec mon pot et à m'asperger. Inouï. Les premiers ruissellements de l'eau chaude sur mes cheveux, sur mes épaules, le long du corps... Une sensation de bien-être enfouie, m'envahit.

Je me savonne furieusement. Je sens ma crasse rouler sur la peau, disparaître par plaques. Elle s'étale paresseusement dans le fond de la baignoire, m'enserre les chevilles, monte, gagne les mollets. L'eau ne s'évacue pas. J'essaie de déboucher le conduit avec le manche de ma brosse à dents. Mes tentatives restent vaines. L'écoulement ne se fait pas. Je m'en moque. Je continue de m'asperger jusqu'à la dernière goutte.

Tout ébouriffé, je m'attarde devant le miroir du lavabo ébréché. Hafez ne m'avait pas autorisé à récupérer un peigne dans mes affaires.

Poil de Carotte a fait apporter un radiateur électrique portatif qui répand une douce chaleur dans la pièce. Je contemple le spectacle : la baignoire à moitié remplie d'une eau trouble. J'ai d'ailleurs éclaboussé toute la pièce en m'aspergeant. Il y a de l'eau partout. Les soldats se débrouilleront pour nettoyer tout ça. Je suis dans un état proche de l'extase.

Le grand chef peut bien me faire appeler dans son bureau, je n'y prête qu'une attention distraite. A tort. Il ne m'a jamais reçu, jusque-là. Il n'est passé qu'en coup de vent, deux ou trois fois, pendant les séances chez Hafez. Signe extérieur de son importance dans la hiérarchie : un portrait du camarade-président Babrak Karmal, dans un cadre argenté, est accroché au mur. Hafez, lui, a droit seulement à une modeste photo cartonnée, du genre calendrier des postes. Des fauteuils en skaï, un canapé, une table basse encombrée de revues soviétiques constituent l'ameublement. Trois téléphones sont posés sur un guéridon, à portée de main. La pièce est vaste. Deux fenêtres d'angle donnent sur des pelouses où un soldat-jardinier surveille trois prisonniers occupés à retourner la terre.

Le grand chef allume une cigarette française sans m'en offrir et pour cause. L'ambassade m'en avait envoyé cinq paquets mais ma préférence allant au tabac blond, je les avais laissées à Hafez. Elles ont donc atterri ici.

Il me révèle que je vais subir une « sorte » d'interview télévisée. Elle ne sera pas diffusée par la TV locale mais conservée, précise-t-il, dans les archives de la sécurité d'Etat. J'essaie d'obtenir quelques précisions. Il biaise, se dérobe et, avec réticence, m'annonce :

— Le document sera tenu à la disposition des membres du Praesidium.

C'est l'instance suprême, celle qui regroupe les hauts dignitaires du PC afghan, à commencer par Babrak Karmal.

Sur le ton de la colère, il me parle ensuite de l'inconnu de Kandahar, ce pauvre homme qui disait avoir voyagé avec des étrangers, clandestinement. Il le traite de menteur, de provocateur, d'agent de basse police au service des Pakistanais. Quel courroux à propos d'un individu qui m'avait semblé plutôt désarmé et terrorisé dans le bureau de Hafez. Le grand chef me demande d'oublier cette affaire et se borne à déplorer « l'erreur » commise à ce sujet par son subordonné.

Je crois comprendre ce qui s'est passé. Mon flic attitré a voulu faire de l'excès de zèle en extorquant d'inutiles aveux au type de Kandahar. On l'a probablement menacé, battu ou même torturé pour lui faire avouer un périple imaginaire avec l'équipe de TV française. Considérant que Hafez s'était fourré dans un coup tordu, le grand chef lui a tapé sur les doigts. Il doit juger mon dossier d'accusation suffisamment accablant pour ne pas en rajouter.

Notre entretien se poursuit sur le mode plaisant. Puis il me demande si je suis prêt pour l'interview en question. Je le suis. Nous traversons le jardin jusqu'à un bâtiment proche où attendent une quinzaine de personnes parmi lesquelles Hafez et Nageeb.

Hafez consulte des feuilles manuscrites, corrige, écrit, rature. Il affiche l'air soucieux d'un lycéen avant les épreuves du bac. Nous pénétrons tous dans un bureau où trois techniciens de télévision ont disposé leur matériel de tournage.

Le grand chef m'explique le déroulement de l'opération. Hafez rappellera d'abord brièvement les circonstances de ma capture puis me posera une série de questions, qui seront traduites en français par Nageeb. Il me prie de répondre succinctement, sans me perdre dans les détails.

Tout le monde prend place et Hafez démarre. Le ton dont il use me frappe instantanément par sa véhémence. Il est méconnaissable. Sans doute, le trac devant son chef et les autres personnages présents. Et son texte est enregistré pour la postérité. Il n'apparaît pas dans le champ de la caméra, serrée en gros plan sur mon visage. On m'a d'ailleurs demandé de la fixer à chacune de mes réponses.

Hafez transpire à grosses gouttes. Ses mains tremblent légèrement. Il est saisi d'un tic qui me donne envie de pouffer. A chaque fin de phrase, il se soulève prestement de sa chaise comme si une pointe lui piquait les fesses.

Nageeb suit sur ses feuillets la traduction déjà

rédigée. Il commence à lire. C'est consternant. Le texte est écrit dans un véritable charabia. Il est absolument inintelligible, mais il y a plus grave. La réalité est grossièrement déformée. Il est dit par exemple que « le soi-disant journaliste Jacques Abouchar donna obligation aux bandits contre-révolutionnaires viser nos soldats ». Une fois décodé, ce jargon signifie que le soir de l'embuscade, j'ai donné l'ordre aux maquisards de notre escorte d'ouvrir le feu sur les soldats afghans. C'est aberrant. Comment aurais-je pu donner un tel ordre puisque c'est nous qui sommes tombés dans le piège ? De plus, les policiers savent bien que j'ai immédiatement sauté de la camionnette. Cela m'a valu d'être séparé du reste du groupe.

Je lève les bras au ciel, je proteste, j'engueule Nageeb pour la bouillie de chat qu'il me débite, je conteste formellement la présentation.

Le grand chef a un geste de découragement : si j'interromps déjà l'enregistrement à la troisième phrase, on n'est pas sortis de l'auberge. Je lui explique que je ne peux pas me laisser accuser d'avoir ordonné l'ouverture du feu. Même chose pour l'expression « soi-disant journaliste ». Elle est inacceptable. Et ces soldats afghans que l'on me ressort une fois de plus ? Je n'ai vu que des tankistes et des paras soviétiques, le soir de l'embuscade.

Le grand chef se veut conciliant :

— Monsieur Jacques, tout ça n'est pas important, c'est du passé. C'est l'avenir qui compte.

Je suis effaré par une telle désinvolture, j'en ris, il rit lui aussi. L'hilarité gagne toutes les personnes présentes. Il insiste :

— Je vous assure, ça n'est pas important.

Il me reparle des archives, du caractère confidentiel du document. A l'entendre, il ne s'agirait que d'un brouillon.

Même dans cette hypothèse, on ne peut pas raconter n'importe quoi. Après tout, il y va de ma liberté. Il fait comme s'il s'agissait d'une carence de traduction, demande à Nageeb de revoir son texte.

Palabres, discussions, interruption puis reprise de la séance. On repart à zéro. Hafez et Nageeb ont confronté leurs textes, rajouté, supprimé des mots, surchargé des paragraphes. Moteur ! Hafez démarre de la même voix haut perchée d'un muezzin appelant à la prière. Il a à nouveau des tressautements du postérieur. La sueur perle sur son front. Il a encore plus peur que tout à l'heure. Peut-être l'a-t-on sermonné. Il avait vraiment forcé la dose.

La traduction de Nageeb est toujours aussi calamiteuse. Mais il y a des variantes intéressantes. L'ordre d'ouvrir le feu, qui m'était attribué dans la première version, a disparu. Cette fois, je suis coupable de ne pas avoir fait stopper nos véhicules après les sommations reçues. C'est tout aussi fantaisiste mais moins grave. L'adjectif « soi-disant » précède toujours le mot journaliste. Tout est à l'avenant. On s'étend complaisamment sur mes « activités criminelles », avec force citations de la CIA et de l'impérialisme. Il est impossible d'admettre un tel torrent d'accusations. Se retrouvent cités pêle-mêle dans ce salmigondis les flacons de « poison » retrouvés dans mes sacs, mon passeport « falsifié », notre matériel d'espionnage (la caméra), « l'espion » Hugues de Latude (notre guide).

Vient ensuite l'interview. Là, les choses sont plus simples. Les questions rejoignent celles qui m'ont été posées depuis deux semaines. La séance se prolonge pendant plus d'une heure et demie. Enfin nous arrivons au bout de ce véritable calvaire. Après un ultime saut de carpe sur sa chaise, Hafez s'effondre pour le compte. Nageeb a perdu la force d'esquisser même un pâle sourire. Le grand chef continue de griller mes cigarettes.

Une dernière formalité, me dit-on. Je dois signer chaque feuillet de la traduction française. Je refuse la déclaration de Hafez, ce ramassis de contre-vérités. Pour l'interview, je m'exécute séance tenante. Le grand chef revient à la charge : je lui fais observer que le texte de Hafez est digne d'un roman-feuilleton mais n'a rien à voir avec les faits réels. C'est de la pure science-fiction. Il est en contradiction flagrante sur certains points avec les interrogatoires signés par Hafez et moi. Il faudrait tout reprendre, renoncer aux accusations non fondées inventées pour me nuire. Alors seulement je pourrais signer.

Ils sont consternés. Heureusement que j'ai déjà profité de la douche. Je sens les représailles se profiler. Le grand chef foudroie Hafez du regard, me jette un coup d'œil mauvais et s'en va, suivi pai presque tout le monde. Les techniciens de la télévision démontent leur matériel. Mon enquêteur et Nageeb sont comme des enfants pris en faute. Ils ramassent leurs papiers et m'emmènent. Nous repassons près des pelouses. Les lapins domestiques se cachent dans les massifs.

Dans la prison, un soldat prend le relais pour me reconduire à la cellule. Cette farce m'a exténué. J'en ai vraiment assez des coups bas de Hafez et de ses supérieurs. Mon policier n'est qu'un exécutant. Zélé, bien sûr, mais il ne s'est certainement pas écarté de la ligne fixée par ses chefs. En haut lieu on veut vraiment me mettre la tête sous l'eau.

J'en oublie la douche, les vêtements propres qui impressionnent Hussein, Zulficar et le poseur de bombes. Même le taciturne, si amorphe depuis sa crise d'épilepsie, se redresse sur son matelas. Quand je parle de la douche chaude, ils sont tous incrédules.

De l'eau chaude à Sidorat ! De mémoire de détenu, on n'a entendu galéjade aussi énorme. Il faut que je raconte tout par le menu : les soldats avec leurs seaux, le tub, la baignoire rouillée. Ils me contemplent comme un extra-terrestre. Le reste de l'histoire ne présente qu'un intérêt anecdotique. Interviews, accusations, séance vidéo : tout cela mérite attention, certes, mais comparé à la douche chaude, c'est dérisoire.

— Mister Jacques you are a tricky fox.

Zulficar, admiratif, me juge aussi rusé qu'un renard. Un renard affamé et privé de sa pâtée quotidienne. Pas de distribution de corned-beef. Le vendredi, jour de repos hebdomadaire, il y a souvent un certain laisser-aller parmi les soldats.

A moins qu'on ait voulu me faire passer pour mauvais esprit. Le résultat en est une diète un peu aggravée. Rien de tragique. Et la douche compense si largement tout le reste...

En début de soirée, un soldat vient me chercher. Etonnant pour un vendredi. C'est le jour sans interrogatoires. Hafez est certainement rentré chez lui. De qui peut bien venir la convocation ? Je le fais demander au soldat. Il ne répond pas. Nos gardiens sont bouche cousue, je devrais le savoir. Ils ne doivent jamais révéler à un prisonnier le lieu où ils l'emmènent.

Je me retrouve chez Poil de Carotte. Ils sont une dizaine, dont Hafez, dans son bureau. Ils regardent à la télévision un film allemand doublé en persan. Sur la table, une couverture pliée et un gros colis. Un nouvel envoi de l'ambassade de France. On veut bien me remettre la couverture, que je prends, mais pour le paquet c'est hors de question. Dommage, si j'en juge par les dimensions. Le colis sera examiné, expertisé. Je connais la chanson, on me le donnera dans une huitaine de jours au mieux.

Poil de Carotte me tend un papier à signer, une feuille à en-tête de l'ambassade, un reçu. Décidément, c'est la journée des paraphes. Je lui propose de signer tout de suite pour la couverture et à la réception du colis lorsqu'il me sera délivré. Poil de Carotte n'est pas d'accord. Il veut une signature unique pour le tout, dès maintenant.

Dans ces conditions, je préfère m'abstenir. Je n'ai plus vraiment besoin de la couverture. Celles de la prison sont tout à fait suffisantes et j'attendrai le temps nécessaire au déblocage de mon paquet. Je repose la couverture sur la table.

Poil de Carotte n'est pas vraiment heureux mais au fond il s'en moque. Au contraire, Hafez est sur des charbons ardents. Il m'arracherait volontiers les yeux, ce soir. Mais il y a l'attrait du film. Ils n'ont qu'une hâte, tous, me voir disparaître.

Rentré à la cellule, je me précipite vers le matelas, m'enveloppe dans la couverture. Je ferme les yeux. Je peux phantasmer à loisir sur les merveilles du colis de l'ambassade.

6 octobre

Hafez en a certainement par-dessus la tête de son client du moment. Si la guerre des nerfs est éprouvante pour moi, elle ne l'épargne pas. La séance d'hier en est une parfaite illustration. Je n'ai pas signé un texte qu'il avait préparé, qu'il avait pour mission de me faire avaler. Le document, j'en ignore la portée réelle. Peut-être était-ce un simple brouillon avant le procès dont on me menace. Mais le grand chef était quand même là et il y avait beaucoup de monde pour assister à l'enregistrement.

Toujours est-il qu'aujourd'hui Hafez m'a complètement oublié. C'est tout à fait exceptionnel. A l'évidence, il ne s'agit pas d'une bouderie. Les sentiments personnels des inquisiteurs n'ont pas leur place, ou si peu, dans ce genre d'établissement. Hafez est robotisé comme tous les policiers de Sidorat. En ce moment même, il est dans son bureau et tous ses efforts tendent à la mise au point d'un plan qui permette enfin de m'abattre.

Les desseins de la Sécurité d'Etat, comme les voies du Seigneur, sont impénétrables. Ainsi, ce matin, a-t-on prévu à mon programme un bain de soleil. Plutôt surprenant dans un centre d'interrogatoires où la promenade des prisonniers est bannie par le règlement. Permettre à un « terroriste » de prendre l'air dans la cour, ne serait-ce que quelques minutes par semaine, quelle idée saugrenue. De quoi donner des haut-le-corps à Hafez et à ses collègues. Alors, imaginez une séance de bronzage.

Lorsque le soldat est venu me chercher, portant une chaise métallique à deux mains, je n'ai d'abord pas compris. Et puis, j'ai pensé qu'il voulait l'installer dans la cellule. C'était étrange. Nous aurions éprouvé les pires difficultés à la caser. A moins de la poser sur un matelas.

En fait, il m'a ordonné de le suivre à l'extérieur, dans la cour. Là, il s'est assis sur la chaise et a fait mine d'exposer son visage au soleil en m'expliquant par gestes que je devais en faire autant. Devant mon ébahissement, il a ri, moi aussi.

Depuis un bon moment, je me prélasse donc dans ce solarium improvisé. Surtout, je ne perds rien du spectacle qui m'est offert.

Je découvre de nouvelles têtes. Cellule après cellule, les détenus se succèdent autour de l'unique robinet pour la toilette. Il y en a vraiment de tous les âges, une majorité de jeunes, bien sûr, mais plusieurs ont dépassé la soixantaine. Le doyen est un homme à cheveux blancs, légèrement voûté, une couverture jetée comme une cape sur les épaules. Hussein m'avait parlé de lui. Ils avaient partagé la même geôle il y a déjà plusieurs mois. Il me l'avait présenté comme un intellectuel, un professeur d'université. J'ai oublié les raisons de sa détention, il faudra que je pose la question à Hussein.

Les soldats le traitent avec un certain respect alors

qu'ils se montrent bourrus avec presque tous les prisonniers. De temps en temps, l'un d'eux est emmené vers le centre d'interrogatoire. L'attitude des détenus est faite d'humilité, de résignation. Ils se déplacent la tête légèrement inclinée, les mains jointes dans le dos. A la moindre injonction du gardien, ils se figent contre le mur, les mains toujours dans la même position. Certains s'accroupissent spontanément, comme s'ils voulaient s'humilier encore davantage. Trente-cinq cellules donnent sur la cour. Vingt-cinq de plain-pied et dix au premier étage.

Parfois, des prisonniers enfermés cognent à coups redoublés contre leur porte. Les soldats sont très longs à réagir. Lorsqu'ils se décident à répondre, ils refusent presque systématiquement d'ouvrir. Un des détenus obtient quand même gain de gause. Je le vois se précipiter vers les toilettes en mettant une main devant sa bouche. Il ne peut se retenir et vomit, tout en continuant de courir.

Les détenus me regardent, interloqués. Ils n'ont à l'évidence jamais vu un des leurs installé sur une chaise, fumant tranquillement en contemplant autour de lui.

Même étonnement de la part des soldats affectés à un autre secteur de la prison et qui viennent de notre côté pour une mission précise. Décidément, le statut de cet étranger les intrigue. Et ils ne sont pas au bout de leurs surprises. Au cours de l'après-midi, c'est Poil de Carotte qui me fait demander. J'imagine d'abord qu'il va donner une suite à la péripétie d'hier soir sur la couverture et le colis envoyés par l'ambassade de France. Eh bien je me trompe. Ce cher Poil de Carotte se transforme en garde-chiourme mondain. Il s'inquiète de ma santé, m'interroge sur le bain de soleil. En ai-je bien profité ? Rien ne s'oppose, selon lui, à ce que l'expérience soit reprise. Poil de Carotte me propose de prendre une tasse de thé sur le terre-plein, en face de son bureau. Son adjoint donne des ordres et en quelques minutes les soldats ont installé une table basse et trois chaises où nous prenons place, l'adjoint étant convié.

La scène est absolument grotesque. Je n'ai vraiment rien à dire à Poil de Carotte. Il essaye de se rendre aimable en me posant des questions sur la France. Son français est plus que laborieux, aussi suis-je étonné lorsqu'il m'affirme avoir passé sept années dans notre pays. Je marque à peine une surprise pour ne pas le froisser. Je l'interroge sur les provinces qu'il a visitées. Plusieurs, dit-il, dans le Nord et le Sud, spécialement la région marseillaise. Il a de la peine à construire une phrase correctement. Aussi ne prend-il pas de risque. Et comme je n'ai aucune envie de relancer la conversation, un silence gêné s'établit. Je n'entends que le bruit de ma cuillère dans le verre de thé. C'est pénible.

Je risque une question sur ses loisirs, en dehors de la prison. Il marmonne des phrases inintelligibles dont se détachent des mots comme service, permanence, travail. J'ignore ce qu'il veut dire. Avec un rire forcé, il m'avoue enfin n'avoir jamais mis les pieds en France. Il a appris des rudiments de français à Kaboul, mais n'a plus pratiqué depuis une éternité.

Je trouve plus intéressant de lui parler de la nourriture. Je lui suggère, poliment, de varier un peu l'ordinaire, le corned-beef quotidien devenant un vrai cauchemar. Il en discute avec son adjoint qui opine gravement de la tête. On se croirait à une conférence d'état-major tant ils sont pris par leur sujet.

Les détenus passant par là sont encore plus effarés que ce matin. Un « terroriste », un « brigand » prenant le thé en compagnie du directeur de la prison, c'est du jamais vu dans les annales de Sidorat. Depuis vingt-quatre heures, j'inscris à mon actif trois « premières » : la douche, le bain de soleil, le thé chez Poil de Carotte. Cette triple performance n'est pas près d'être égalée.

Je finis par prendre congé sans savoir si le corned-beef en boîte continuera ou non d'être le plat du jour. Grosse déception en tout cas pour ce qui est du colis de l'ambassade. Le sujet n'a pas été abordé une seule fois.

Zulficar et Hussein sont perplexes lorsque je les informe de mon cinq à sept chez Poil de Carotte. Ils se remettaient à peine de la séance de solarium du matin. Ce déchaînement de mondanités les trouble intensément.

J'interroge Hussein sur l'identité du vieux monsieur à cheveux blancs aperçu dans la cour. Agé de soixante-quinze ans, il appartenait à une famille connue de Kaboul. Il est retraité de l'université. Son passe-temps favori est le jeu d'échecs, mais il trouve difficilement des partenaires à Sidorat. Il a pourtant réussi à confectionner un échiquier de fortune avec un carton et des figurines en mie de pain durcie, façonnées autour d'allumettes.

Son arrestation a suivi la découverte, dans un garage qui lui appartenait, d'un stock d'armes neuves de tous calibres. Il n'a pu s'expliquer sur la présence des armes. Ce garage, il l'avait loué pendant des années à une Egyptienne qui avait quitté définitivement l'Afghanistan au moment des faits. Il est enfermé à Sidorat depuis cinq mois. Son état de santé est précaire. Il souffre de diabète et les séquelles d'une vieille phlébite lui rendent tout déplacement très pénible. Malgré ses demandes répétées, les médecins du centre d'interrogatoire ont refusé son hospitalisation.

D'après Hussein, le vieux monsieur a été la victime d'un acte de délation de la part de son propre beau-frère. C'est ce dernier qui a trouvé les armes rangées dans des caisses, elles-mêmes recouvertes d'une bâche. Il avait demandé la clef du garage avec l'intention d'y laisser sa propre voiture, avant d'entreprendre un voyage à l'étranger. Effrayé, paniqué par sa découverte, il s'est rendu directement à la police. Le soir même, le vieux monsieur était jeté dans un cachot de Sidorat. Il a plaidé la bonne foi, juré aux policiers qu'il n'était au courant de rien. Il a surtout tenté d'expliquer que le seul fait d'avoir donné la clef à son beau-frère l'innocentait. Peine perdue. Ses arguments n'ont trouvé aucun écho favorable auprès des enquêteurs.

7 octobre

Le barbier de la prison et moi allons bientôt devenir des intimes. Je suis en passe d'être son meilleur client puisque, sitôt réveillé, on me conduit à lui. Cette nouvelle séance de rasage, la deuxième en deux jours, annonce encore une journée pas comme les autres. Peut-être tout simplement le grand chef a-t-il prévu une suite du roman-feuilleton télévisé commencé vendredi.

Le premier épisode avait tourné au fiasco avec le policier Hafez, l'interprète Nageeb et moi dans les trois rôles principaux. Comme il est difficile de changer la distribution, nous allons peut-être nous retrouver tout à l'heure sur le « plateau » du tournage. Une séquence pourrait s'intituler : « de l'art de fabriquer des accusations fantaisistes à partir de faits n'ayant aucun rapport, même lointain, avec la réalité. »

Cela explique peut-être que je n'aie pas vu Hafez hier. Il aurait passé la journée à peaufiner son scénario pour le rendre plus présentable. Une fois de plus, je franchis les limites de la prison pour me rendre dans la partie noble, avec ses pelouses, ses massifs de fleurs et les petits lapins en liberté. J'y retrouve le grand chef, Hafez, Nageeb et quelques autres. Le grand chef me parle d'une interview avec un journaliste soviétique. Lui seul et Hafez m'accompagnent dans un bureau-salon aux dimensions impressionnantes. Il pourrait aisément contenir tous les membres du Praesidium du PC afghan. Un tapis aux couleurs un peu criardes recouvre la plus grande partie du sol.

Je m'assieds dans un fauteuil installé en face d'un canapé, mais à une distance respectable. Près de moi, sur un guéridon, des raisins secs et des noix dans une soucoupe. Le long du canapé il y a une table avec des pieds torsadés particulièrement disgracieux.

Je ne sais toujours pas qui sera mon interlocuteur. Hafez et le grand chef font les cent pas dans le bureau en discutant sur le ton du confessionnal. J'ignore s'il faut attribuer ce genre de messe basse à la déformation professionnelle ou si les Afghans ont un penchant inné pour la conspiration.

Enfin, le journaliste arrive. La cinquantaine, les cheveux grisonnants, il porte un sac en bandoulière. Il me serre la main, sourit et se présente par l'intermédiaire d'une femme qui l'accompagne. Elle est supposée être son interprète de français car il ne parle que le russe. Elle fait des ronds de jambe, l'écoute avec ravissement, se concentre et me dit avec un zézaiement appuyé :

— Voizi Mozieur Guerman Ouztinov, correzzpondant Kaboul, Journal Mozcou I-z-vestia.

Cette entrée en matière suscite en moi les pires inquiétudes pour la suite de l'entretien. Elle met des z partout et supprime allègrement articles et adverbes qu'elle juge superflus ou encombrants. J'ai au moins compris qu'il s'agit de Guerman Oustinov, correspondant du quotidien du soir de Moscou, *Izvestia.*

Il met en route son magnétophone portatif. Il est hilare. Est-ce la satisfaction d'avoir doublé ses confrères ? Après tout, il est le premier témoin extérieur à me rencontrer depuis ma capture, le 17 septembre.

Le grand chef comprend un peu le russe et tend l'oreille, attentif. Hafez se concentre sur les dessins du tapis. La zézayeuse poursuit ses petites contorsions sur le canapé. Ou bien Oustinov est son idole, ou bien elle vit les plus belles heures de sa vie. Elle est tout entière tendue vers lui, extatique, écoutant ses premières questions, d'ailleurs interminables. Pour la traduction, mes craintes étaient fondées. Je ne comprends à peu près rien de ce qu'elle me dit et mes réponses la plongent dans le plus grand embarras. Elle se donne le temps de réfléchir en mordillant ses lunettes.

Oustinov veut savoir pourquoi j'ai couru le risque de traverser la frontière illégalement. J'essaie de trouver les mots simples pour lui expliquer ma position de manière accessible pour son accompagnatrice. J'ignore quelle bouillie de chat elle lui sert mais j'ai la certitude qu'elle ne saisit pas le dixième de mes propos.

— Et ces « contre-révolutionnaires », qu'est-ce que vous pensez d'eux, de leur combat ?

Oustinov a pris un air sévère, de circonstance.

— Je n'aurais pu entreprendre un tel reportage sans éprouver de la sympathie pour la cause des résistants afghans...

La dame est horrifiée : de la sympathie envers ces brigands ? Suit un dialogue animé entre elle et lui. Il me fait dire qu'il n'est pas d'accord avec l'expression « forces d'opposition » que j'ai utilisée et lui préfère celle de « bandes contre-révolutionnaires ». J'explique alors, pour clore le chapitre, que dans cette guerre, comme dans tout conflit, il faut choisir son camp. La dame est tout à fait consternée. Oustinov l'est tout autant et il écrira quatre jours plus tard dans son journal : « Le journaliste français est accusé d'avoir commis des actes illégaux et des provocations contre l'Afghanistan, chefs d'accusation qu'il a reconnus et signés [1]. »

Archifaux. Je n'ai signé que les procès-verbaux des interrogatoires dans lesquels je reconnais seulement le franchissement clandestin de la frontière. Autre contre-vérité flagrante de la part de M. Oustinov : il m'accuse d'avoir été porteur d'un plan de l'aéroport de Kandahar. C'est une pure invention destinée à accréditer l'idée que je préparais des actes de sabotage. J'ai expliqué précédemment qu'au moment de ma capture, les Soviétiques avaient trouvé une valise appartenant aux maquisards. Elle contenait un certain nombre de documents et notamment un dessin représentant les bâtiments de l'aéroport de Kandahar. Mais j'ignorais tout de cette valise. A tel point que Hafez ne m'a jamais posé la moindre question sur son existence et a fortiori sur son contenu. Oustinov non plus. Il ne s'est pourtant pas gêné pour m'accuser.

---

1. Dans son compte rendu de l'interview publiée par les *Izvestia,* le correspondant du *Monde* à Moscou écrit, notamment : « Les réponses de Jacques Abouchar montrent que ce dernier a adopté une position très ferme vis-à-vis des autorités afghanes et qu'il n'est pas prêt à se livrer à une quelconque " confession " ou " autocritique ". » Le journaliste du *Monde* note encore qu'il s'agit d'une curieuse interview « où il (Oustinov) prend davantage la parole que son interlocuteur » (*Le Monde* du 13 octobre 1984).

Le journaliste des *Izvestia* a, en revanche, carrément passé sous silence sa question et ma réponse sur un reportage que j'avais effectué en 1977 au Chili. Un journaliste se rendant chez M. Pinochet ne pouvait être à ses yeux qu'un sympathisant d'une dictature d'extrême droite. Guerman Oustinov pensait bien m'avoir coincé. Manque de chance pour lui, le reportage avait été organisé par les exilés des partis socialiste et communiste chiliens à Paris. Il était centré sur l'opposition au régime Pinochet.

— Nous sommes allés voir vos propres amis communistes chiliens persécutés et traqués, ai-je dit au journaliste.

Les amis chiliens, ils sont passés à la trappe dans les *Izvestia,* propagande oblige.

Je revois parfaitement, aujourd'hui encore, la fin de la rencontre avec le correspondant soviétique. Plus de sourire pour lui, plus de contorsions mondaines pour elle. Ils sont plutôt guindés, raides. Il prend congé d'un petit signe de tête. De sa part à elle, j'ai droit à un très sec « au revoir môzieu ». On ne serre pas la main d'un ami des « contre-révolutionnaires ».

Le grand chef et Hafez ont décroché depuis longtemps et ne sont pas mécontents de récupérer leur client. Ils me laissent m'attarder un moment dans le jardin, puis m'accompagnent ensemble dans le bureau de mon enquêteur où nous attend Nageeb, l'interprète. Ils sont curieux d'en savoir davantage sur le déroulement de l'entretien. Je ne cache pas ma colère, surtout en raison de la médiocrité de la traduction. Un vrai désastre. Le grand chef en est apparemment désolé. Je lui demande les raisons de cette rencontre : qui l'a imposée et pourquoi plus spécialement ce journaliste ? N'avait-il pas été question d'une conférence de presse ?

— Elle aura lieu, mais nous devons soigneusement la préparer, dans votre propre intérêt. Hier, par exemple, à la séance télévisée, votre attitude était négative : manque d'esprit de coopération, votre refus d'admettre certains faits évidents...

— Est-il évident que je doive accepter d'être traité de soi-disant journaliste ? Et vous croyez vraiment que j'ai donné l'ordre aux maquisards d'ouvrir le feu sur nos assaillants le soir de l'embuscade ?

L'accusation est si peu évidente qu'après ma protestation, on l'a retirée. Pour la remplacer par une autre accusation aussi grotesque : mon refus d'obéir aux sommations. Comme s'il y avait eu la moindre sommation ! J'étais d'ailleurs dans la deuxième camionnette. Le premier véhicule roulait à une centaine de mètres devant nous. Donc les sommations, ce sont les occupants de la voiture de tête qui auraient pu les entendre, pas moi.

Le grand chef parle alors de fusées vertes qui auraient été allumées avant l'attaque contre notre convoi. C'est bien la première fois qu'il est question de ces fameuses fusées. Le grand chef m'affirme (il affirme n'importe quoi) qu'elles constituent un ordre très précis de s'arrêter, dans le langage international. Le langage de qui, de quoi ? Mystère. C'est de l'invention pure et simple.

Ces gens sont vraiment épuisants à force de mensonges, de manœuvres. Ils inventent au fur et à mesure des besoins de l'accusation. Au gré des circonstances, ils modifient tel chef d'inculpation, le remplacent par un autre qui est à son tour remanié. Dans ces conditions, il est très difficile de s'en tenir à un système de défense. Je l'ai constaté au long de mes interrogatoires avec Hafez. Il suffisait que j'oppose un argument solide à une accusation. Aussitôt il battait en retraite. Il effectuait un repli tactique et attendait le moment propice pour tenter de me contrer sur le même point mais avec une présentation ou une formulation différente.

Il n'y a pas de raison pour qu'ils changent de méthode. Quand le grand chef m'annonce que la conférence de presse doit être préparée avec soin, je peux légitimement m'inquiéter. Il va s'agir d'une révision générale de tous les points abordés depuis dix-sept jours, d'une sorte de lavage de cerveau par l'usure. La perspective de nouvelles séances marathon avec Hafez me donne déjà des migraines.

Ils me lâchent enfin et je retrouve mon bon Zulficar et Hussein que j'ai peu vus depuis deux jours. Le premier continue ses séances d'interrogatoires avec une régularité de métronome. Sa présentation à la presse ayant eu lieu, il aborde la dernière ligne droite avant le procès. Devant les journalistes, on a fait de lui un officier des services pakistanais. Pour tout le monde dans la cellule il n'est plus que « Captain Zulficar ». Il est le seul à ne pas en rire, il est même sérieusement inquiet et furieux contre les policiers afghans. Selon le marché conclu entre son enquêteur, le grand chef et lui, il devait être présenté comme un obscur fonctionnaire des services de renseignements pakistanais, un espion de troisième ordre accomplissant des missions sans grande portée. Or le voilà promu capitaine, ce qui, pense-t-il, est loin de représenter une fonction subalterne.

Sur le moment, lors de la présentation à la presse, Zulficar n'y a pas prêté grande attention. Il m'avoue en avoir même été flatté. Cela voulait dire que les agents de la Sécurité d'Etat afghane avaient une certaine considération pour lui. Mais il a observé, depuis, un net durcissement chez son enquêteur. Celui-ci ne lui tient plus les mêmes propos rassurants qu'avant la rencontre avec les journalistes. Zulficar craint d'avoir été berné par des gens cyniques.

Comment le rassurer ? Que lui dire, alors que moi-même je sens venir la phase dure de mes interrogatoires ? Nous sommes aussi pessimistes et déprimés l'un que l'autre.

Son abattement n'est pas tel que Zulficar saute le moindre repas. Il voit arriver la « shorba », la soupe du soir, avec des yeux concupiscents. Avec les rogatons de la prison, il commet deux fois par jour le péché de gourmandise. Comment parvient-il donc à caser de telles quantités de pain, de riz et de bouillon dans un corps aussi plat et anguleux ? Sans compter les petits extras : il s'attribue les trois quarts de mon corned-beef quotidien car j'ai fini par jeter l'éponge.

Hussein est également un gros mangeur. Mais il a la nourriture triste et affiche un dégoût qui contraste avec l'enthousiasme « gastronomique » du Pakistanais. Les autres s'alimentent au sens propre du mot. Concentrés, silencieux, ils refont les mêmes gestes midi et soir. Jamais un commentaire, pas la moindre appréciation sur le contenu du plat unique. Une fois cette corvée biquotidienne expédiée, ils remercient Allah au cours d'une prière collective.

J'aime particulièrement le spectacle de la prière du soir, cette ultime manifestation de recueillement.

Toutes les petites ou les grandes misères de la journée semblent s'évanouir, disparaître, comme lavées par la ferveur de ces six hommes tournés vers La Mecque.

Je suis momentanément hors de leur cercle. Pourtant, Hussein ou Zulficar ont toujours le geste furtif, le regard amical destinés à me faire comprendre que je suis l'absent, pas l'exclu.

8 octobre

Un, deux, trois, quatre... Le doigt du policier désigne à tour de rôle Zulficar, Hussein, le jeune poseur de bombes et moi.

— Vous quatre, préparez vos affaires et tenez-vous prêts.

Un nouveau déménagement.

Nous sommes vraiment des prisonniers errants. J'en serai à ma troisième cellule en trois semaines. Les nouveaux arrivants sont toujours plus nombreux que les sortants. Alors, il faut faire de la place. Dans notre cachot de sept, ils vont pratiquement doubler les effectifs. On y entassera douze, treize détenus. C'est pour me ménager que le chiffre de sept n'était pas dépassé.

Une chance qu'on ne me sépare pas de mes complices anglophones. Nos paquets sont vite faits. Hussein est celui d'entre nous qui a le plus d'affaires, surtout des vêtements. Il les range soigneusement dans ses deux sacs. Il se fait aider par le jeune poseur de bombes qui, lui, n'a rigoureusement rien, pas même un savon ou une brosse à dents.

Zulficar peste de quitter cette grande cellule —

quinze mètres carrés — de plain-pied sur la cour et ensoleillée le matin. Hussein regrette que nous changions de secteur, donc de gardiens. Il s'était habitué aux soldats affectés à notre geôle. Surtout, il perd un allié, un militaire originaire de sa province, le Hazarajat, et chiite comme lui. Ils échangeaient régulièrement quelques mots à chaque ouverture ou fermeture de la porte. Hussein pouvait se permettre certaines fantaisies grâce à ses relations privilégiées. A la toilette, matin et soir, nous étions moins bousculés que les détenus d'autres cellules. Nous pouvions tirer un peu et gagner trois bonnes minutes. Le soir, pour atténuer la violence de la lumière électrique, Hussein enveloppait l'ampoule d'un crêpe noir. Les soldats laissaient faire, alors que cette pratique est formellement interdite par le règlement.

Ces petits riens, acquis, arrachés par des efforts répétés, constants, sont le sel de la vie derrière les barreaux. Ils ouvrent des brèches timides dans l'arsenal de la réglementation pénitentiaire et reposent sur des compromis précaires. Un déménagement, de nouveaux visages, des gardiens inconnus et il faut tisser une nouvelle toile de complicités.

Tassé sur son matelas, fumant sa première cigarette du matin en se caressant les orteils, Hussein songe à tout cela. Je l'observe, assis près de la porte, mon carton sur le bras. Il contient tous mes biens, c'est-à-dire trois fois rien : mes affaires de toilette, une cuillère, une fourchette, une assiette creuse, un verre à thé.

Notre groupe de partants a déjà fait ses adieux aux trois qui restent ; Soufi, l'Iranien barbu, le soldat déserteur et le taciturne. Ils ne savent pas s'ils doivent nous plaindre ou nous envier. Nos échanges de poignées de main ont été brefs et intenses. Pas de grandes accolades, pas de démonstrations ni d'effusions. L'endroit ne s'y prête pas. Au hasard d'un mouvement ultérieur dans la prison, nous pourrons retrouver telle ou telle tête connue. Mais rien n'est moins sûr. La séparation, brutale, peut être définitive. Il est donc superflu de faire des projets. De plus, aucun de nous sept ne possède un crayon ou une feuille de papier. Il est donc tout à fait impossible d'échanger, de se communiquer des adresses, des points de rencontres possibles hors de Sidorat. Chacun de nous ignore, en outre, quand il pourra franchir librement le portail de la prison. Seul Zulficar a quelques assurances théoriques et bien aléatoires : il devrait retrouver sa famille dans quelques mois, plutôt que dans quelques années.

La porte s'ouvre. C'est à nous. Deux soldats nous précèdent, deux autres nous suivent. Nous empruntons une chaussée qui longe la cour. Nous arrivons devant les toilettes. La puanteur est toujours aussi tenace.

Nous montons l'escalier qui me rapproche de mon ancien secteur. Encore un couloir que je connais bien et le soldat de tête ouvre la porte d'un cachot voisin de mon ancienne cellule, celle que j'avais partagée avec Omar et Karatéka. Inutile de demander aux militaires si mes deux codétenus sont toujours là. Ils ne diront rien.

Au premier contact, Zulficar et Hussein sont catastrophés. Rien de commun avec le local que nous venons de quitter. La pièce est sombre, froide, parce que orientée au nord. Il n'y a pas le moindre rayon de soleil. Exiguë aussi. Elle ne mesure que quatre mètres sur trois.

Si nous restons à quatre, ce sera vivable. Je m'installe à la place que j'occupais dans la cellule voisine, au fond face à la porte, sous le soupirail. Ce coin présente l'avantage d'être le mieux aéré pendant la journée. Debout sur le matelas, je revois les cimes des deux arbres que je contemplais longuement. Ils ont maintenant perdu toutes leurs feuilles. Le soupirail permet aussi de bien suivre les mouvements des avions et des hélicoptères immédiatement après leur décollage ou lorsqu'ils se présentent à l'atterrissage.

L'inconvénient de ma place est que, la nuit, elle est la plus exposée au froid. Zulficar prend ses quartiers en face de moi. Hussein est à ma droite, dans le coin opposé, et le jeune poseur de bombes au milieu, entre nous deux. Ce ne sont que récriminations de la part de mes amis. Hussein se souvient avoir séjourné dans ce secteur, au début de son incarcération. Il en a gardé le plus mauvais souvenir. A cause des gardiens qu'il trouve franchement antipathiques et de la cellule elle-même. Nos prédécesseurs dans les lieux n'étaient pas des maniaques du ménage. Il va falloir donner un sérieux coup de balai à la première occasion.

Le grand regret de Hussein, c'est la porte de la cellule du bas. En bois massif, elle était cependant percée çà et là de petits trous. D'une manière presque permanente dans la journée, on y plaçait un guetteur. Il pouvait observer les mouvements dans la cour et avec un peu de chance essayer de repérer des têtes connues. Ici, rien de comparable. La porte est bien taillée dans le même bois, mais elle donne sur le mur du couloir. Autant dire qu'on ne voit strictement rien

Dès notre arrivée, nous avons droit aux petits coups frappés contre la paroi. Nos voisins viennent aux nouvelles et veulent savoir combien nous sommes. Dans les deux cellules qui nous entourent, ils sont respectivement six et huit. Impossible d'avoir d'autres précisions. A Sidorat, on ne pratique pas un code plus élaboré, à base de morse par exemple, qui permettrait d'avoir un véritable dialogue. J'ignore donc si Omar et Karatéka sont toujours à côté et comment ils se portent. Avec le système de l'étanchéité absolue entre les cellules, je n'ai pas plus de chances de rencontrer mes deux ex-compagnons, en étant ici ou à l'autre bout de la prison.

Soucieux de son confort, Hussein a déjà récupéré trois petits morceaux de bois taillés par les occupants qui nous ont précédés. Habilement glissés dans les interstices du mur, ils constituent d'excellents porte-serviettes et permettent d'accrocher les sacs. Zulficar et moi utilisons, en guise de porte-vêtements, un montant en bois sans vitre qui encadre le soupirail.

Chacun de nous essaie de s'arranger au mieux, avec les moyens du bord. On tire les matelas. On inspecte les couvertures dont l'état de propreté laisse à désirer. Hussein renifle, tout en faisant la grimace. D'ici quarante-huit heures aucun d'entre nous ne prêtera plus la moindre attention à ces détails matériels : la crasse et les odeurs de nos prédécesseurs seront devenues nôtres.

Zulficar est pris d'une envie irrépressible de marcher. Il aimait bien arpenter l'autre cellule en égrenant son chapelet, pendant plus d'une heure. Il le faisait parfois en duo avec Soufi. Bien en ligne, l'un derrière l'autre, ils priaient ou discutaient de sujets variés.

Leur parcours, dans la plus grande longueur, n'excédait pas trois mètres. Ils pivotaient alors et revenaient sur leurs pas. Ils se faufilaient entre les matelas, les sacs, les cartons et la bassine en plastique qui nous servait de poubelle. L'exiguïté de notre nouvelle geôle ne décourage pas le Pakistanais. Sa promenade n'excède pas deux mètres dans chaque sens. Il marche, il parle, il chante, il plaisante. Quel tonus, ce Zulficar !

Le poseur de bombes, Hussein et moi sommes recroquevillés sur nos matelas, une couverture jetée sur les épaules. Nous offrons l'image même de la détresse. Pas rasés, les cheveux ébouriffés, les vêtements fripés, mes trois compagnons sont dignes des Pieds-Nickelés.

Par l'intermédiaire de Hussein, j'interroge le poseur de bombes. J'aimerais en savoir davantage sur l'attentat auquel il a participé à l'aéroport de Kaboul. Ils étaient dix dans le coup. L'opération a eu lieu le dernier dimanche d'août. L'objectif était un avion de la compagnie soviétique Aeroflot en partance pour Tachkent. Il y a des liaisons aériennes régulières entre Kaboul et la capitale de l'Ouzbekistan soviétique. Les passagers étaient des militaires russes mais aussi des civils afghans. Tachkent n'est pas véritablement une ville étrangère pour eux. Il existe une communauté de langue, de religion, de mœurs entre Ouzbeks et Afghans, ce qui facilite grandement les échanges.

Le poseur de bombes ignore le bilan exact de l'attentat. Au moment du procès, l'accusation faisait état de vingt morts et plusieurs dizaines de blessés. Il n'a pas eu les moyens de vérifier ce chiffre. L'arrestation du groupe est intervenue trop rapidement.

Le jeune homme sait seulement que plusieurs

militaires russes figuraient parmi les tués et les blessés. Il regrette pour ses compatriotes, sans s'appesantir. Lui et ses camarades font partie d'un réseau de sabotage. On leur avait confié cette mission, ils l'ont exécutée sans discuter.

— Après tout, mes neuf amis condamnés à mort ont peut-être été déjà pendus ou fusillés, ajoute le poseur de bombes sans se départir de son flegme.

Quelles raisons a-t-il d'être aussi engagé et déterminé contre les Soviétiques ? Sa famille a connu un sort funeste depuis l'arrivée des communistes au pouvoir. Son oncle paternel a été arrêté pendant les cent jours du régime Amin, entre septembre et décembre 1979. Depuis lors, impossible de savoir ce qu'il est devenu. Beaucoup de gens ont été liquidés pendant cette période. Amin, le fondateur de la « démocratie du polochon », était un fou sanguinaire. Après sa mort, on a découvert des charniers autour du pénitencier de Pouli-Charki. L'oncle figure peut-être au nombre de ses victimes.

Le père du jeune homme était alors absent de Kaboul. Il se trouvait en Allemagne de l'Ouest pour ses affaires. C'est sans doute ce qui l'a sauvé car il figurait sur une liste noire. La police a effectué plusieurs perquisitions à son domicile où le poseur de bombes vivait avec sa mère et un jeune frère de huit ans.

Le petit a disparu à son tour en 1983. Un jour, il n'est pas rentré de l'école. Sa mère, affolée, a fait le siège de la police, de la milice, de l'armée, du Parti. Sans résultat. L'enfant n'est jamais réapparu. Sa mère est tombée malade de chagrin.

— Aujourd'hui, me dit le poseur de bombes, elle

est seule au monde, avec mon père en exil, qu'elle ne peut rejoindre faute d'obtenir un passeport. Moi je suis en prison et mon petit frère disparu.

Il soupçonne les autorités afghanes d'avoir envoyé l'enfant en Union soviétique. Il reconnaît n'avoir pas de preuves, pas même d'indices pour alimenter ses soupçons.

Ces envois de jeunes enfants afghans en URSS défraient la chronique à Kaboul et au Pakistan. On m'en avait parlé à Quetta pour dénoncer l'attitude des Soviétiques, accusés de vouloir laver les cerveaux, endoctriner les jeunes générations. Le dossier n'est pas clair. Soviétiques et Afghans admettent que des enfants sont expédiés en URSS mais il s'agit officiellement d'orphelins. Les anticommunistes rejettent l'argument et crient à l'escroquerie. Ces orphelins ne le seraient généralement que du père ou de la mère, pas des deux. De toute façon, même privés de leurs parents, ils n'auraient pas été abandonnés par leurs proches, compte tenu de la force du noyau familial en Afghanistan et de la solidarité qui unit ses membres.

Le poseur de bombes est sans illusions. Ses quinze ans de prison, il est sûr de les purger jusqu'au bout si les communistes ne sont pas chassés. Il craint même que sa peine soit aggravée en cas de réouverture de son dossier. Agé de dix-sept ans, il en aura le double avant de retrouver la liberté. Je lui demande s'il va essayer d'étudier, de continuer à s'instruire, ce qui n'est nullement évident dans un pénitencier afghan. Les études, il a fait une croix sur ses chances de pouvoir les poursuivre.

— Je dois me mettre dans la tête, dit-il, que pendant au moins quinze ans je serai au régime de la soupe, du riz et du thé quotidiens. Je n'aurai droit à rien d'autre.

Programme terrifiant. Après treize mois de ce régime, Hussein, qui est pourtant dans la force de l'âge, se sent devenir un vieillard. J'en ai des frissons : après simplement treize jours de corned-beef soviétique, je me sens réduit à l'état de zombie.

Un tour de clef. La porte s'ouvre et voici que notre quatuor s'enrichit d'une unité. C'est vraiment le petit dernier de la couvée. Un vrai noiraud, toutes dents dehors, l'air radieux. Il est petit, malicieux, tout en rondeurs : des bonnes joues, des grands yeux marron, des cheveux coupés à ras.

Je suis d'abord incrédule. Cet enfant, ce gros bébé, a au maximum treize, quatorze ans et on le jette déjà dans un cachot. Lui, il semble trouver cela plutôt amusant. Il a d'abord salué respectueusement chaque membre du groupe, les deux mains en avant, le buste incliné, puis est allé se blottir près du poseur de bombes. Il s'est trouvé spontanément un grand frère. Ils vont devoir partager le même matelas, il n'y en a que quatre et, compte tenu de la taille de moustique du nouvel arrivant, Poil de Carotte ne fournira pas de literie supplémentaire.

Qu'à cela ne tienne. Le jeune Ali, c'est son nom, fait un compte rendu détaillé des circonstances de son arrestation. Il s'adresse au gros et rassurant Hussein, irréprochable dans son rôle de père adoptif. Hussein a un bon sourire engageant. Ali fait surgir l'image des enfants dont notre doyen est séparé depuis si longtemps.

Hussein, le poussah, si réticent à se mouvoir, à déployer sa grosse carcasse, a sauté sur ses deux pieds et fouille au fond de son sac. Il en extirpe quelques noisettes enrobées de sucre. C'est pour Ali. Le petit poursuit son récit. Ses yeux brillent de fierté. Quel délit — comment parler de crime avec un tel chérubin — peut justifier qu'il soit jeté à son âge sur la paille humide des cachots ?

Un incident qui s'est produit au bazar, le quartier commerçant de Kaboul. Des tracts hostiles ont été lâchés au milieu de la foule. La police et les miliciens (supplétifs du régime) ont très rapidement bouclé le secteur. Ali a été pris dans une rafle. Il était non seulement porteur de tracts mais aussi d'un message destiné à des opposants de l'organisation Hezbi Islami, l'une des plus virulentes.

De nombreux suspects ont été embarqués dans des camions et conduits dans plusieurs centres de tri éparpillés à travers Kaboul. Ali est arrivé à Sidorat en compagnie d'une quinzaine d'autres jeunes gens et adultes. Auparavant, il avait été bouclé pendant quelques heures dans un commissariat pour un interrogatoire d'identité. Il n'a pas été battu mais a subi un feu roulant de questions sur l'activité de son père et de ses quatre frères, qui participent tous à la guérilla hors de Kaboul. Le contenu de son message a été jugé suffisamment important pour que les policiers l'expédient au siège de la Sécurité d'Etat.

Il est extrait de la cellule une heure à peine après son arrivée, en même temps que le poseur de bombes. Tous deux reviennent un peu plus tard métamorphosés par l'uniforme à rayures vertes, jaunes et noires des prisonniers. Le gamin flotte dans son pantalon bouffant qui ressemble à une robe à traîne. Sa chemise lui couvre les genoux. Il est vraiment désopilant dans cet accoutrement et fier au point d'en bomber le torse.

Sans perdre de temps, Hussein lui attribue une fonction précise : il sera l'adjoint du poseur de bombes, celui-ci étant déjà titularisé au poste de responsable de la propreté dans la cellule. En d'autres termes, la jeune génération est chargée du balayage quotidien de la cellule et du nettoyage de la bassine en plastique qui tient lieu de poubelle. A la fin des repas, lorsqu'un soldat vient récupérer le plat sale, c'est un détenu qui le sort à l'extérieur et le pose dans le couloir. Ce sera la tâche d'Ali. A chaque tour de toilette, les deux adolescents devront veiller à renouveler la réserve d'eau fraîche dans les deux pots prévus à cet effet. Dans la grande cellule toutes ces tâches humbles étaient dévolues à l'Iranien Soufi. Il s'en acquittait à la satisfaction générale. En retour, il recevait cigarettes et douceurs achetées à la cantine par les prisonniers disposant d'un peu d'argent liquide.

Le poseur de bombes et Ali ne se sentent nullement brimés par le travail qui leur est confié. La règle à Sidorat est que les plus jeunes se chargent des corvées de tous les jours. Ils doivent obéissance à leurs aînés et se comportent comme ils le feraient envers des parents. Moyennant quoi, la solidarité joue à plein. Ainsi à l'occasion des repas qui sont pris en commun : je n'ai jamais entendu la moindre discussion ou contestation entre détenus.

Pas de promenade, ce soir, pour Zulficar dans nos douze mètres carrés. L'arrivée d'Ali a encore réduit l'espace vital disponible. Zulficar éprouve néanmoins le besoin de se dégourdir les jambes et effectue donc un exercice de marche puis de course à pied sur son matelas.

Après l'effort, il s'assied et commence à sortir de ses poches et de son sac toutes sortes de flacons, de sachets. Tous les soirs, avant le coucher, il répète les mêmes gestes, trie les cachets en fonction de leur couleur et de leur taille. Le Pakistanais est une véritable officine ambulante de pharmacien. Toute question sur la nature des médicaments reçoit la même réponse invariable : vitamines. Il est survitaminé notre « captain » Zulficar. Les médecins de la prison, si réticents à envoyer un détenu à l'hôpital, distribuent les comprimés avec une générosité suspecte. La consommation de médicaments dans cette prison atteint des taux records.

Rares sont les détenus qui ne se rendent pas chaque semaine à la consultation. Malades ou pas, les prisonniers trouvent là une occasion d'échapper momentanément aux quatre murs du cachot. Arrivés devant le docteur, ils inventent un mal de tête, des crampes à l'estomac ou une rage de dents. C'est un jeu d'enfants, rendu encore plus aisé par l'indifférence du médecin. Celui-ci est installé à son bureau et ne se lève même pas. Deux ou trois questions sur la nature du mal et le tour est joué. Le médecin griffonne son ordonnance et passe au suivant.

Zulficar est un assidu de la consultation. Pour rien au monde, il ne laisserait passer un tour. A chaque séance, il enrichit sa panoplie de cachets et de poudres.

Le soir, il tire de sa poche un sac en plastique rempli d'une pommade blanche. C'est sa dernière trouvaille : de la vaseline dont il s'enduit les mains, le visage et les lèvres. Il est d'une telle maladresse qu'il en répand partout sur le matelas et même dans son verre à thé. Les autres s'esclaffent. Zulficar fait le pitre et lance de la vaseline à travers la cellule sur Hussein et le poseur de bombes qui se tordent, récupèrent le sac de vaseline et l'envoient à la tête du Pakistanais. Le liquide blanc lui inonde les cheveux, coule le long de ses oreilles et se répand dans son cou. C'est la scène de la tarte à la crème version afghane.

Nous nous installons pour une première nuit dans notre nouveau réduit. Le poseur de bombes et Ali partagent, comme prévu, le même matelas et la même couverture. Ils se couchent tête-bêche et sont allongés à quatre-vingt-dix degrés par rapport à moi. Mon visage frôle la tignasse abondante du poseur de bombes et les orteils du jeune Ali. Hussein se charge de l'ambiance sonore avec son habituel et impressionnant solo de ronflements

9 octobre

Cet idiot de Hussein avait oublié le crêpe noir dans l'ancienne cellule. Adieu la lumière tamisée, nous ne parviendrons plus à récupérer le bout de tissu. La nuit a été pénible en raison de l'éclairage violent dont nous nous sommes déshabitués. De plus j'ai eu très froid sous mon soupirail et l'absence de soleil ce matin me glace les os. Je réclamerai une couverture supplémentaire à Hafez au prochain interrogatoire. Je ne l'ai pas vu depuis l'interview, dimanche, avec le journaliste soviétique.

La journée débute mal. La cellule est aussi lugubre qu'un caveau, dans le petit matin. Notre tour de toilette est encore avancé. On nous a réveillés à 5 heures, presque de nuit, pour la bousculade quotidienne autour de l'unique robinet. Engourdis de sommeil, paralysés par un petit vent glacial, nous manquons tous d'enthousiasme à nous asperger d'eau fraîche. Et puis les gardiens de ce secteur que j'ai connus au début sont vraiment mal embouchés. Pas moyen de traîner deux minutes de plus que le temps réglementaire. Pour le thé, même chose : strictement un verre par personne et une pincée de sucre, chichement mesurée.

Dans la grande cellule, les soldats avaient un tout autre comportement et le thé du matin était versé dans nos deux grands pots en plastique, ce qui représentait trois verres pour chaque détenu. Hussein grince des dents mais se montre néanmoins, comme d'habitude, respectueux envers les militaires.

Je quitte le groupe pour une nouvelle convocation de Hafez. Il me tend la main, ce qui est une innovation. Je ne le laisse pas souffler et le saisis d'une demande de trois couvertures, Zulficar s'étant plaint du froid et le poseur de bombes étant contraint de partager la sienne avec Ali. Sa réponse est invariable quelle que soit la requête :

— Je poserai la question à mes supérieurs.

Et encore s'agit-il de son attitude la plus favorable. S'il juge la demande déplacée il se lance dans un prêchi-prêcha accablant d'ennui.

Hafez me fait dire par l'interprète que la date de la conférence de presse est proche. Sans plus de précisions. Nous devons passer en revue tous les thèmes possibles, toutes les questions qui pourraient m'être posées par les journalistes. Hafez est anxieux de savoir ce que je vais répondre.

— Mais je répéterai ce que je vous ai dit depuis trois semaines !

Ma remarque ne satisfait nullement le policier. C'est trop vague. Il veut être sûr de chaque mot que je prononcerai. Je le renvoie, une fois de plus, à mes réponses consignées par écrit dans les procès-verbaux d'interrogatoires.

Il se braque. Les interrogatoires et la conférence de

presse sont deux choses bien distinctes. Il m'explique que mon sort ultérieur dépendra largement du comportement que j'aurai devant la presse. Je lui rappelle que le grand chef avait dit la même chose, le premier soir, à propos des interrogatoires :

— Si vous êtes sincère, si vous nous dites la vérité, nous pourrons vous aider.

Le grand chef se joint à nous, précisément. Il me redit la même chose que Hafez, presque mot pour mot :

— Conférence de presse capitale, décisive.

Je l'écoute à peine.

Comment veulent-ils procéder ? Je n'ai de toute façon pas le choix de la méthode. Le grand chef exige que nous procédions par le jeu des questions-réponses. Avec une subtilité éléphantesque, il se croit obligé d'ajouter :

— Bien sûr, j'ignore quelles questions vous seront posées. Les journalistes sont libres de vous demander ce qui les intéresse.

Surtout s'ils sont afghans, ces journalistes : ils auront l'épée dans les reins en m'interrogeant. Leur seul souci sera de tirer à vue pour n'encourir aucun reproche de la part de leurs supérieurs.

La simple idée d'une répétition, d'une « générale » comme au théâtre, pour la conférence de presse m'horrifie. Le grand chef y tient beaucoup et frappe les trois coups. Lever du rideau et première question :

— Monsieur Abouchar, pouvez-vous rappeler les circonstances de votre arrestation ?

— J'ai été capturé le 17 septembre au soir à la suite d'une embuscade tendue par une patrouille blindée soviétique...

— Arrêtez, s'il vous plaît ! Vous ne devez pas mentionner l'armée soviétique.

C'est une plaisanterie ! Le grand chef serait-il devenu fou ? Quelle mouche le pique ? Qui donc m'a arrêté si ce ne sont pas les Russes ? Si la guerre de position commence avec la première réponse, nous n'en sortirons pas. Je demande quelques éclaircissements.

Le grand chef m'explique posément que j'ai été intercepté par les forces de sécurité afghanes. Son argument est des plus savoureux et mérite une citation aussi fidèle que possible :

— A l'intérieur des frontières de la République démocratique d'Afghanistan, l'armée soviétique amie opère en étroite liaison et sous le haut commandement de nos chefs militaires, de l'état-major afghan. Donc, les soldats soviétiques sont partie intégrante des forces afghanes.

Fermez le ban.

En conséquence, je suis expressément invité à déclarer publiquement que j'ai été capturé par les forces de sécurité afghanes.

Je marque mon désaccord complet, total et absolu. Je déplore devant le grand chef qu'il veuille m'obliger à travestir la vérité, à maquiller les faits réels. Bref, on exige de moi que je mente.

Le grand chef se récrie. Il proteste de sa bonne foi. On n'attend, on n'exige de moi qu'une relation exacte des événements. Mais je dois comprendre la réalité de la situation afghane. Et patati et patata. On se croirait vraiment au théâtre. Le grand chef connaît ses répliques par cœur alors que je bafouille mon texte. Il insiste sur la situation particulière du corps expéditionnaire soviétique. Il n'en démord pas.

Je développe une autre idée : le monde entier est au courant de la présence des Russes en Afghanistan. Ils sont venus, selon la version officielle des autorités de Kaboul, à la demande du gouvernement afghan. On évalue les effectifs soviétiques à 150 000 hommes.

— Pourquoi vouloir le cacher ? Les Afghans seraient-ils honteux de la présence de leurs alliés ?

— Il ne s'agit nullement de cacher quoi que ce soit. Les Afghans sont très reconnaissants aux Soviétiques de leur venir en aide.

Le grand chef multiplie les effets de manches comme un avocat dans un prétoire ; il marche dans la pièce de long en large, s'assure que Hafez opine régulièrement du bonnet à toutes ses affirmations. Nageeb s'en tient à son rôle impersonnel de traducteur simultané. En effet, le grand chef s'exprime en persan pour mieux mettre les points sur les i, alors qu'il parle correctement l'anglais.

Nageeb, sentant l'orage gronder, s'est raidi sur sa chaise, les mains posées à plat sur les cuisses. Son regard va de l'un à l'autre, rempli d'une supplication muette. Il aimerait tant que l'accord se fasse.

On en est loin. Chacun cherche à terrasser l'adversaire avec des arguments qui ne convainquent finalement personne.

Propagande et contre-propagande. On piétine. C'est terrifiant pour la suite. Il me vient une idée et je tente l'ouverture. Le soir de l'embuscade, la colonne de blindés soviétiques était guidée par un militaire afghan. Un seul. Il était là probablement en qualité d'officier de liaison.

Je propose donc un compromis : je dirai que mon arrestation a été opérée par les forces de sécurité « soviéto-afghanes ». Après tout, on peut estimer qu'il s'agissait d'une force mixte grâce à la présence de l'unique soldat afghan. C'est un peu tiré par les cheveux, cela reflète mal la réalité, mais il n'y a que demi-mensonge.

Le grand chef rejette la suggestion. Il ne veut pas entendre parler de Russes. Il y avait des Afghans et rien d'autre. Je le prends de haut : mon esprit de conciliation, la bonne volonté dont je fais preuve ne servent à rien. Dans ces conditions, j'en reviens au point de départ. Ce sont les Russes qui m'ont arrêté. Je peux simplement ajouter qu'ils opéraient sous commandement afghan.

A en juger par la tête du grand chef, la solution que je lui propose est la pire à ses yeux. Il dit quelques mots à Hafez et quitte la pièce. Mon enquêteur prend le relais et me fait observer que je ne semble pas comprendre.

Je pense au contraire n'avoir que trop bien compris. Qu'est-ce qui gêne les Afghans dans cette affaire ? Elle confirme que ce sont les commandos soviétiques, et eux seuls, qui sont sur le terrain. C'est un secret de polichinelle mais me faire dire le contraire permet aux Afghans de sauver la face. Deuxième aspect : l'embuscade a eu lieu à proximité de la frontière du Pakistan. Il vaut mieux camoufler le fait que les Russes s'approchent si près du pays voisin.

Hafez me râbache tous les arguments de son supérieur, reprend la discussion point par point, il ergote, il chicane sur des détails, il m'exaspère.

Au point que je l'apostrophe imprudemment :

— Si vous craignez tant qu'on parle des Russes, il faut les renvoyer chez eux.

Nageeb marque un temps d'hésitation. Il est indigné, surtout il craint une réaction violente de Hafez. Il a raison. L'autre bondit de sa chaise, ses mains tremblent. Il a les mêmes yeux exorbités que le taciturne le jour de sa crise d'épilepsie.

Un soldat accourt. Hafez, en s'étranglant, lui ordonne de m'emmener au plus vite. Je suis chassé manu militari. Je n'en mène pas large en regagnant la cellule. Consultés, Zulficar et Hussein ont des points de vue opposés sur les conséquences possibles de ma provocation. Le Pakistanais redoute des représailles immédiates. Selon lui, les Afghans préféreront annuler la conférence de presse plutôt que de prendre le moindre risque de « dérapage » de ma part. Hussein pense, au contraire, que Russes et Afghans ne laisseront pas passer la chance de m'exhiber publiquement. C'est pour eux une occasion en or de dénoncer la malveillance des médias occidentaux. Ils peuvent reprendre la même mise en scène que pour Zulficar et ses acolytes turc et iranien : les journalistes seront convoqués et priés de poser leurs questions aux officiels afghans. Je serai cantonné dans un rôle de figurant.

Nous en sommes là dans nos spéculations lorsqu'un policier en civil vient nous chercher. Tous les cinq. Comme d'habitude, il ne nous donne aucune explication. On nous mène au milieu de la cour où nous sommes disposés en ligne, comme pour une revue. Nous devons garder la position du garde-à-vous, c'est-à-dire les pieds joints et les mains le long du corps.

Interdiction de tourner la tête. Un soldat est chargé de nous surveiller.

Les autres militaires s'activent, font du rangement, ramassent quelques papiers qui traînent, s'assurent que tout est en ordre. Ils ont leur casquette sur la tête et la vareuse de leur uniforme boutonnée de manière réglementaire. Il y a de l'inspection dans l'air.

Le même vent froid que ce matin balaye la cour par rafales, soulevant des petits nuages de poussière. Les feuilles mortes tournoient par instants avant de retomber sur le sol.

Enfin, s'ouvre la porte de séparation entre la partie ouverte et la zone fermée de la prison. Un homme de haute stature, en pardessus gris et chapeau sur la tête, s'avance, suivi de l'officier commandant la garde de Sidorat. Ce groupe comprend également Poil de Carotte, le grand chef et d'autres personnages que je vois pour la première fois. L'homme au pardessus gris, mains dans les poches, s'immobilise dans la cour, pose des questions auxquelles répondent tour à tour l'officier et Poil de Carotte. Le grand chef porte un épais dossier sous le bras.

L'homme important montre du doigt les cellules du premier étage, marche en direction des toilettes, observe l'intérieur d'une cellule à travers l'œilleton, puis revient vers notre groupe. Il s'arrête sans dire un mot devant Hussein et le fixe avec des yeux de serpent. Le regard est sévère, avec une pointe de cruauté. Le grand chef a ouvert son dossier et lit à voix basse, presque dans le creux de l'oreille de l'homme au pardessus gris. Celui-ci a un visage très mobile. Les mouvements de son front soulèvent le chapeau d'une manière comique. Il a trois barres sur le front.

Au tour de Zulficar qui est à ma gauche. J'imagine mon Pakistanais avec ses grands yeux toujours un peu étonnés et sa moustache à la Chaplin. Même scénario que pour Hussein qu'un soldat a fait mettre à genoux, les mains jointes derrière la tête. Il doit souffrir, le gros Hussein, dans cette position pénible.

Face au « captain » Zulficar, le grand chef poursuit sa messe basse. La gymnastique faciale reprend de plus belle chez l'homme au pardessus gris, quoique de façon atténuée. Le chapeau tangue moins et j'aperçois seulement deux plis sur le front. Le cas du « captain » est sans doute jugé moins grave. A la fin du test, Zulficar reste debout. Privilège accordé à un détenu étranger.

Devant moi, les mouvements du chapeau deviennent frénétiques. J'ai droit, comme Hussein, à trois barres sur le front. Mauvais signe. Les yeux se plissent pendant le discours confidentiel du grand chef. L'homme au pardessus gris sort la main droite de sa poche et désigne avec l'index un paragraphe de mon dossier.

Toujours sans dire un mot, il fait un pas sur sa gauche et se retrouve face au poseur de bombes. Celui-ci est contraint de s'agenouiller, mains derrière la nuque, dès le début de la lecture du rapport. L'homme au pardessus gris s'attarde devant le jeune homme. Record battu : le poseur de bombes a droit à quatre plis sur le front. Son cas est vraiment désespéré. L'attentat contre l'avion d'Aeroflot est encore dans toutes les mémoires à Kaboul. Sacrilège suprême, il a fait des tués dans les rangs des amis soviétiques. L'homme au pardessus gris consulte directement le dossier puis fait noter quelque chose par le grand chef.

Son chapeau est près de s'envoler, mais c'est sous l'effet du vent et non pas des contractures frontales.

Il termine avec Ali. Une formalité vite expédiée : trois mots du grand chef, un seul pli timide sur le front, le petit n'est même pas obligé de se mettre à genoux. A en juger par les réactions du haut personnage, Ali ne devrait pas traîner longtemps à Sidorat.

C'est terminé. On nous reconduit à notre cellule. Zulficar, Hussein et le poseur de bombes se livrent sans attendre à une analyse minutieuse de l'inspection qui vient d'avoir lieu. Notre groupe a été choisi pour passer en premier devant l'homme au pardessus gris. Ce n'est pas fortuit. Le poseur de bombes est une vedette du terrorisme local. Hussein, Zulficar et moi représentons également des cas intéressants à des titres divers.

Personne, dans la cellule, n'a la moindre idée de l'identité du visiteur. Peut-être le ministre de l'Intérieur, selon Hussein, ou un membre du Praesidium, un proche du numéro un Babrak Karmal. En tout cas un personnage de tout premier plan : il fallait voir le grand chef courbant l'échine devant lui. Un vrai régal pour les yeux. Quant à Poil de Carotte, malgré son titre de directeur de la prison, il se confondait dans l'anonymat avec ses gardiens.

Hussein se frotte les genoux endoloris par les cailloux de la cour. Il s'inquiète de cette marque d'attention qu'on lui a réservée.

Il en déduit que son dossier est vraiment mauvais. Il redoute de devoir subir une nouvelle série d'interrogatoires féroces malgré ses treize mois de détention déjà purgés. J'ai un peu tendance à réviser mon jugement sur le gros. Zulficar avait recueilli des échos très négatifs sur lui, le présentant comme un mouchard doublé d'un vantard. Cette piètre opinion n'est pas corroborée par l'attitude hostile de l'homme au pardessus gris.

Le poseur de bombes devrait être le plus inquiet de nous tous. L'appréciation du mystérieux personnage transcrite sur son dossier apparaît comme une lourde menace voire une condamnation. Il s'en fiche éperdument. Le cœur léger du haut de ses dix-sept ans, il mime l'homme au pardessus gris dans un éclat de rire avec Ali.

Grâce aux deux benjamins de la cellule, le plat de riz de midi est avalé dans une ambiance joyeuse. En même temps que mon corned-beef, devenu le deuxième plat du jour de tout le groupe.

Pas de sieste possible. Hafez m'attend, à moins que ce ne soit le grand chef. Ils sont présents tous les deux en compagnie de Nageeb, dans le bureau de mon enquêteur. Le grand chef ne souffle pas un mot de l'inspection du matin. Il enchaîne avec la version qu'il convient de donner publiquement sur les circonstances de ma capture. La situation semblait vraiment bloquée au cours de la séance précédente. L'idée que je veuille mentionner les Russes les rendait aussi fébriles que le taureau devant le chiffon rouge. Et il y a eu cet esclandre avec Hafez qui m'a jeté hors de son bureau.

Le grand chef est revenu à de meilleurs sentiments. Il admet que mon idée de citer les forces soviéto-afghanes pourrait se discuter. Elle n'est pas foncièrement mauvaise même si on lui préfère une autre formulation. En tout cas, elle atteste d'une certaine bonne volonté de ma part. Il veut me prouver que lui aussi est prêt à faire un pas en avant.

On change nettement de registre par rapport à la matinée. Le grand chef doit penser qu'un petit coup de brosse à reluire envers un accusé redoutant le pire peut se révéler efficace.

Sa proposition est très simple :

— Quand on vous interrogera sur les circonstances de votre arrestation, si on vous demande qui vous a capturé, vous répondrez : les forces de sécurité.

Afghans, Soviétiques, on ne connaît plus. Inutile d'entrer dans les détails.

J'acquiesce, bien entendu, et je souris. Le grand chef et Hafez ne sont pas dupes. Ils m'obligent à mentir par omission, c'est indiscutable. Mais ils tenaient tellement à ce que je mette en avant l'armée afghane... Et là, ils ratent leur coup. Match nul, donc ? Pas tout à fait. Ils me semblent laisser davantage de plumes dans ce combat.

Enfin, la voie est libre. Les travaux dirigés des policiers peuvent reprendre. J'en ai marre à un point qu'ils ne soupçonnent ni l'un ni l'autre. Toutes leurs singeries pour s'évertuer à masquer la vérité me semblent tout à coup vaines et dérisoires. Ils sont aussi incapables d'être vertueux que cyniques. Ils se contentent de demi-mensonges, de demi-mesures. Les spécialistes du KGB soviétique ont encore beaucoup à leur apprendre.

Le grand chef poursuit ses questions tous azimuts : on parle de la lettre de Harakat appelant à des actes de sabotage, du convoi d'armes qui nous a transportés du Pakistan en territoire afghan, de l'escorte armée qui nous accompagnait vers Kandahar. Mes réponses les satisfont. Elles sont sans surprise et coïncident avec mes déclarations des interrogatoires.

Ils sont également curieux de savoir ce que j'ai l'intention de dire sur la manière dont on me traite à la prison.

— Traitement convenable, correct, sans brutalités physiques. J'ai été traité comme devrait l'être toute personne emprisonnée, c'est-à-dire avec humanité.

Cette déclaration leur convient avec, toutefois, une certaine réticence concernant la deuxième partie.

— Est-il vraiment indispensable de souligner que vous ayez été traité « comme devrait l'être » toute personne détenue ?

Ceci semble sous-entendre que tous les prisonniers ne sont pas traités de la même manière. Le grand chef et Hafez en discutent avec animation. Ils ne sont pas tout à fait d'accord. Nageeb n'intervient pas. Il est là comme simple intermédiaire.

Ils admettent finalement que ma déclaration soit maintenue telle quelle. Et l'on repart. Surgit un nouvel obstacle qui ne s'était jamais présenté jusque-là : ils m'interdisent d'utiliser les mots de « moudjahidin », « Résistance », « combattants », pour qualifier la guérilla. A les entendre, ils mènent une guerre contre un ramassis de « bandits » et de « contre-révolutionnaires ». Voilà comment il convient de qualifier leurs adversaires.

— Ecoutez, il m'est tout à fait impossible de traiter de bandits des hommes dont je partageais le sort il y a quelques semaines. Les traiter de brigands, de gangsters est impensable. En faire des détrousseurs de grands chemins, des gens uniquement préoccupés de dépouiller leurs concitoyens serait risible. Avouez que si tel était le cas, votre gouvernement n'aurait pas fait appel à l'armée soviétique !

Ce sont des adversaires politiques du régime communiste qu'ils combattent les armes à la main. Je suggère de les englober sous l'appellation d' « opposition armée » qui me paraît la plus appropriée.

Nouvelle discussion entre le grand chef et Hafez :

— Alors appelez-les « hors-la-loi » !

Nouveau refus de ma part. L'expression « opposition armée » est suffisamment neutre pour ménager toutes les susceptibilités. Au contraire « hors-la-loi » implique de ma part une prise de position résolument hostile à la guérilla.

Je les sens aussi exaspérés que moi par cette guéguerre de mots. Le grand chef préfère en rester là pour aujourd'hui.

Ultime manœuvre de harcèlement : je demande des nouvelles du colis de l'ambassade. Pas de réponse. Sans illusions, j'évoque le sort des livres qui m'ont été envoyés et des lettres que j'espère depuis si longtemps.

Toujours pas de réponse. Je réclame des cigarettes. Le grand chef m'en offre une. J'insiste pour obtenir un paquet quotidien. Il me répond que c'est à l'étude. Ils ne veulent rien lâcher.

Dans la cellule, je trouve un Zulficar abattu, découragé. Il était convaincu de l'imminence de son procès. L'enquêteur chargé du dossier lui a parlé cet après-midi de retard prévisible, de compléments d'information indispensables. A n'y rien comprendre. Zulficar se demande s'il n'est pas victime de la visite de l'homme au pardessus gris. A moins qu'il y ait de nouvelles difficultés dues à ses deux acolytes, le Turc et l'Iranien.

Le poseur de bombes a eu confirmation que son dossier était rouvert. Il va subir de nouveaux interrogatoires qui s'étendront sur plusieurs mois. La sanction, au bout du compte, sera un nouveau procès. Son enquêteur désigné ne lui a laissé aucune illusion. La peine de 15 ans qu'il purge ne peut qu'être aggravée. Ce sera 20 ans ou la mort. Les instances supérieures ont déploré, paraît-il, le verdict « d'indulgence » dont a bénéficié le jeune homme. J'ai l'impression que l'homme au pardessus gris est passé par là.

La déprime reprend tout le groupe. Nous vivons à la merci de l'arbitraire. A quelques heures d'intervalle, le sort de chacun d'entre nous peut être modifié, sans appel possible, selon le bon vouloir d'un apparatchik.

Je m'endors, épuisé, alors que les autres entament seulement leur prière du soir.

10 octobre

Le grand rendez-vous avec la presse est donc pour aujourd'hui. On nous a réveillés à l'aube comme d'habitude et, deux heures plus tard, je suis conduit pour la seconde fois à l'antique salle de bains. Il y a quatre jours, la douche chaude improvisée m'avait procuré le plus grand bonheur depuis le début de ma détention. Ce matin, je me sens aussi excité que la première fois.

Zulficar a bien tenté d'obtenir le même privilège, sans succès jusqu'à présent. On lui a seulement accordé la permission de se laver et de se raser une fois à l'eau chaude. Il a utilisé un lavabo réservé aux policiers. Il y a différents paliers dans le statut des étrangers : en fonction de critères dont nous ignorons tout, sinon qu'ils sont discriminatoires, un Pakistanais et un Européen ne peuvent prétendre à un traitement identique.

Dans la salle de bains, on a disposé la même bassine près de la baignoire. Une noria de soldats y déversent des seaux d'eau bouillante. Depuis mon précédent passage on a réussi à vider la baignoire dont l'écoulement ne fonctionnait pas. Elle est toujours aussi rouillée et vert-de-grisée mais quelle importance ! Je me livre à mes jeux d'eau, heureux comme un gamin. La première douche n'a nullement épuisé mes réserves d'enthousiasme. Personne ne me presse, on me laisse tout le temps d'éclabousser les moindres recoins de la pièce.

Avec ma serviette mouillée et mes affaires de toilette sous le bras, je suis emmené directement au bureau de Hafez.

Comme d'habitude, le policier est déjà installé à sa table de travail. L'interprète lui fait face, assis sur une chaise. Je prends place près de lui.

Résumé du chapitre précédent : Hafez et le grand chef exigent que je baptise « hors-la-loi » les maquisards, je proposais de m'en tenir à l'expression « opposition armée ». J'ignore s'ils en ont débattu toute la nuit mais l'affaire est réglée en un tournemain. Et en ma faveur, s'il vous plaît ! Au rancart les « bandits », « contre-révolutionnaires » et autres « hors-la-loi ». La formule « opposition armée » est acceptée. Mais je dois m'engager à bannir de mon vocabulaire les mots « moudjahidin » et « Résistance ». C'est équitable. Voilà au moins un dialogue qui s'engage sans accroc. Mais la rouerie et la fourberie de Hafez ne m'inspirent qu'une confiance limitée. A la première occasion, gare à moi s'il peut placer sa botte secrète.

Pour le moment, il reprend la litanie des thèmes possibles ou probables de la conférence de presse. Il revient sur notre voyage à bord des camions transportant les armes. Au cours des interrogatoires, j'avais précisé le trajet, 700 kilomètres, en territoire pakistanais. J'avais également signalé l'absence de contrôles des chargements, aux barrages de l'armée pakistanaise. Nous en avions franchi une dizaine sans la moindre difficulté. Hafez me recommande d'insister sur ce point. Il faut que la duplicité, le double jeu du pays voisin éclatent aux yeux de l'opinion internationale.

— Fermer les yeux sur des tonnes d'armes qui circulent sur votre territoire et se déclarer ensuite neutre dans le conflit afghan, c'est le comble de la mauvaise foi ! déclare Hafez, péremptoire.

Il insiste pour que je donne un maximum de détails sur cette affaire.

Encore faut-il que l'on m'interroge à ce sujet.

— Ce sera fait.

Le ton est sans réplique. Il est vrai que Hafez connaît son monde. Je suis curieux de savoir quels seront les journalistes présents à la conférence de presse. Je me hasarde à demander quelques précisions au policier. A ma grande surprise, il ne se défile pas, sans pour autant dire grand-chose. C'est l'agence de presse afghane Bakhtar qui organise la conférence. Il y aura un petit groupe de journalistes. Des Afghans, bien entendu et peut-être aussi un ou deux étrangers. La seule certitude, selon Hafez, est qu'ils seront en nombre très restreint. Il affirme que la présence de la télévision n'est pas certaine. Je m'inquiète de savoir si des extraits de la conférence seront proposés à la France. Il n'en a pas la moindre idée et c'est le cadet de ses soucis.

L'enquêteur feint aussi d'ignorer la date. Ce sera pour bientôt, se borne-t-il à répéter. Contrairement à mon pronostic, le rendez-vous n'est donc pas pour aujourd'hui. Mais alors pourquoi la douche chaude ?

Le policier aborde le chapitre de mes contacts avec

les chefs rebelles afghans, au Pakistan. Pendant les interrogatoires, j'avais donné deux noms qui figuraient dans mes carnets de notes : Ahmed Gaylani et Hismat Muslim. Le premier a organisé notre expédition malheureuse vers Kandahar. Les hommes de notre escorte armée appartenaient à son organisation.

J'ai dit précédemment qui était le second : un ex-officier de l'armée afghane qui a pris le maquis après l'invasion soviétique de 1979.

Muslim nous avait reçus dans sa villa de Quetta. Nous avions pris un verre ensemble et il s'était excusé de ne pas pouvoir nous aider, ses combattants étant paralysés par une tragique pénurie d'armes. Faute de moyens, ils sont condamnés à l'inaction depuis deux ans. Plus de raids, plus de coups de main contre les Russes à Kandahar, leur secteur d'implantation.

Muslim s'était démené pour obtenir des armes. Il avait frappé à toutes les portes, essuyant partout des refus. En désespoir de cause, il avait demandé audience au président pakistanais, le général Zia. Il avait été reçu par un proche du général. Nouvelle rebuffade et nouvelle déception : les armes, l'argent étaient réservés aux tenants de la ligne islamique pure et dure. Et lui, Muslim, n'était pas considéré comme un bon musulman.

Telle était donc, sommairement résumée, l'histoire de l'ancien officier et de notre rencontre. Hafez n'en retenait qu'un point : Muslim nous avait offert un verre de whisky. C'était tout ce qui l'intéressait pour la conférence de presse. Devant les journalistes, il fallait mettre en valeur exclusivement le fait que Muslim consommait de l'alcool. Pour le discréditer aux yeux de ses propres troupes, donner de lui l'image d'un homme débauché. Les démarches de Muslim pour obtenir des armes ? A passer sous silence, au contraire. Inimaginable.

Quant au portrait de Gaylani, personnalité en vue de la résistance afghane, les policiers se chargeaient de le soigner. Je manquais de détails « pittoresques » à son sujet. Ils allaient me procurer tous les éléments nécessaires. Et si je répugnais à les exploiter devant la presse, ce qui était effectivement le cas, un officiel afghan le ferait à ma place. Il rappellerait les activités subversives de Gaylani, présenté non seulement comme un super-agent de la CIA, mais comme un dévoyé.

— Un homme sans foi ni loi dont les filles s'exhibent en minijupes à Kaboul, conclut Hafez en croyant frapper un grand coup. Ma réponse est que j'ignore tout de la vie privée de Gaylani, y compris l'existence de ses filles, et que ceci n'a rien à voir dans le débat qui nous occupe. Il est donc inutile de compter sur mon témoignage pour accabler un opposant d'une manière aussi indigne.

Les méthodes de basse police de Hafez ont du bon pour au moins une raison. Par moments il verse tellement dans l'excès et la caricature qu'il facilite grandement ma tâche.

Comment pourrait-on imaginer une seconde que je vais évoquer les minijupes des demoiselles Gaylani ? Mon enquêteur ne se fait d'ailleurs aucune illusion.

Le grand chef non plus. Il s'est joint à nous pour superviser la séance de répétition. Apparemment, le temps presse et il faut aller à l'essentiel. Il ressort les procès-verbaux des interrogatoires, me questionne sur quelques points qui semblent encore obscurs, s'assure que je ne varierai pas dans mes réponses publiques. Il est anxieux et ne cesse de répéter :

— Vous jouez gros : gare à vous si votre comportement est jugé négatif, il vous en cuira !

Alors que Hafez semblait peu pressé de me lâcher, le grand chef interrompt brusquement l'entretien.

Dans le couloir, à l'extérieur du bureau, j'aperçois Zulficar. Lui aussi avait été convoqué et regagne la cellule accompagné d'un soldat. Il nous est interdit de parler en marchant. C'est seulement une fois arrivés que le Pakistanais m'informe de ce qu'il a appris. D'après son enquêteur, la conférence de presse est pour demain. Il ne s'agirait nullement d'une réunion restreinte, contrairement aux affirmations de Hafez. Les responsables de la Sécurité d'Etat entendent au contraire donner un maximum de retentissement à l'opération. Il y aura du spectacle, si j'en crois mon ami pakistanais.

11 octobre

Les événements du matin semblent confirmer l'information de Zulficar. Non seulement je passe entre les mains du barbier mais un soldat apporte des vêtements de rechange. Il est également chargé de me remettre un paquet de cigarettes, le premier depuis une bonne dizaine de jours. De plus, je suis autorisé à faire une promenade. On me conduit vers la porte ouverte de la prison, près du bureau de Poil de Carotte. On veut éviter que je traîne dans la cour qui est au cœur de la zone fermée. Il y a beaucoup trop de détenus qui se succèdent devant le robinet : c'est l'heure de pointe pour la toilette. Il vaut mieux me soustraire aux regards de tant de gens.

Poil de Carotte sort de son bureau et m'encourage à stationner au soleil. Il faut que « l'espion » soit présentable. Peu importe que le régime alimentaire de Sidorat m'ait déjà fait perdre du poids. Je suis de nouveau pris de vertiges lorsque je passe un peu trop rapidement de la position assise à la station debout. J'avais ressenti les mêmes symptômes dans les premiers jours de ma détention, faute d'une alimentation suffisante.

Je délaisse le corned-beef depuis quelques jours. Les trois cuillerées de riz qui me tiennent lieu de repas de midi et le morceau de pain sec que je mange le soir me laissent sans force. Après un quart d'heure de marche, épuisé, à bout de souffle, je demande au soldat de me ramener à la cellule.

On vient me rechercher au début de l'après-midi. Le grand chef me confirme, enfin, que je vais rencontrer les journalistes. Un minibus attend dans la cour extérieure. J'y prends place avec Hafez, l'interprète et deux autres policiers en civil. Un soldat armé s'installe près du chauffeur.

J'ai aperçu une paire de menottes suspendues à sa ceinture mais on me laisse les mains libres.

La voiture franchit deux barrages avant de quitter l'enceinte de la prison. A chaque arrêt, des soldats vérifient l'autorisation de sortir, contrôlent la plaque de la voiture, s'assurent de l'identité de Hafez et de l'interprète qu'ils doivent pourtant voir entrer et sortir quotidiennement. Au deuxième barrage, le chef de poste va même donner un coup de téléphone par mesure de précaution supplémentaire.

Enfin, nous passons le portail. Après cinquante mètres, le chauffeur vire à droite et nous débouchons sur une large avenue. Quel choc, ce spectacle de voitures qui roulent, de passants sur les trottoirs. La vision de ces piétons flânant, s'arrêtant devant les vitrines, faisant des emplettes dans les boutiques provoque en moi une émotion d'une violence inouïe. Je trouve que Kaboul est la plus belle ville du monde. Dans ses rues, tout respire une douceur un peu provinciale.

Je voudrais emmagasiner les images qui se succèdent, celle de Kaboul Hotel, un ancien palace, des taxis jaunes, des grands arbres, des autobus bondés, des camions bariolés rehaussés de plaques de métal. Mais la course est très rapide. Moins de dix minutes après le départ, nous nous arrêtons devant une grille. De l'autre côté, un bâtiment officiel fait face à un parc. Nouvelles vérifications, coup de téléphone du militaire en faction. Nous entrons. De nombreuses voitures, en majorité de fabrication soviétique, sont stationnées dans les allées et sur un terre-plein, près du bâtiment principal. Notre véhicule se range à dix mètres d'un car technique de la télévision locale. Des paquets de câbles relient le car à l'intérieur de l'immeuble.

D'autres voitures arrivent, se garent et leurs occupants pénètrent dans le bâtiment. Hafez et l'interprète vont aux nouvelles et me laissent en compagnie des deux policiers en civil.

L'attente se prolonge. Le grand chef sort et vient m'informer des préparatifs Nous sommes au ministère des Affaires Étrangères et c'est bien ici que la conférence de presse va avoir lieu dans un moment. Il me recommande d'être calme, d'avoir confiance. Tout à coup, il se comporte comme le manager d'un boxeur avant un combat important : il sait que son poulain va prendre des coups et il lui prodigue ses ultimes conseils.

Hafez et l'interprète Nageeb reviennent à la voiture. Mon enquêteur m'offre une cigarette. On dirait qu'il a le trac. Il a revêtu son beau costume un peu étriqué, avec une horrible cravate en rayonne.

Si d'aventure je ne donne pas satisfaction devant les journalistes, il a tout à perdre, ce cher Hafez. Après tout, c'est lui qui a assuré ma préparation psychologique, ma mise en condition, sous la responsabilité du grand chef. Ce dernier fait plusieurs allées et venues, s'inquiète de ma forme physique, me demande une nouvelle fois si je me sens détendu. Avec sa sollicitude mal placée, il va finir par me paniquer, l'animal.

— Y a-t-il beaucoup de monde, de nombreux journalistes ?

— Non, pas beaucoup.

On me permet enfin de descendre de voiture et mes anges gardiens m'arrêtent derrière un pilier, à quelques mètres de l'entrée du bâtiment. Ils ménagent le suspense jusqu'à l'heure H.

D'un geste, le grand chef ordonne aux deux policiers en civil de m'escorter à l'intérieur. Nageeb et Hafez ferment le cercle. Au premier coup d'œil, je suis effaré par le spectacle dans le grand salon où nous pénétrons. Il y a un monde fou, je sens tous les regards braqués sur moi. L'un des policiers me tire par la manche et me dirige vers une petite table.

Photographes et cameramen se ruent pendant que je m'installe. Ils m'encerclent, m'aveuglent avec leurs lumières. L'un d'eux fait même une chute dans la bousculade générale. Ils font écran entre la salle et moi. Je ne vois rien. Je fixe mon regard sur les deux micros posés devant moi.

Après plusieurs rappels à l'ordre et l'intervention de deux appariteurs, ils s'éloignent enfin. Je découvre la salle sur ma gauche. Il y a bien deux cents personnes assises. Faute de chaises en nombre suffisant, des gens sont debout, dans le fond et sur les côtés.

Les officiels afghans sont au nombre de trois, à une table posée sur une estrade. Face à moi, de l'autre côté des officiels, deux interprètes, l'un pour le français, l'autre pour l'anglais.

Dans les jours précédant la conférence, j'avais dû insister auprès du grand chef : il souhaitait que je parle en anglais afin de simplifier les problèmes de traduction. J'ai exigé l'usage du français. L'enjeu me semblait suffisamment important pour que je puisse m'exprimer dans ma propre langue. Ils ont fini par s'incliner.

Le président de séance, un gros moustachu, s'adresse à l'assistance que je peux enfin détailler. Dans les premiers rangs, une majorité d'étrangers, les Afghans sont derrière. Il y a plusieurs officiers en uniforme parmi les invités. Etranges ces tenues chamarrées, ces casquettes étoilées dans une réunion de presse. Les traductions commencent : anglais et persan. Elles constituent une présentation du dossier avec de nombreuses références au droit international. Le gros moustachu expose toutes les violations dont je me suis rendu coupable, passe en revue mes crimes et attire l'attention de son auditoire sur les pièces à conviction. Il s'agit de notre équipement, des sacs à dos, d'appareils-photos étalés sur l'estrade. Les objets du délit, en quelque sorte.

Après le gros moustachu, interviennent successivement un deuxième officiel puis un représentant du ministère des Affaires étrangères. Enfin, la parole est donnée aux journalistes. C'est un Britannique d'une chaîne de télévision privée qui ouvre le feu. Il s'étonne que j'aie choisi la voie de la clandestinité pour pénétrer en Afghanistan et veut connaître la raison de ce choix. Je n'en crois pas mes oreilles. Comment peut-il oser poser une question aussi stupide ? Je suis tenté de lui répondre qu'une équipe de télévision anglaise s'est rendue à Kandahar, dans les mêmes conditions, trois semaines avant nous.

Ce n'est pas le moment de croiser le fer. J'explique donc posément qu'ayant décidé de faire un reportage sur « l'opposition armée » nous n'avions pas d'autre solution : la voie de la clandestinité était la seule ouverte.

D'autres questions fusent de tous les côtés. Le gros moustachu ajoute son propre commentaire après chacune de mes interventions. Il prend le contre-pied de mes réponses ou les tourne en ridicule.

Certaines demandes de journalistes afghans sont si nettement téléguidées que j'y reconnais la marque de la grosse patte de Hafez. On me demande, par exemple, de citer la liste de notre matériel. Je mentionne la caméra, le magnétophone, les bandes magnétiques, la pellicule. Aussitôt, le moustachu se précipite, fouille dans un de nos sacs à dos.

— Et ça ?

Il brandit bien en évidence les deux flacons dont les étiquettes indiquent : GENTION VIOLET POISON.

Il les montre en gros plan devant une des deux caméras de direct de la télévision afghane, sûr de son effet. Mes explications, tout le monde s'en moque. D'autant plus que j'admets mon ignorance quant à l'usage de ce médicament. J'avais proposé une expertise pendant les interrogatoires. Peine perdue. L'objectif des Afghans est pleinement atteint. Ils sèment le doute. L'espion que je suis est doublé d'un dangereux criminel.

Même chose pour la lettre dont j'étais porteur. Elle était destinée aux moudjahidin de Kandahar. Une lettre d'introduction ? Parlons-en. On en traduit le contenu. Les résistants de Kandahar sont invités à organiser des opérations militaires « de caractère historique » à notre intention. Nouveau gros plan devant la caméra. Les accusations s'accumulent. Impossible de répondre d'une manière cohérente à des questions qui partent dans tous les sens.

J'essaie de faire une suggestion :

— Je voudrais pouvoir exposer les faits dans leur chronologie. Après quoi les journalistes pourront poser leurs questions en connaissance de cause.

Le gros moustachu m'envoie promener sans ménagement :

— Vous n'avez aucune suggestion à faire. Vous êtes ici en situation illégale.

Les Soviétiques font donner leur artillerie. Successivement les représentants de Tass, de la télévision, de la *Pravda* m'assènent des questions-réquisitoires. Puis c'est au tour d'un officier afghan de me demander des comptes sur les trois soldats blessés pendant l'embuscade. Les revoilà, les trois blessés fantômes.

C'est vraiment la curée, l'hallali. On ne m'épargne rien, pas même l'accusation d'espionnage que je croyais remisée au placard. Je ne reconnais rien en dehors du franchissement illégal de la frontière. Tout le reste est amplifié, déformé pour me nuire.

A un moment donné, le moustachu fait éteindre les lumières de la salle. On projette alors sur un écran la brève séquence que nous avions tournée quelques heures avant l'embuscade : elle montre les préparatifs des moudjahidin stockant armes et munitions dans les camionnettes, puis les véhicules roulant dans le désert.

Pour les besoins de leur propagande, les Afghans

ont monté le document à l'envers. On voit donc d'abord les véhicules en train de rouler, puis les combattants chargent les armes. Ce montage inversé peut donner l'impression que nous avons préparé et tendu l'embuscade. C'est une ignominie. Je tente de protester mais mon intervention n'est pas traduite [1].

Cette conférence de presse est un piège que je n'ai pas pu éviter. Les organisateurs peuvent se frotter les mains. Entre les commentaires accablants du moustachu qu'on ne traduit pas et les questions biseautées des « confrères » afghans et soviétiques, je n'ai pu que limiter les dégâts. Ils sont parvenus à leurs fins : donner de moi l'image d'un individu haineux et malveillant.

Il faut conclure sur cette note. La bouffonnerie dure depuis deux heures trente. Une dernière question est posée par le correspondant de l'agence de presse tchèque CTK. Elle s'adresse dit-il, aux autorités afghanes. Serai-je déféré devant un tribunal ? Réponse affirmative. A la fin de l'enquête, mon dossier sera transmis au procureur qui dressera l'acte d'accusation. Après quoi, je comparaîtrai devant le tribunal du Conseil révolutionnaire. L'intervenant explique qu'il s'agit d'une juridiction d'exception saisie des crimes contre la sécurité de l'Etat.

Les deux policiers m'entraînent vers la sortie. Je passe près d'un groupe d'invités (cette désignation me semble plus conforme que celle de journalistes). Un

---

1. Radio-Kaboul rendant compte de la conférence de presse indique ceci : « Le journaliste français a été interrogé dans une atmosphère libre et démocratique. »

homme jeune, l'air anxieux, s'approche et me demande à mi-voix en français :

— Comment ça va ?

Je marque un temps d'arrêt, je voudrais lui répondre quelque chose, n'importe quoi. Rien ne sort. Les autres me tirent déjà vers la porte. Je me retourne en lui faisant un signe d'impuissance. Dehors, des opérateurs de télévision attendent et m'accompagnent jusqu'au minibus. J'allume une cigarette pour me détendre.

Hafez et Nageeb arrivent quelques minutes plus tard et montent dans le véhicule. Le grand chef vient s'assurer que tout est en ordre et donne le signal du départ. La nuit est déjà tombée sur Kaboul. Il y a très peu de circulation, quelques voitures militaires. Les magasins ont presque tous fermé. Dans la capitale afghane, la vie s'arrête en fin d'après-midi bien que le couvre-feu entre en vigueur seulement à 22 heures.

Seul Nageeb m'adresse la parole. Pour m'encourager.

— Monsieur Jacques, c'était très bien, très bon pour vous.

Il ne doute de rien, le pauvre Nageeb. Je lui souris en dirigeant mon pouce vers le bas pour bien signifier que je n'en crois pas un mot. Ils m'ont écrabouillé. J'ai l'impression de m'être défendu comme un pied. Quels genres de comptes rendus vont sortir de cette pantalonnade ? Afghans, Soviétiques, Tchèques et les représentants des autres pays de l'Est auront sans doute recouru à leur assaisonnement de prédilection : je serai à la fois un espion, un agent du SDECE ou de la CIA, un ami des « brigands ». J'aurai passé des aveux complets ; on m'aura pris en flagrant délit d'utilisation d'un poison. J'aurai tenté de masquer mes activités criminelles sous couvert de reportage.

Je pourrais dresser une longue liste des horreurs dont ils vont m'accabler. Pour leur faire contrepoids, il n'y aura sans doute personne. A moins que ce jeune homme qui a tenté de m'aborder à la sortie.. Pas impossible. Peut-être est-ce un journaliste du bureau de l'Agence France Presse à Islamabad.

Hafez fait la tête. Il se tait pendant le trajet et à l'arrivée à Sidorat. Il devait tabler sur une plus grande coopération de ma part. J'ai pourtant l'impression d'avoir respecté les termes du contrat. Eux, au contraire, ont cherché à m'assener le coup de grâce tout au long de la réunion. Et quelle perfidie ! Le grand chef m'avait juré que l'interview télévisée du 5 octobre irait aux archives de la Sécurité d'Etat. Elle était également à la disposition des membres du Praesidium s'ils souhaitaient se la faire projeter. Mensonge ! Les journalistes ont eu droit à un extrait où je disais à peu près ceci : « Mon but en Afghanistan était de constituer un dossier aussi complet que possible sur l'état de la guérilla. »

La phrase, sortie de son contexte, pouvait prêter à confusion. Le gros moustachu ne s'est pas gêné pour enfoncer le clou. Dossier ? Pas très journalistique, ça. Constituer un dossier, vu de Kaboul, c'est se livrer à des activités d'agent de renseignements. Un élément à charge supplémentaire concernant mon travail d'espion. Certes, je me suis défendu mais le doute a été semé dans les esprits ; c'était l'objectif recherché.

Malgré les points marqués par les policiers, Hafez n'est pas le moins du monde satisfait. Il me laisse partir en compagnie d'un soldat. Avant de réintégrer ma cellule, je suis soumis à une fouille minutieuse dans le bureau de Poil de Carotte. C'est le règlement dès lors que j'ai franchi l'enceinte de la prison.

Zulficar et Hussein sont impatients d'entendre le compte rendu des événements de l'après-midi. Ils me signalent que, pendant mon absence, un policier est venu fouiller mes affaires devant tout le monde. Il a sorti les quelques objets contenus dans mon carton, les a vérifiés un à un. Puis il a retourné le matelas, l'a palpé et s'est assuré que je n'avais rien glissé entre les coutures. Détail piquant, il a trouvé un tract plié, à l'intérieur du matelas précisément. Il s'agissait de l'annonce d'une manifestation organisée par le parti communiste afghan en août 1983.

Le poseur de bombes a été battu comme plâtre dans un local où il était confronté avec un responsable important de son organisation. Les réseaux de terrorisme urbain étant extrêmement cloisonnés, il ne le connaissait pas. L'attentat contre l'aéroport a provoqué une vaste chasse à l'homme dans les milieux de la Résistance à Kaboul. La police afghane ne pouvait pas faire moins, compte tenu du nombre de Soviétiques qui ont été tués ou blessés dans l'opération.

Le jeune homme est recroquevillé sous sa couverture. Il a reçu des coups de poing, des gifles, des coups de ceinture. Son chef présumé était maintenu sur une chaise, pieds et poings entravés par des menottes et par une cordelette.

Hussein, très mère poule, a appliqué des compresses d'eau fraîche avec une serviette sur son visage bleui. Ali, le plus jeune du groupe, est choqué de voir son camarade dans un tel état. Les médecins de Sidorat ne s'en soucient pas le moins du monde. A la prochaine consultation, s'il a encore des traces d'ecchymoses ou d'hématomes, le poseur de bombes pourra toujours aller réclamer quelques cachets.

Morne soirée dans la cellule. Chacun de nous songe, étendu ou assis sur son matelas. Je repasse en revue les différentes phases de la conférence de presse. Il m'est bien difficile d'évaluer l'ampleur des dégâts. Seule une discussion avec Hafez et le grand chef me permettrait d'avoir une bonne appréciation de la situation. J'ai au moins une confirmation : le procès aura bien lieu. De ce point de vue, les choses sont désormais clairement établies. Je ne peux pas parler de véritable surprise. A mon arrivée à Sidorat, le grand chef n'avait pas laissé beaucoup de place au doute.

— Vous serez condamné à 10 ans, 20 ans ou à la peine de mort.

Il est vrai que le policier avait atténué la brutalité de ce tiercé macabre en me faisant miroiter que l'essentiel se jouerait avant le procès. Avant, c'est-à-dire pendant les interrogatoires et à la conférence de presse. La Sécurité d'Etat a donc en sa possession les éléments clés du dossier. A moins qu'ils veuillent affiner en m'imposant de nouveaux interrogatoires.

J'ai vraiment hâte de revoir Hafez et son supérieur. Malheureusement demain vendredi, jour de repos hebdomadaire, il y a peu de chances que je sois convoqué.

En guise de conversation d'après-dîner, Zulficar m'explique qu'une condamnation à la peine capitale dans mon cas serait peu probable.

Selon lui, un ressortissant américain serait plus exposé à une telle sentence :

— Because of the french socialist government...

Il est certain qu'entre Reagan et un gouvernement socialiste... Zulficar le tient de son enquêteur qui envisage plutôt un verdict de quinze ans. Dix, quinze, vingt ans : je trouve très désagréable cette variante de la roulette russe. Ces trois jours d'interrogatoires avec les Soviétiques et les trois semaines dans les geôles afghanes me paraissent déjà si longs, interminables...

Du 12 au 19 octobre

Zulficar rêve quotidiennement d'un retour précipité à Peshawar. Il est tout à fait optimiste. Il a autant hâte de retrouver ses coqs de combat que les membres de sa famille. L'étudiant pakistanais a prévu pour ses retrouvailles un programme insolite : il ne quittera pas sa chambre pendant un mois. Mieux, il passera le plus clair de son temps au lit. Il souffre comme nous tous d'une certaine claustrophobie mais n'en a pas moins arrêté sa décision. Seuls sa mère et le médecin pourront pénétrer dans la chambre. Zulficar éprouve une véritable passion pour sa mère, qu'il décrit comme une femme simple, ignorant à peu près tout du monde moderne. Elle n'a jamais quitté le Pakistan, n'a pas suffisamment fréquenté l'école pour être capable de lire un journal. Et pourtant, elle est l'arbitre dans la famille, son avis est essentiel lorsqu'une décision importante doit être prise.

Zulficar se considère comme puni d'avoir désobéi à sa mère. Elle était ouvertement hostile à son projet d'aller poursuivre des études « chez les communistes ». Le « captain » espion continue de se rendre régulièrement chez son enquêteur. Le rythme de leurs rencontres s'est même accéléré. Le policier met les bouchées doubles pour boucler son dossier. Il assure que c'est l'affaire de quelques jours, deux semaines tout au plus.

L'Afghan se laisse aller à des confidences. Selon lui, Zulficar devrait comparaître bien avant moi devant le tribunal révolutionnaire. Il s'en tirera avec une peine presque symbolique. Non seulement le dossier du Pakistanais ne contient rien de bien méchant, mais il a fait preuve d'une bonne volonté manifeste pendant l'enquête. Le policier est nettement plus réservé pour la suite des événements me concernant. Il pense que je serai maintenu en prison jusqu'au printemps, de six à huit mois.

A chacune de leurs rencontres, Zulficar a maintenant droit à du thé accompagné de raisins secs. Son enquêteur lui a même procuré une boîte de lait en poudre soviétique qu'il consomme dans le bureau. Hafez n'a jamais eu ce genre d'attentions. Une fois, cependant, après la conférence de presse, il est venu un soir m'apporter des pommes dans la cellule. Il ne s'est pas attardé, n'a pas prononcé un mot. Il m'a simplement remis le sac de fruits et s'est retiré. Son geste avait un caractère tout à fait exceptionnel. Compte tenu de sa fonction, de sa position hiérarchique élevée, il n'a pas à entrer dans le quartier pénitentiaire.

Des fruits, j'en recevais régulièrement au début, avant d'avoir le corned-beef quotidien. Un soldat était chargé de me les remettre.

Depuis ce fameux soir, je n'ai eu aucune nouvelle de mon enquêteur. Je n'ai plus quitté la cellule, sauf pour la toilette. J'ai l'impression que le grand chef a largué les amarres et me laisse sciemment dériver. Il est incompréhensible que l'on m'abandonne de la sorte dans mon cachot alors que Zulficar, dont le dossier est vide, est convoqué presque quotidiennement. De plus, il a avoué ce qu'on exigeait de lui, alors que je n'ai pas reconnu les accusations d'espionnage.

Avec le recul, je pense que la conférence de presse n'a pas été si catastrophique. Elle aura au moins eu l'avantage de montrer à ma famille que je suis vivant et relativement bien portant, quoique amaigri.

Plus encore que la réunion, c'est la traversée de Kaboul qui me laisse le souvenir le plus vivace.

J'ai été frappé par le nombre de femmes, jeunes en majorité, vêtues à l'européenne de robes de couleurs vives. Il est vrai que la politique d'émancipation de la femme est l'un des leitmotivs du régime depuis l'accession au pouvoir des communistes en 1978.

Beaucoup de paysans aussi dans les rues de la capitale afghane. Ils sont reconnaissables à leurs tenues traditionnelles, pantalons bouffants, amples chemises à manches longues. Ils portent le turban ou la coiffe nouristani, sorte de bonnet plat en laine aux bords arrondis.

La plupart de ces campagnards ont fui leurs villages dévastés par la guerre, tout spécialement ceux de la région du Panjshir. Ils ont subi huit offensives soviétiques au cours des deux dernières années. Les récoltes ont été méthodiquement détruites, détruits également les canaux d'irrigation, les zones de cultures, les stocks de céréales. Le cheptel a été décimé. On peut parler de destruction programmée de l'appareil de production.

Accablées, affamées, les populations rurales n'ont

plus eu le choix qu'entre l'exode au Pakistan ou la fuite vers les grandes villes afghanes. Le résultat est qu'il y a aujourd'hui sur le territoire pakistanais entre trois et quatre millions d'Afghans. Près du quart de la population totale du pays a donc été chassée hors des frontières. C'est la plus forte concentration au monde de personnes déplacées.

Le regroupement des réfugiés à Kaboul, Kandahar et dans les autres villes importantes présente un double avantage aux yeux des dirigeants communistes : soustraire cette masse de population à l'influence « contre-révolutionnaire », asphyxier progressivement la guérilla, isolée et privée de son soutien logistique. Cet objectif n'a pas été atteint, même si la situation de la Résistance est devenue plus précaire face au renforcement de l'appareil militaire soviétique.

L'afflux de ruraux à Kaboul, leur implantation massive ont, de plus, donné un nouvel essor à la Résistance urbaine. Mon premier compagnon de cellule, Omar, originaire du Panjshir, me disait qu'à sa libération il ne retournerait pas se battre dans sa province d'origine. Il s'engagerait dans un réseau de sabotage à Kaboul.

Il viendra ainsi renforcer les groupes de terrorisme de plus en plus actifs dans la capitale afghane. Karatéka et le poseur de bombes illustrent parfaitement cette recrudescence de la résistance citadine.

Le premier, l'émule de Bruce Lee, était donc chargé de l'exécution des « traîtres » — comprenez les communistes — dans son réseau. Originaire de la province du Hazarajat, c'est un garçon peu politisé. Simplement, pour lui, la libération du pays passe par l'élimination des ennemis de l'Islam.

Le poseur de bombes appartient à un milieu plus aisé, plus éduqué. Il a grandi à Kaboul, y a poursuivi ses études secondaires. Il avait douze ans au moment de l'invasion soviétique en décembre 1979. Ses amis, lycéens et étudiants, sont d'abord descendus dans la rue, les mains nues, pour manifester contre l'arrivée des Russes. Leurs premières manifestations ont été noyées dans le sang. Les jeunes Afghans ont été jetés en prison. Beaucoup sont morts sous la torture.

Cinq ans plus tard, la relève s'est lancée dans la résistance active. Mon compagnon de cellule, que j'ai surnommé le poseur de bombes, est devenu un spécialiste pour le réglage, la mise au point des engins explosifs. L'opposition urbaine s'est donc durcie, radicalisée. Même embryonnaire, elle fait régner un climat d'insécurité permanente dans Kaboul. Le couvre-feu est imposé chaque nuit et oblige les Soviétiques à un déploiement militaire important. Au cœur même d'une des rares places fortes du Régime.

La capitale afghane vit donc pratiquement en état de siège. Si j'en crois Hussein, le périmètre de sécurité se limite à une dizaine de kilomètres autour de la ville. Au-delà, les moudjahidin font la loi. Soldats soviétiques et afghans ne se déplacent qu'en convois.

Pendant le bref trajet entre la prison et le ministère des Affaires étrangères, j'ai constaté une forte proportion de véhicules militaires, voitures ou camions, dans les rues. Un grand nombre d'immeubles, m'a-t-il semblé, étaient gardés par des hommes en armes. L'armée afghane formerait-elle en priorité des sentinelles ? Bien sûr, mes impressions sont fugitives et demanderaient à être vérifiées sur d'autres itinéraires.

Peut-être pendant mon transfert au tribunal révolutionnaire, le jour du procès.

Au cours d'une conversation, Karatéka m'avait dit un jour en plaisantant :

— Tu devrais essayer de t'évader en sortant de voiture à l'occasion d'un transfert. Tu te sauverais vers l'ambassade de France. C'est simple à trouver : elle est à côté de l'ambassade d'Iran.

Nous en avions ri. Pour le chiite Karatéka, l'Iran est une terre de lait et de miel, à la fois eldorado et paradis. Il y a vécu, a travaillé à Téhéran dans une usine de montage d'automobiles. Il a fait le tour des sanctuaires du pays, visité les mosquées de Qom, Ispahan et Meshed. Il est revenu ébloui par ces hauts lieux du chiisme. De cette période bénie de son existence, Karatéka n'a conservé... qu'une montre japonaise à quartz.

L'évasion imaginée par mon compagnon de cellule, je l'ai vécue en rêve. Un rêve qui tournait mal et se transformait rapidement en cauchemar. Je sautais bien de la voiture mais par une funeste méprise je me réfugiais à l'ambassade d'Iran. De là, j'étais expédié à Téhéran et mis sous les verrous à la prison d'Evin.

Pour qui connaît l'Iran, Evin symbolise tous les excès du régime islamique. C'est une véritable machine à broyer les opposants. On y torture à une grande échelle. On y « rééduque » les adversaires les plus coriaces, on brise les plus récalcitrants.

Une fois remis dans le droit chemin, ils sont présentés à la télévision, par fournées. Le spectacle est insoutenable. D'une même voix, ces hommes, ces femmes chantent les louanges du régime Khomeyni. Ils s'accusent des pires turpitudes, se livrent à de pénibles confessions publiques. Ces simulacres de repentir n'évitent malheureusement pas toujours à leurs auteurs la potence ou le peloton d'exécution.

Même Khianoury, le numéro un du Toudeh, le PC iranien, n'a pas résisté aux raffinements des tortionnaires d'Evin. Arrêté, mis au secret, il est réapparu un jour à la télévision. D'une voix blanche, morte, Khianoury s'est accusé d'espionnage au profit de l'URSS. Il s'est présenté comme un agent du KGB. Khianoury, le vieux militant, maintes fois emprisonné sous le régime du Shah. Il avait subi les tortures de la Savak, la redoutable police secrète impériale. Il n'avait jamais cédé.

Imaginez la fin de mon rêve. Quel soulagement de me réveiller à Sidorat... Même si, en matière de sévices, les policiers afghans n'ont guère de leçons à recevoir de leurs collègues iraniens.

Je n'ai pas eu à en souffrir directement, c'est vrai. Il m'est très vite apparu que Hafez avait reçu pour consigne de « laisser les couteaux au vestiaire ». Les violences physiques lui étant interdites, lui restait la possibilité d'exercer une très forte pression psychologique accompagnée de brimades en tous genres. Il s'est fait un malin plaisir de retenir le deuxième colis de l'ambassade. Il me distribue les cigarettes au compte-gouttes. Surtout, il m'a refusé jusqu'à présent les lettres que ma famille n'aura pas manqué de m'adresser. De plus, Hafez et ses supérieurs se sont donné pour ligne de conduite de ne laisser filtrer aucune information de l'extérieur. De ce point de vue, ils sont parvenus à un résultat remarquable. Pas une seule fois, depuis mon incarcération à Sidorat je n'ai appris le moindre événement sur quelque sujet que ce soit.

Le matin, j'entends vaguement, de temps en temps, un transistor. Il appartient certainement à un soldat qui écoute un peu de musique et les nouvelles diffusées par Radio-Kaboul. Dès que commence la diffusion des informations, il réduit le niveau sonore et Hussein ou le poseur de bombes ne peuvent rien entendre, même en se collant l'oreille contre la porte. De ce point de vue, les gardiens sont parfaitement dressés et ne se laissent jamais aller à la moindre confidence. A Sidorat, le « téléphone arabe » est coupé, débranché en permanence. Seule l'installation d'un nouveau dans une cellule permet d'obtenir parfois quelques bribes d'information.

S'il est incarcéré de longue date, il parle de son expérience, des gens qui étaient enfermés avec lui, des interrogatoires qu'il a subis, des motifs qui l'ont conduit en prison. A ce propos, les détenus pratiquent systématiquement l'auto-censure. Ils n'en disent pas plus aux autres prisonniers qu'aux policiers. Le mouchardage est une véritable plaie dans le monde carcéral et les prisons afghanes ne font pas exception.

L'aubaine, c'est l'arrivée de quelqu'un arrêté de fraîche date. Il est alors en mesure de donner des nouvelles de Kaboul ou de la province. Il parle de la guerre, mais aussi de la vie quotidienne, du prix des denrées, du ravitaillement. Il mentionne telle embuscade tendue à un convoi soviétique, telle attaque contre une garnison de l'armée afghane. Ces informations, il ne les tient pas de la presse locale ou de Radio-Kaboul, considérées comme des instruments de la propagande officielle. Encore moins de la télévision afghane qui arrose seulement la capitale, en attendant de couvrir prochainement Kandahar.

La principale source d'information pour les Afghans, c'est l'écoute des radios étrangères qui émettent en persan ou en pachtoun : la Radio pakistanaise, Radio-Téhéran, la Voix de l'Amérique et surtout la BBC. La radio anglaise constitue vraiment la référence, le point de repère. Elle n'échappe certes pas aux critiques. Il lui arrive de se tromper sur l'importance d'un événement, l'ampleur des moyens mis en œuvre par les Russes au cours d'une offensive. Ces erreurs sont compréhensibles : la BBC, pas plus que les autres médias occidentaux, n'a un accès direct aux sources afghanes. Sa crédibilité n'en est pas pour autant remise en question.

Les nouvelles de l'étranger intéressent d'ailleurs très peu les Afghans. J'ai pu le constater une fois d'une manière éclatante. Quelques semaines avant ma capture, j'étais en compagnie d'un journaliste américain au sud-ouest de l'Afghanistan, près de la frontière iranienne. Le confrère interviewait un notable local, mi-commerçant, mi-chef de bande qui en appelait à l'aide de l'Amérique pour les armes. Interrogé sur Ronald Reagan, l'homme avait tranquillement demandé :

— Qui est-ce ?

Le nom du président des Etats-Unis n'était jamais arrivé jusqu'au fond de son Baloutchistan.

Cas limite, sans doute, mais qui illustre bien le « splendide isolement » dans lequel ont vécu les Afghans jusqu'à une époque récente. Ils ont échappé au joug colonial malgré les convoitises de la Grande-Bretagne au siècle dernier.

L'armée anglaise s'est cassé les dents par deux fois sur la résistance afghane et elle a dû renoncer à la conquête du pays. Un pays enclavé, montagneux, privé d'accès à la mer. Les mauvaises pistes y tenaient lieu de voies de communication jusqu'aux années soixante.

Si mes compagnons de prison, ressortissants afghans dans leur quasi-totalité, ne reçoivent qu'un écho assourdi et lointain de l'extérieur, imaginez ce que peut être mon isolement. Je n'ai aucune possibilité de communiquer directement avec les autres détenus, mon seul lien est Zulficar. Mais si la conversation se déroule en persan, lui-même est exclu car il ne pratique pas cette langue. Il reste alors le secours de Hussein mais lui c'est en anglais qu'il est très limité. Au total, je dois capter dix pour cent au grand maximum des rares informations qui franchissent l'enceinte de la prison. Autant dire que le black-out est total.

Aussi n'ai-je appris qu'à la conférence de presse la rumeur faisant état de ma blessure au cours de l'embuscade.

Afghans et Soviétiques savaient bien qu'il n'en était rien puisque je me trouvais entre leurs mains. Pendant trois semaines, ils n'ont pas pour autant jugé utile de démentir.

J'en fais la remarque à Hafez, qui m'a enfin tiré du cachot après quatre journées interminables à croupir sur mon grabat. Sa réaction me laisse sans voix :

— Il ne s'agissait que de faux bruits, amplifiés et déformés par la presse occidentale. Pourquoi s'exciter à publier des démentis ?

Pourquoi également se préoccuper de ma petite personne ? Depuis le rendez-vous avec la presse, mes deux sorties quotidiennes ont été réduites au strict minimum incompressible : les dix minutes du matin et les cinq minutes du soir pour la toilette. Le soleil, connais plus. Au lever, c'est la mêlée confuse autour du robinet, dans la pénombre ; avant le coucher, on lâche les fauves entre chien et loup. Pendant ces quatre journées démoralisantes, on m'a laissé quotidiennement vingt-trois heures et quarante-cinq minutes pour organiser mes loisirs. Sans une feuille de papier, sans le moindre crayon, sans cigarettes et avec une nourriture des plus allégées. J'ai définitivement renoncé au corned-beef que je laisse aux autres : il m'aurait rendu végétarien pour la vie si j'avais persisté. J'en reviens au régime alimentaire de mes débuts à Sidorat avec le verre de thé du matin, trois cuillerées de riz à midi et un morceau de pain sec le soir, les fruits ayant disparu de la circulation.

Par manque de chance, Zulficar n'a jamais été autant sollicité que pendant ces quatre jours. A se demander si son enquêteur n'est pas tombé amoureux de lui.

J'ai beaucoup détaillé le plafond de la cellule, les graffiti et les inscriptions sur les parois, toujours les mêmes. Des noms, des dates, parfois un verset du Coran appelant les foudres divines sur les mécréants. Une seule concession timide à l'érotisme : un portrait de femme, un rien provocante mais nullement déshabillée, qui vante, l'œil complice, les mérites d'un détergent. Dire que je la dévore des yeux serait excessif mais j'ai pris tout mon temps pour m'attarder sur le galbe de ses jambes et rêver sur la coupe de sa jupe moulante.

Hafez se racle la gorge, ce qui a pour conséquence immédiate de faire fuir la dame de mes pensées. Il me parle de l'acte d'accusation qu'il finit de rédiger avant de le transmettre au procureur. Le grand chef me demande, fort à propos, ce que j'ai pensé de la conférence de presse. Je lui fais part de mon pessimisme quant aux comptes rendus prévisibles des participants. Surtout, je déplore que notre séquence tournée au départ du Pakistan ait été dénaturée et montée à l'envers. Il parle d'une erreur technique de montage. Il a bon dos, le monteur.

Le grand chef me demande si je n'ai rien à ajouter pour compléter l'acte d'accusation. Il regrette, pour sa part, que je n'aie pas fait preuve d'une plus grande sincérité. Mon attitude a, paraît-il, choqué une grande partie de l'assistance. Trop de désinvolture, trop de restrictions mentales, une tendance scandaleuse à vouloir justifier les « crimes de la contre-révolution ».

Et ce n'est pas tout. Le grand chef revient sur mon interview avec les *Izvestia.* Le représentant du journal soviétique, Guerman Oustinov, formule des remarques accablantes dans son article. Il évoque l'attentat à la bombe contre l'aéroport de Kaboul en dressant un bilan de 200 personnes tuées ou blessées. Oustinov me tient pour moralement coresponsable de l'attentat. N'ai-je pas rencontré et serré la main de ses instigateurs, ces hommes qui tirent les ficelles depuis le Pakistan ?

Il ne reste pas en si bon chemin. Il évoque, toujours d'après le grand chef, une tentative de destruction d'un avion de ligne afghan transportant 308 personnes, par un missile américain. Il s'attarde sur la tragédie qu'aurait représenté la mort de ces passagers innocents.

Le journaliste soviétique relate également les atrocités commises par les « bandits » : instituteurs écorchés vifs, enfants mutilés pour les empêcher d'écrire. Il se demande si, dans mon reportage, ces hommes honteux auraient été présentés comme des chevaliers des temps modernes.

Si tel est le sens de son article, le journaliste des *Izvestia* mérite le plus profond mépris. Comment peut-il m'impliquer dans cette histoire de missile américain lancé contre un avion civil ? Je n'ai d'ailleurs aucun souvenir qu'il ait abordé le sujet, pas plus que celui des atrocités imputées aux moudjahidin. Il est vrai que l'interprète de M. Oustinov était totalement incapable de traduire la moindre phrase d'une manière intelligible.

Quoi qu'il en soit, la réplique aurait été aisée.

Le missile américain a raté l'appareil afghan, selon Oustinov. Il doit bien savoir que la chasse soviétique n'a pas fait de détail en s'acharnant sur un avion de ligne sud-coréen. Ses passagers n'étaient pas moins innocents que ceux de la compagnie afghane. Ils ont pourtant tous péri. Le pilote soviétique a même été félicité pour ce « haut fait d'armes ».

Au chapitre des atrocités, l'armée soviétique n'est pas en reste en Afghanistan. Je ne parle même pas des villages rasés systématiquement, rayés de la carte. Les cas de pillages, de viols, d'hommes et de femmes brûlés vifs, d'exécutions sommaires reviennent trop souvent dans les témoignages pour être considérés comme pures affabulations.

Le rétablissement des faits dans leur réalité historique n'est pas au programme du grand chef. Une fois de plus, il joue de l'intimidation et fait mine de me tendre une perche avant de boucler le dossier d'accusation.

Tout pourrait s'arranger devant le tribunal si j'admettais ma participation, consciente ou pas, délibérée ou non, à des activités d'espionnage. Il enfourche de nouveau son dada favori et me met en main le marché suivant : les autorités afghanes sont prêtes à reconnaître publiquement mon appartenance à la presse. Elles me demandent d'admettre que j'ai pu être manipulé par les commanditaires du reportage. Sous couvert d'enquête journalistique, on m'aurait demandé d'effectuer une mission d'agent de renseignements. Peut-être ma bonne foi a-t-elle été surprise. La Sécurité d'Etat est prête en tout cas à m'accorder de larges circonstances atténuantes. On n'exige pas de moi une longue confession mais simplement le constat qu'il y a eu manipulation.

Autrement dit, le grand chef souhaite que je joue le rôle du nigaud, du lampiste victime de forces occultes. Si j'accepte, le tribunal « oubliera » mon passeport falsifié, passera sous silence les flacons de « poison ». Il dégagera ma responsabilité au sujet des trois soldats afghans blessés dans l'embuscade. On pourra même s'arranger pour la lettre du Harakat appelant à des actes de sabotage. Ne serait finalement retenu à charge que le franchissement illégal de la frontière avec des rebelles armés. Le verdict serait allégé mais surtout mes chances d'une libération rapide en seraient considérablement augmentées.

Le grand chef me réclame une réponse immédiate sous forme d'un engagement écrit.

Tout en y mettant les formes, il exige une nouvelle capitulation. A partir de ma déclaration écrite, la police se chargerait de rédiger un nouveau scénario en prenant pour bouc émissaire qui bon lui semblerait : la direction d'Antenne 2, les services de renseignements français, la CIA. Elle n'aurait que l'embarras du choix. Elle pourrait également choisir de me désigner comme le seul coupable. Rien ne s'opposerait à ce que mes aveux tardifs soient retenus comme circonstance aggravante.

De plus, le grand chef attend un engagement écrit de ma part, alors que je dois me contenter de ses bonnes paroles, de ses vagues promesses sur l'indulgence du tribunal. Gare à la manœuvre cousue de fil blanc, attention au piège. C'est comme si le grand chef me déclarait :

— Reniez-vous, nous ferons le reste.

On apporte du thé, des raisins secs et même des petits gâteaux pour parachever l'opération de séduction. Avec un luxe de précautions, je remercie Hafez et le grand chef de leur proposition « généreuse mais irrecevable ». L'accepter signifierait que j'ai accumulé les mensonges pendant les interrogatoires, à la conférence de presse, au cours de l'enregistrement vidéo et que je m'apprête à mentir une nouvelle fois devant la Cour. Ils encaissent mes explications sans sourciller et je ne suis même pas privé de petits gâteaux. Simplement, la dernière gorgée du thé à peine avalée, je suis prié de regagner au plus vite mes pénates.

En réalité, les policiers me renvoient à mon huis clos. Ils ne se manifestent plus pendant quarante-huit heures. Deux journées au cours desquelles Zulficar, Hussein et le poseur de bombes sont sollicités d'une manière ininterrompue. Le Pakistanais passe des heures entières dans le bureau de l'investigateur, qui porte un intérêt spécial aux membres de sa famille. Le frère aîné l'intéresse particulièrement. Zulficar en est troublé. Son frère aîné n'avait pas un goût très vif pour les études. Il les a donc interrompues pour travailler dans l'affaire familiale d'électro-ménager. Il aime le cinéma, pratique le hockey sur gazon, sport très populaire parmi les jeunes de Peshawar, et n'a jamais manifesté le moindre penchant pour la politique. Zulficar ne lui connaît aucune activité de militant dans une quelconque organisation.

La Sécurité d'Etat afghane est d'un avis contraire. Un agent du Khad, un homme des services spéciaux afghans infiltré au Pakistan, a envoyé un rapport très détaillé et circonstancié sur le frère de Zulficar. Le jeune homme est présenté comme un anticommuniste notoire, membre d'un groupuscule activiste religieux. Il aurait participé à deux expéditions punitives menées contre des militants du PPP (Pakistan People's Party) dissous. Le PPP est la bête noire du général Zia. Le dictateur pakistanais a fait pendre haut et court Ali Bhutto, fondateur du PPP et ancien président du Pakistan. Réduits à une opposition clandestine, pourchassés, traqués par le régime militaire, les partisans de Bhutto entretiennent des relations étroites avec Kaboul. Le frère de Zulficar serait donc au nombre de ceux qui les combattent.

La situation du « captain » en est rendue encore plus précaire. Il est effaré et incrédule à la fois. Il n'arrive pas à imaginer son frère sous les traits d'un activiste d'extrême droite. Zulficar a appris une autre nouvelle alarmante : avisée officiellement de sa détention à Sidorat, l'ambassade pakistanaise à Kaboul n'a pas eu la moindre réaction. Elle se désintéresse ostensiblement du sort de son ressortissant. Mon ami pakistanais interprète cette indifférence affichée comme un indice nettement défavorable. Elle confirme qu'il devra rendre des comptes à son retour. Il est désemparé.

— Je ne peux tout de même pas, dit-il amer, demander l'asile politique à l'Afghanistan.

Il voit déjà se profiler les pires complications, avec le risque d'une longue peine d'emprisonnement lorsqu'il rentrera chez lui. Le moral de Zulficar est au plus bas.

Hussein n'est pas plus brillant. Les policiers ont repris leur guerre de harcèlement, ils ont réactivé son dossier qui dormait depuis de longues semaines. Treize mois déjà qu'il traîne à Sidorat. Il pensait que le bout du tunnel était proche et voilà qu'on lui annonce de nouvelles confrontations avec des moudjahidin arrêtés dans le Panjshir.

Enfin le poseur de bombes retourne à la case départ. Son instruction est reprise au point zéro. Après les brutalités du premier interrogatoire, on lui a désigné un nouvel investigateur. Les choses se passent mieux qu'il pouvait le craindre. Il n'a plus subi de violences mais les séances durent des heures et il est dans un état proche de l'épuisement.

Seul le jeune Ali, le petit noiraud, traîne dans la cellule, momentanément « oublié » par les policiers. Dans cet univers sinistre, il vit néanmoins un rude apprentissage.

A tout prendre, je ne devrais pas non plus me

plaindre. J'ai, enfin, entre les mains, l'acte d'accusation rédigé par le procureur. Un document d'une trentaine de feuillets traduit en anglais et qui m'a été remis d'une manière un peu solennelle

Un policier est entré dans la cellule, suivi de deux soldats. Il tenait la copie de l'acte avec une affectation, une gravité risibles. J'ai dû me lever pour recevoir le précieux document. Tous les occupants de la cellule ont suivi le mouvement, d'un même élan. J'en étais à me demander si le fonctionnaire de la Sécurité n'allait pas m'accorder la dignité de docteur *honoris causa* de l'université de Kaboul. Il m'a invité à prendre connaissance de l'acte et à noter mes observations sur des feuilles blanches. J'ai enfin reçu mon premier stylo à bille de captif.

Avant de se retirer, le policier m'a encore précisé que le nombre de feuilles blanches avait été fixé à dix-sept. Les non utilisées devraient être retournées, de même que le stylo.

A moi de jouer. Je commence à parcourir les feuillets manuscrits qui contiennent tous les ingrédients justifiant une bonne condamnation à mort. Dans un long préambule, le procureur part en guerre contre les visées de l'impérialisme dont il rappelle tous les méfaits sur les cinq continents. Sans le moindre souci de chronologie ou de hiérarchie, il cite pêle-mêle l'expédition de la Grenade, les guerres d'Algérie et du Viêt-nam, fait un crochet par le Salvador, dénonce l'Apartheid en Afrique du Sud, fustige la Grande-Bretagne à propos des Malouines, stigmatise les adversaires du régime angolais. Je me sens pris la main dans le sac pour chacun de ces conflits. Je dois assumer à moi tout seul la responsabilité de tous les péchés de l'Occident.

M. le Procureur, d'humeur particulièrement belliqueuse, lance une volée de bois vert contre tous les alliés du « brigandage international »... : la Chine « fractionniste », l'Arabie Saoudite « obscurantiste », l'Egypte « décadente ». Il s'agit des pays qui aident le plus activement la résistance afghane. Iran et Pakistan figurent bien dans la liste mais on leur épargne les gracieusetés réservées aux Chinois et aux autres. Une certaine retenue s'impose envers les deux voisins de l'Afghanistan. J'allais oublier dans le sac à malices du procureur l'indispensable référence aux menées du « sionisme » et de ses suppôts.

Ensuite, c'est au tour de Ronald Reagan d'être sur la sellette. Il est décrit comme un boutefeu, un incendiaire, un vampire assoiffé de sang afghan. Par le jeu d'une filiation contestable, je deviens un héritier spirituel du reaganisme, un de ces pêcheurs en eau trouble acharnés à détruire la révolution afghane. Nous n'en sommes encore qu'au prologue et ma tête me tient déjà plus qu'à un fil.

Sont ensuite décrites les circonstances de notre voyage. Il est précisé, par exemple, que le groupe d'Antenne 2 a voyagé de Paris à Karachi à bord d'un appareil immatriculé en France, pour remplir sa mission. Comme si nous nous étions déplacés dans un avion privé mis à notre disposition par une quelconque officine d'espionnage. Le texte est rédigé en termes suffisamment flous avec des sous-entendus qui permettent d'entretenir le doute. Il aurait été trop simple d'indiquer que nous étions passagers d'un vol régulier d'Air France.

Le procureur décrit également, en insistant, notre séjour à Peshawar et mes contacts avec les chefs de la Résistance. Vue de Kaboul, Peshawar est la Sodome des temps modernes, l'antre de tous les complots, le haut lieu de la subversion. Or il se trouve que nous n'avons pas mis les pieds à Peshawar. Voulant nous rendre au sud et à l'ouest de l'Afghanistan nous avons mené nos préparatifs depuis Quetta, capitale du Baloutchistan pakistanais.

Installé sur mon matelas, la couverture sur les genoux en guise d'écritoire, je commence à noter mes observations, mes remarques, tous les éléments qui constitueront ma plaidoirie. Car je n'ai pas d'avocat. C'est la règle, m'a-t-on dit, devant le tribunal du Conseil révolutionnaire. Il m'entendra et jugera souverainement et sans appel. Seules les hautes instances du pays pourraient me faire bénéficier d'une mesure de grâce en cas de condamnation.

Les juges n'auront que l'embarras du choix. Les chefs d'inculpation sont innombrables, chacun se référant à des articles du code pénal afghan dont je n'ai pas la moindre idée. Bien difficile, dans ces conditions, de se battre sur le terrain juridique. Je devrai user de l'arme politique et tenter d'exploiter les erreurs ou les incohérences de l'acte d'accusation. Il en fourmille.

On a de nouveau exhumé les cadavres des moudjahidin de mon escorte. Au cours des interrogatoires, Hafez avait parlé de cinq tués dans nos rangs. Devant mes protestations, il avait battu en retraite, emportant les morts avec lui. Les cadavres reviennent donc à la charge, mais ils ne sont plus que deux. Je perds mon latin dans cette comptabilité macabre. Les tués sont en compagnie des trois soldats afghans blessés. Là, pas de changement, c'est le statu quo.

En revanche, il n'est plus du tout question des fioles de « poison » dont on avait fait pourtant si grand cas lors de la conférence de presse.

Je ne m'en plains pas. Je note simplement que les Afghans ont agi avec la pire mauvaise foi. Ils avaient parfaitement compris que les fioles contenaient un désinfectant voisin du mercurochrome. Ils ont cependant voulu tirer parti de l'étiquette marquée « poison » devant les caméras de télévision afin d'impressionner le public. Pour les magistrats, il faut trouver autre chose, monter en épingle un élément différent du dossier.

C'est ainsi que le procureur exploite à fond mon passeport truqué, passé sous silence devant les journalistes. En fait le passeport est parfaitement en règle. Il est bien délivré à mon nom. Date de naissance et adresse sont parfaitement exactes. Seule la rubrique profession indique « commerçant » et non pas « journaliste ». J'avais longuement expliqué à Hafez, pendant les interrogatoires, les raisons de cette substitution : un reportage clandestin au Chili de Pinochet, et dans l'Argentine dictatoriale du général Videla. Mon policier semblait avoir été convaincu. Et voilà que l'accusation est reprise avec vigueur. Elle s'appuie sur des insinuations concernant ma prétendue appartenance aux services d'espionnage français.

Pour le reste, l'artillerie lourde du procureur se déchaîne sur les points forts, là où ma culpabilité est établie sans discussion possible. En premier lieu, le franchissement clandestin de la frontière ; ensuite le fait d'accompagner un groupe armé. Les deux seuls points que je n'ai jamais contestés et pour cause. Le procureur monte en épingle la lettre de Harakat, celle qui préconise l'organisation d'actes de sabotages. J'objecte que ma bonne foi a été surprise, sans entretenir la moindre illusion sur la réaction des juges.

Enfin, pour les trois soldats afghans blessés, j'accepte d'assumer une certaine responsabilité morale, à charge pour l'accusation de démontrer l'existence de ces trois blessés. Là encore, je livre un combat d'arrière-garde. Je n'ai aucune chance d'être entendu et suivi.

Je suis saisi d'une rage d'écrire et de convaincre, même si tout est joué d'avance. C'est un tel bonheur d'avoir en ma possession un simple stylo à bille et quelques feuillets, après trente jours de privations en tous genres. Je me lance dans les conclusions que l'on me permettra peut-être de lire avant les délibérations de la Cour. Mais pour cela, il me faudra l'aval du grand chef et de Hafez.

Je lis et relis ma copie avec l'anxiété d'un stagiaire dont ce serait le premier « papier ». Zulficar me prodigue ses conseils. Il reconnaît que le procureur a eu la main lourde et vise à obtenir du tribunal un châtiment exemplaire.

Je le sens triste, mon Pakistanais, et pas seulement en raison des charges qui pèsent sur moi. Il est arrivé avant moi à Sidorat et mon procès semble très proche, alors qu'il ignore encore de quoi sera fait son acte d'accusation. On ne paraît plus du tout pressé de le juger et il redoute que son cas s'enlise. A son corps défendant, il a bien servi la propagande de Kaboul. La presse locale a pu le présenter comme un personnage important, un officier traitant de l'espionnage pakistanais, un « captain ».

Les Afghans jouent doublement sur du velours car le « captain » est suspecté dans son propre pays et risque les pires ennuis. Ils peuvent donc le garder en otage très longtemps, sinon indéfiniment, augmenter leurs exigences, redoubler leurs pressions.

Je n'ai jamais vu mon ami réciter ses prières avec une telle ferveur, une concentration aussi grande. Je le surprends, à plusieurs reprises, de grosses larmes lui coulant sur le visage, silencieux, résigné. Zulficar est nu face aux ogres de Sidorat.

Je ne vaux guère mieux, en vérité. Hafez et le grand chef sont curieux de savoir quelles parades j'ai pu trouver au travail du procureur. Pour eux, le document est sans faille et doit le rester. Ils me concèdent bien quelques erreurs qu'ils jugent bénignes, par exemple notre fausse escale à Peshawar. Mais, sur le fond, ils rejettent toutes mes observations, point par point.

Le passeport. Y a-t-il faux ou pas ? De mon propre aveu, la profession que je revendique est celle de journaliste. Donc, mes objections ne tiennent pas.

La lettre de Harakat : je n'en conteste pas l'authenticité. Or, elle contient, sans la moindre ambiguïté, des appels au meurtre. Il m'appartenait d'en vérifier le contenu.

Les trois soldats blessés : « L'accusation n'a pas à apporter de preuve sur ce point. Il est établi par un rapport militaire », déclare le grand chef.

Je contre-attaque sur les deux morts à éclipses. Là, les deux policiers devraient perdre pied. Il n'existe aucun procès-verbal signé sur cette affaire dans les interrogatoires. Eh bien, une fois de plus, je n'ai rien compris. Le grand chef me parle de complément d'enquête « approfondi ». Il en ressort que deux moudjahidin de mon escorte, sérieusement blessés, ont fini par succomber. On les aurait enterrés... au Pakistan. On tient bien les deux morts, mais leurs cadavres auraient donc passé la frontière. Elémentaire, mon cher grand chef...

Les policiers considèrent mon travail comme un brouillon inoffensif. Pour autant, ils ne souhaitent pas que je l'exploite devant mes juges. C'est tout de même un peu violent... Je revendique le droit élémentaire de pouvoir me défendre, en l'absence d'un avocat. Il appartiendra aux magistrats, et non pas aux policiers, d'apprécier la qualité de mes arguments, de les accepter ou de les rejeter. Je ne peux pas admettre de me laisser bâillonner.

Le grand chef demande à réfléchir. Il garde les dix feuillets contenant mes réponses au réquisitoire et mes conclusions. Un soldat est chargé d'aller récupérer dans la cellule le stylo à bille et les sept feuillets vierges.

Quelle fantastique leçon les policiers afghans viennent encore de m'administrer. Ils sont champions toutes catégories dans le domaine des garanties et de la protection des personnes.

Récapitulons : ils m'ont interrogé, en me harcelant, pendant des semaines. J'ai été mis devant le fait accompli pour diverses accusations concernant des morts et des blessés. Ils n'ont jamais eu à fournir la moindre preuve. On me soumet un acte d'accusation rédigé dans une langue étrangère, l'anglais. Il se réfère à des articles d'un code pénal dont j'ignore le BA Ba.

On me refuse le concours d'un avocat. Et pour couronner le tout on voudrait me censurer, m'imposer le silence face au tribunal !

Faut-il qu'ils aient mauvaise conscience, ces accusateurs, pour se replier aussi frileusement dans une position défensive. Car enfin, les policiers ont toutes les cartes en main. Ils contrôlent l'appareil répressif, disposent de la puissance, connaissent les lois. Ils travaillent la main dans la main avec l'avocat général, n'ont pas grand souci à se faire du côté des juges. Et malgré tous ces atouts, mes quelques feuillets les rendent fébriles. Ils ne supportent pas le moindre grain de sable dans leur mécanique bien huilée.

J'ai l'impression que mes notes vont être traduites et transmises sans délai au procureur. Il aura donc toute latitude pour modifier, amender son texte, in extremis, avant l'ouverture du procès.

Les Afghans sont les précurseurs d'une nouvelle procédure judiciaire diabolique qui va contre tous les usages : le dernier mot reste non pas à la Défense mais à l'Accusation.

Quoi qu'il en soit, j'aurai tout tenté avec mes moyens dérisoires. Non pas pour me disculper — ma responsabilité est établie sur deux points — mais au moins pour me faire entendre.

Le soldat chargé de rapporter feuilles blanches et stylo tend le tout à Hafez, qui compte soigneusement. Il y a bien sept feuilles. Avec les dix que j'ai utilisées pour ma défense, le compte y est.

— Avec un acte aussi sévère, quelle sentence prévoyez-vous contre moi ?

Hafez et le grand chef jouent la surprise. Ma question les désarçonne-t-elle ? Le grand chef plonge dans ses papiers, tout à coup très affairé. Hafez profite de la présence de son supérieur pour se réfugier dans le silence. Et selon son habitude dans les moments de tension, l'interprète Nageeb attend sur sa chaise, les mains posées sur les cuisses.

Je comprends que ma présence est jugée inopportune. Avant de me laisser partir, le grand chef me lance, avec une désinvolture feinte :

— Si vous souhaitez un bain de soleil dans la cour, pas de problèmes.

Il est ignoble. Un bain de soleil avant de m'envoyer croupir dans un cachot pour un long, très long séjour.

C'est pour demain, selon Zulficar. Le procès aura probablement lieu demain. Une fois de plus, son enquêteur n'a pas résisté à la tentation de le lui dire. Une vraie mine, ce policier. Dommage qu'il soit moins bavard pour ce qui touche directement au Pakistanais. Il laisse Zulficar dans le flou en invoquant le secret professionnel. Ce qui ne l'empêche pas de me faire savoir que je vais être transféré de Sidorat à Pouli-Charki, dans les heures qui suivront la fin du procès.

C'est le grand pénitencier de Kaboul, à une heure de route de la capitale. Le poseur de bombes y a fait un bref séjour, après sa condamnation à quinze ans. Il était seul dans une cellule. A l'entendre, le pénitencier est gigantesque et pas moins de quinze mille prisonniers y sont enfermés. Il me fait miroiter tous les avantages de Pouli-Charki par rapport à Sidorat : meilleure nourriture, installations sanitaires modernes, promenade quotidienne de deux heures pour les détenus, cantine regorgeant de toutes sortes de produits. Un vrai palace, quoi.

Dans deux jours, grand maximum, je serai séparé de

mes compagnons. Il faudrait un miracle pour que je rencontre l'un d'eux au pénitencier. Quant à nos chances de retrouvailles plus tard, hors d'Afghanistan, elles sont bien aléatoires. Zulficar me donne quelques points de repère si je veux retrouver sa trace un jour à Peshawar. C'est bien vague et nous n'avons aucune possibilité de noter quoi que ce soit.

Chacun de nous s'efforce de tout fixer dans sa mémoire. Mes coordonnées sont finalement les plus simples à retenir : je leur demande de se remémorer simplement le sigle de ma société, A 2, et l'adresse : Paris. Car Hussein est déjà venu en France pour ses affaires et se jure de filer vers l'Europe dès sa libération, s'il n'est pas condamné à une lourde peine. Son projet pour plus tard serait d'émigrer en Australie avec sa famille. Il ne veut plus entendre parler de l'Afghanistan. Surtout, il est convaincu que les Russes ne lâcheront plus son pays et le transformeront graduellement en une République soviétique musulmane, à la manière de l'Ouzbékistan voisin.

Zulficar, après sa libération, veut fuir la région. Il aimerait aller en Angleterre poursuivre ses études, mais n'y compte qu'à moitié. Ses ressources financières sont limitées, il a peu de chances de décrocher une bourse et encore moins d'obtenir le précieux visa. Le secret espoir de l'étudiant serait d'épouser une étrangère, si possible une Anglaise ou une Française, et de la suivre dans son pays. Il m'a avoué qu'à Peshawar, il fréquentait assidûment les centres culturels étrangers, Alliance Française, British Council et Goethe Institut, pour rencontrer la partenaire de ses rêves — sans grand succès. Il avait bien fait la connaissance d'une Américaine, Joan, une belle blonde de l'Oklahoma. Il était subjugué par ses taches de rousseur. Un temps, elle s'était passionnée pour les exploits des coqs de combat. Il l'emmenait dans les quelques bons hôtels de Peshawar où la belle Joan dévorait d'énormes clubs sandwichs, sa passion. Pour le malheur de son boy-friend pakistanais, la jeune Américaine ne voulait pas entendre parler de cuisine locale. Les ressources de Zulficar étant des plus limitées, il courait à sa ruine. Un jour, elle se lassa et des clubs sandwichs et des combats de coqs. Zulficar rétablit son compte en banque, retrouva la sérénité, mais pleura sur les taches de rousseur perdues de la blonde de l'Oklahoma.

Notre discussion s'est prolongée fort tard. Le temps nous est compté et chacun a puisé dans ses souvenirs. Ali, le plus jeune du groupe, a fini par s'endormir, la tête posée sur les genoux du gros Hussein qui égrène son chapelet. Le poseur de bombes s'est enfoui sous sa couverture pour trouver le sommeil. Nos confidences s'espacent, je finis par me tourner contre le mur.

20 octobre

L'homme des grandes occasions et des rendez-vous historiques est à pied d'œuvre à mon réveil. Le barbier me rase sans doute pour la dernière fois à Sidorat. Lui présent, l'hypothèse du procès se confirme pour aujourd'hui. Il plaisante avec les soldats. Geste sans précédent de sa part, il me tend un miroir, une fois le rasage terminé. Je ne m'étais pas vu dans une glace depuis cinq semaines. Mon visage est très amaigri.

Le temps presse, semble-t-il. Je fais un saut jusqu'à la cellule pour récupérer mes affaires de toilette et on m'entraîne vers la douche. C'est la troisième depuis mon incarcération. Une fois de plus j'ai droit à des vêtements de rechange. Le programme se poursuit avec une nouvelle séance de solarium. Une vraie matinée de gala avant mon entrée dans l'arène. Il fait beau, chaud même. Au milieu de la cour, un ouvrier est en train de remplacer le robinet défaillant, celui dont se servent seulement les soldats. Avais-je été assez fier de pouvoir l'utiliser pendant quelques jours avant qu'il soit hors d'usage !

Je vois passer, tour à tour, accompagnés de gardiens, Zulficar et le poseur de bombes. Ils se rendent à la séance d'interrogatoire. Leurs attitudes illustrent bien les comportements des détenus de Sidorat. Le Pakistanais d'abord : il est détendu, jette un coup d'œil circulaire sur la cour, m'aperçoit, lance un « Hello Jack » sans susciter de réaction de son gardien. Les deux hommes marchent côte à côte, presque au pas de promenade.

Au contraire, le poseur de bombes suit à deux bons mètres le soldat chargé de l'emmener chez l'enquêteur. Il a la tête baissée et les mains jointes dans le dos. Lui ne pourrait pas se permettre le moindre geste dans ma direction. Il se ferait immédiatement rabrouer par le militaire.

Il se rend à son interrogatoire, la peur au ventre, la peur des coups, de la torture à l'électricité ; par-dessus tout, il redoute l'épreuve des mains plongées dans l'eau bouillante. Les détenus en parlent souvent dans la cellule. La crainte du supplice de l'eau chaude laisse loin derrière les autres formes de sévices pratiqués à Sidorat. Les coups de poing ou les gifles sont considérés comme un moindre mal, presque de la routine.

Assis sur ma chaise, j'observe les préparatifs du repas de midi. Les soldats apportent des marmites pleines de riz et des gamelles contenant des morceaux de viande baignant dans une sauce épaisse et brunâtre. Pas très engageant le menu du déjeuner, qui est d'ailleurs rigoureusement identique tous les jours. Muni d'une grosse louche, un militaire répartit le riz dans des plats métalliques creux alignés sur le sol. Il y en a de diverses tailles en fonction du nombre d'occupants dans chaque cellule.

Un deuxième soldat verse la sauce directement des gamelles dans les plats. Avec un couteau, il pique les morceaux de viande ou les pousse : en moyenne deux petits morceaux par cellule.

Un troisième soldat pose ensuite un gros morceau de pain sur chaque tas de riz et de viande. Le déjeuner est prêt à être distribué. Le temps de faire ces différents préparatifs, puis de porter la nourriture à chaque cellule, le riz arrive aux prisonniers à peine tiède et la sauce se transforme en une nappe, en une calotte graisseuse et figée sur le dessus du plat.

Un militaire arrive avec mon corned-beef. Mon transfert au pénitencier aura au moins ceci de bon que je serai enfin libéré des conserves soviétiques. Rentré dans la cellule où se trouvent seuls Hussein et le petit Ali, je n'y reste pas très longtemps. Un geôlier m'emmène une fois de plus après que Hussein m'ait donné l'accolade et prodigué ses ultimes conseils : devant les juges, observer une attitude ferme mais sans arrogance, discuter chaque point litigieux, éviter des déclarations trop longues, s'en remettre pour finir à l'indulgence de la Cour.

Hafez a ressorti le costume des dimanches que je lui avais vu le jour de la conférence de presse. Il attend en compagnie de Poil de Carotte et de quelques collègues. Pour lui aussi, c'est un grand jour. Nageeb, l'interprète, se tient un peu à l'écart.

Mon enquêteur me confirme enfin que je vais comparaître devant le tribunal. Jusque-là, je ne savais rien, du moins officiellement. La voiture qui doit nous transporter est rangée dans la cour. Rien ne la distingue d'une conduite intérieure banale. Je prends place à l'arrière, encadré par deux miliciens en civil armés de revolvers à la ceinture. Hafez s'installe devant, entre le chauffeur et un soldat qui glisse sa mitraillette sous ses jambes. Cette voiture est un véritable arsenal. Je ris intérieurement en pensant au projet d'évasion envisagé par Karatéka. Il m'imaginait sortant du véhicule et me précipitant vers l'ambassade de France. Avec les tontons flingueurs qui m'entourent, je serais transformé en chair à pâté avant même d'avoir refermé la portière.

La voiture passe un barrage militaire et s'engage dans une allée très étroite, puis s'immobilise devant un bâtiment vieillot. Il y a de nombreux soldats sur le palier, des civils qui attendent. On me conduit jusqu'à un couloir où deux hommes sont assoupis sur des chaises. Peut-être s'agit-il de témoins cités à l'audience car une porte s'est ouverte et j'aperçois des gens sur des travées, comme dans un prétoire. Une séance de fouille est vite expédiée, je n'ai pas le moindre objet dans les poches.

Hafez, qui avait disparu, revient vers moi et me fait signe que nous partons. Nous démarrons sur les chapeaux de roues. Il consulte sa montre nerveusement, dit quelques mots au chauffeur, sans doute pour qu'il accélère. Nous rentrons à Sidorat. Seul le policier descend au poste de garde et donne un coup de téléphone.

Nouveau départ, cette fois dans la direction opposée. Nous roulons très vite. Les avenues sont dégagées, il y a peu de circulation. Mes accompagnateurs s'étaient tout simplement trompés de destination. Le tribunal révolutionnaire ne siège pas au palais de justice mais dans ce grand immeuble moderne où notre voiture se présente. Les miliciens et le soldat sont d'ailleurs priés de déposer leurs armes au poste de garde.

Le hall a les proportions d'un gymnase moderne avcc de grandes baies vitrées. Quelques groupes attendent. Dans un coin, je reconnais trois journalistes soviétiques qui assistaient à la conférence de presse.

Un officier et deux soldats restent avec moi. On me soustrait à la curiosité des personnes présentes en m'installant sur une chaise derrière un gros pilier. Ainsi, je ne vois rien de ce qui se passe dans le hall. J'entends simplement les bruits de voitures qui s'arrêtent, de portières qui claquent.

Deux hommes jeunes s'avancent vers moi. Je reconnais l'interprète de français qui officiait devant les journalistes. Il est désigné pour assurer la traduction des débats au tribunal, en compagnie de son collègue qui me précise de but en blanc :

— J'étais l'interprète au procès du docteur Philippe Augoyard.

Il reste encore quelques petites formalités à accomplir : par exemple, je dois remplir un questionnaire d'identité. Je pensais pourtant que ma vie était devenue transparente pour les Afghans après les multiples séances d'interrogatoires. Je rédige également un recours en grâce. Il est destiné au Praesidium du Conseil Révolutionnaire, la plus haute instance du PC afghan.

Le grand chef me remet les dix feuillets manuscrits contenant les éléments de ma défense. Tout est là. Pas un seul paragraphe qui soit barré ou surchargé.

Les deux interprètes me font une dernière recommandation : je dois éviter de parler trop vite et surtout marquer un temps d'arrêt toutes les deux ou trois phrases pour que les magistrats suivent aisément la traduction.

Enfin, le grand chef donne le signal et nous pénétrons dans la salle d'audience. Elle est plongée dans une sorte de pénombre en raison des lumières tamisées. J'ai l'impression de me trouver dans un cinéma avec des sièges en gradins occupés par un public nombreux.

A la place des magistrats, il y a trois fauteuils derrière une table entièrement drapée d'une lourde tenture de velours mat vert bouteille.

Je suis face au tribunal, derrière une barre en arc de cercle, surmontée d'un micro. Les deux interprètes sont assis à trois mètres sur ma droite. A l'extrême gauche, dans l'angle opposé, donc, sur une petite estrade, la chaise du procureur.

Je me retourne à plusieurs reprises pour essayer de distinguer dans le public présent quelques visages connus. Réaction naïve puisque, par définition, je ne connais personne à Kaboul.

L'éclairage est si faible que je ne retrouve même pas Hafez et le grand chef. Des photographes, moins nombreux qu'à la conférence, commencent à opérer. Il y a également plusieurs caméras. On allume un projecteur qui m'éblouit. Je demande à l'opérateur de baisser le niveau, ce qu'il ne peut faire pour des raisons techniques. L'un des interprètes m'explique que ce projecteur restera allumé pendant toute la durée du procès : une caméra doit enregistrer l'intégralité des débats.

Enfin, le procureur fait son entrée dans le tribunal, l'acte d'accusation sous le bras. D'emblée, il me fait peur. C'est un petit homme sec qui se déplace comme un automate. Son visage exprime une certaine férocité. De plus, l'expression du regard est rendue énigmatique par les verres épais et concentriques de ses lunettes. Il est très myope.

Un aboyeur annonce la Cour et les trois juges, président en tête, prennent place dans leurs fauteuils. Le président annonce l'ouverture des débats et, avant de donner la parole au procureur, s'assure que j'ai pris connaissance de l'acte d'accusation :

— Voulez-vous avoir une traduction de la lecture publique de l'acte ?

— Non...

Le procureur se lève et commence son intervention. Pour être plus près de la vérité, je devrais dire qu'il a jailli de sa chaise. Il empoigne ses feuillets à deux mains et lit, le visage pratiquement collé à son texte. Il crie, il vocifère même, en rejetant la tête en arrière. Je pense en le regardant aux coqs de combat de Zulficar.

Le président et ses deux assesseurs ne semblent nullement émus par ce déchaînement vocal et prennent des notes. Je trouve au président une tête plutôt rassurante. Il m'a interrogé calmement, sans la moindre trace d'hostilité : l'un des deux assesseurs est nettement plus jeune, vêtu d'un costume de bonne coupe. Il a tout à fait l'allure d'un bourgeois rallié au régime. Il est certainement d'éducation occidentale, française ou anglaise. Dans un style très différent de celui du procureur, il m'inspire aussi peu confiance. Le deuxième assesseur est presque un vieillard. Tout à fait le style du bureaucrate chevronné. Impossible de lui attribuer des sentiments pour ou contre. Il est neutre, anonyme.

Le procureur interrompt sa diatribe de temps en

temps pour boire un peu d'eau. Ses cordes vocales sont soumises à rude épreuve. Lorsqu'il arrive au bout d'un feuillet, il le laisse tomber sur la table sans décoller son visage du texte qui suit.

J'écoute debout, dans une attitude d'extrême attention, alors que je ne comprends pas un traître mot. J'ai l'esprit ailleurs, mon regard se pose sur un grand tapis de fabrication industrielle, imitation moderne de Boukhara. Une offense dans ce pays dont les artisans tissent les plus beaux tapis du monde.

Je détaille l'emblème national, fixé dans le mur, à la verticale du fauteuil du président. L'inévitable soleil levant est encadré par des épis de blé. Une roue dentée et un livre ouvert symbolisent probablement les mondes du travail et de la connaissance. Il me semble même distinguer un minbar stylisé, c'est-à-dire la chaire d'une mosquée. Inattendu, ce clin d'œil à l'Islam, dans les armoiries d'une république marxiste. Mais c'est l'inévitable étoile rouge qui est la plus en évidence au centre de l'emblème.

Les hurlements du procureur baissent d'un ton. Il arrive au terme de son intervention, salue respectueusement la Cour et se rassied. Il va pouvoir mettre un peu d'ordre dans ses papiers qui jonchent la table.

Très paternel, sans se départir de son calme, le président me fait part des conclusions du procureur. Il requiert la peine de mort sur quatre des chefs d'inculpation. Il n'a pas fait de détail, le coq de combat. Ma tête, qui ne tenait qu'à un fil, roule dans le panier des suppliciés...

L'image me donne froid dans le dos. Je me raccroche de toutes mes forces à la promesse du grand chef, le premier soir de mon arrivée à la prison.

— Même en cas de condamnation à mort, vous ne serez pas exécuté à cause de vos deux enfants. En Afghanistan, on épargne les pères de famille.

Emmanuelle et Vincent ne m'ont jamais valu un cadeau aussi somptueux.

Quatre crimes sont donc à l'origine de ce réquisitoire impitoyable : franchissement illégal de la frontière ; coopération avec des terroristes en armes ; port d'une lettre préconisant des sabotages contre les forces afghanes et soviétiques ; responsabilité directe dans les blessures infligées à trois soldats de l'armée afghane.

Le président me renvoie à un article de la Charte des Nations unies, prévoyant les plus sévères châtiments en cas de violation de frontière d'un des Etats membres. Si j'en crois le bon président, avant de prendre l'avion pour Karachi, j'aurais dû me plonger dans la lecture de la Charte de l'ONU. Il m'interroge sur une déclaration officielle du gouvernement afghan remontant au printemps 1984. En ai-je pris connaissance ? Je confesse mon ignorance. Il m'en donne lecture : elle constitue un avertissement solennel à tous ceux qui seraient tentés de pénétrer clandestinement sur le territoire afghan.

Le président s'imagine peut-être que les mises en garde de son gouvernement sont commentées, disséquées, analysées avec passion, dans les salles de rédaction occidentales.

La parole est à la Défense pour toutes remarques qu'appellerait l'acte d'accusation. Je consulte mes feuillets et me lance dans mon semblant de plaidoirie. Je mets en avant les carences de l'enquête en citant l'exemple des trois soldats blessés. Pourquoi ne sont-ils pas cités comme témoins ? Leur existence n'a jamais été prouvée puisque seuls des parachutistes soviétiques m'ont arrêté. Je mets les pieds dans le plat, à tout prix.

Je cite également le cas des prétendus morts de mon escorte. Pendant les interrogatoires, on avait d'abord parlé de cinq tués, puis on les avait passés sous silence. Aujourd'hui l'acte d'accusation en mentionnait deux, qui seraient d'ailleurs passés de vie à trépas au Pakistan.

Le président m'interrompt et consulte ses assesseurs puis échange quelques mots avec le procureur. Ils paraissent tous gênés. De quels morts s'agit-il ? semble demander le président.

Il y a eu un véritable tour de passe-passe et les deux cadavres qui figuraient dans le texte provisoire du réquisitoire en ont disparu dans la version définitive. Ils sont passés en pertes et profits. Mais personne ne m'ayant prévenu, j'ai maintenu mes observations sur ce point, d'où la confusion.

L'histoire des deux cadavres ne tenait pas debout. Quand le grand chef m'en avait parlé dans son bureau, j'avais protesté : il m'avait alors lancé à la figure un prétendu complément d'enquête « approfondi » pour justifier l'apparition des deux morts à éclipses. Les voilà ressuscités ad vitam aeternam et c'est tant mieux. Mais quelle bande de tricheurs, le grand chef autant que le procureur. Pris en flagrant délit de mensonge, ils devraient être poursuivis pour outrage à magistrat.

Le président ne se sent nullement outragé par l'incident. Ses assesseurs me questionnent tour à tour. Le plus jeune écrit, pendant mes interventions, sans même attendre la traduction. Il tourne mes arguments en dérision, prend le public à témoin par-dessus ma tête, me présente comme un complice des terroristes et se déclare très réservé quant à ma qualité de reporter. Il me demande à brûle-pourpoint :

— Que faisiez-vous en Iran en 1983 ?

— Un reportage pour le compte de la télévision.

Il rit sans retenue. Un reportage pour le compte de la télévision française en Iran, quelle plaisanterie ! Alors que la France vend des armes à l'Irak, qu'elle est dénoncée quotidiennement comme une puissance satanique par Radio-Téhéran, qu'elle abrite les adversaires déclarés du régime Khomeiny : l'ex-président Bani Sadr, l'ancien Premier ministre du Shah, Bakthiar, le chef des moudjahidin Khalq, Radjavi. Non, ma présence à Téhéran ne pouvait s'expliquer que par des liens personnels très étroits avec les ayatollahs.

Le mot de trafic d'armes n'est pas prononcé mais l'insinuation est évidente. Et il est bien difficile de se défendre contre des sous-entendus devant un auditoire hostile.

L'assesseur cherche à pousser son avantage. Il trouve étrange que l'on retrouve ma trace, depuis de longues années, partout où éclatent des conflits. Il cite le Liban, le Viêt-nam, l'Erythrée, le Tchad, la guerre Iran-Irak, la Pologne et aujourd'hui l'Afghanistan. Il s'étonne que je n'aie pas sollicité un visa pour Kaboul, préférant rallier les rangs de la « canaillerie islamo-impérialiste ». Même mes explications sur les reportages au Chili et en Argentine sont foulées aux pieds. Un reportage sur l'opposition de gauche clandestine au Chili ? Le juge explique que les loups ne se mangent pas entre eux. En d'autres termes, le loup Pinochet et moi appartenons à la même meute, celle des grands fauves de l'impérialisme. Même constat pour les ex-généraux dictateurs de Buenos Aires.

Moi qui espérais un peu de sérénité de la part des juges, je suis comblé. Les propos de l'assesseur sont au moins aussi assassins que les conclusions du procureur.

Le président pense peut-être que le marteau-pilon a suffisamment cogné, que le jeu de massacre a assez duré. Il me donne la parole pour le plaidoyer final. Je l'ai prévu bref. Je m'étonne d'abord que, dans un procès de cette importance où ma vie est en balance, on ne m'ait pas accordé l'assistance d'un avocat. On réclame ma tête en fonction d'un code dont j'ignore le premier article. Je m'étonne également qu'aucun témoin n'ait été cité à la barre. Surtout, je fais part de ma surprise qu'une enquête de trente jours, ayant nécessité des dizaines d'heures d'interrogatoires, des centaines de procès-verbaux écrits et signés, se conclue par une audience unique où tout est dit en moins de deux heures.

J'en viens ensuite au fond du problème, en contestant l'accusation de complicité avec l'opposition, portée contre moi par le procureur. Je me définis comme un observateur, un témoin, mais surtout pas un complice. Et pas davantage un agent de renseignements ou un trafiquant d'armes. Je rejette tout procès d'intentions. Je mets le procureur et le juge assesseur au défi d'apporter la moindre preuve de leurs insinuations. Hommes de Droit, juristes, ils ne sauraient établir un dossier à charge sur de simples présomptions, sur des critères idéologiques purement subjectifs.

Dans ma conclusion, je souligne que mon projet de

reportage en Afghanistan n'était dicté ni par la haine ni par une volonté de dénigrement systématique du régime de Kaboul.

Le président consulte ses assesseurs et annonce une suspension de séance de vingt minutes, ce que j'interprète comme un indice plutôt favorable. La Cour se retire, je suis autorisé à m'asseoir. Le procureur vient vers moi : il n'a plus rien de commun avec l'espèce de marionnette déchaînée de tout à l'heure. Je lui trouve même plutôt un visage avenant. Il m'offre une cigarette et me donne une tape sur le bras. Je n'arrive pas à imaginer que ce personnage a réclamé ma tête à quatre reprises.

On se croirait tout à fait à l'entracte dans une salle de théâtre. Les spectateurs sortent fumer dans le hall et peut-être chacun y va-t-il de son pronostic pour la sentence. Les photographes ne me lâchent pas une seconde : assis, debout, écoutant, lisant des notes, fumant, parlant avec le procureur. Ils me veulent dans toutes les attitudes possibles. Je suis pris de tressaillements. La peur, la fatigue, l'isolement. Je me sens si seul, complètement livré à l'arbitraire. Je n'ai encore rien compris à cette justice afghane, sinon qu'elle voulait me terrasser.

Les gens reprennent leur place. Les deux traducteurs font quelques essais de micros. Le procureur regagne sa chaise. Le silence se fait peu à peu. L'aboyeur reparaît et annonce la Cour. Je me lève, j'ai froid, je me surprends à faire un signe de croix.

Le président, debout, lit l'acte final d'une voix sévère. Je fixe les rayures jaunes de sa cravate. Ses paroles m'arrivent très atténuées, presque étouffées. Je n'écoute pas vraiment. Les rayures, le mouvement des lèvres, captent toute mon attention. J'entends quelques membres de phrases dans la bouche de l'interprète.

— En raison de ses activités criminelles... les traîtres à la cause révolutionnaire...

Le début est dur, tout à fait ce que je redoutais. Le président entame son deuxième feuillet. Le discours oblique, il s'infléchit. Les mots deviennent moins anguleux, moins abrupts. Et tout à coup, une éclaircie :

— Les liens traditionnels entre les peuples afghan et français. .

Ouf. C'est sûr maintenant, ils ne dépasseront pas vingt ans.

Je reviens sur les rayures jaunes, le président poursuit sa lecture. J'ai l'impression qu'il ronronne. Je guette la traduction.

— Le tribunal du Conseil révolutionnaire condamne... 18 ans de prison... tout le matériel de filmage (sic) est confisqué.

Hafez est là. Je lui sauterais presque au cou. Derrière moi, les applaudissements ont salué la sentence. Moi aussi, j'ai envie d'applaudir. Je ramasse mes feuillets, comme un souffleur au théâtre, après l'ultime réplique. Les flashes crépitent. Les moteurs de caméras se déchaînent, alors que je me dirige vers la sortie.

Un officiel afghan me pose une question. Je n'en reviens pas. Je lui fais répéter. Oui, c'est bien cela :

— Un journaliste soviétique souhaite une interview à chaud, une première réaction...

Ils n'ont vraiment aucune pudeur.

— Dites à ce salaud qu'il revienne dans 18 ans, à la sortie. Il l'aura son interview !

Dehors, c'est l'ambiance d'une sortie de messe par un bel après-midi ensoleillé. On échange quelques mots entre amis, on papote avant de rentrer chez soi. Quelques personnes me regardent, vaguement intriguées, mais sans plus. Je ne note aucune attitude hostile, à peine de la curiosité : la plupart de ces gens étaient probablement là en service commandé. Une corvée comme une autre. Et puis un condamné sans menottes, même serré de près par les policiers, ça n'excite pas l'imagination.

Dans la voiture, Hafez est aux petits soins. Il me remet un paquet de cigarettes. Quels sentiments peuvent l'animer ? Il est soulagé, peut-être même heureux et détendu, mais certainement soulagé. Il me reprend mes feuillets, les plie en quatre et les glisse dans sa poche.

A Sidorat, nous nous arrêtons un moment dans le bureau de Poil de Carotte. Des policiers, quelques soldats, viennent aux nouvelles. Hafez est très à l'aise dans son rôle de manager. Il raconte, il explique les différentes phases du combat : Mister Jacques, il a évité le K.O. Une défaite aux points : honorable.

Un peu sonné, je rentre à la cellule. Tout le monde est là. Alors ?

— 18 ans !

Zulficar est atterré.

Son visage prend un couleur cendrée. Il en est incrédule :

— 18 ans, cela signifie qu'ils ne sont pas pressés de te lâcher, mon pauvre Jacques.

Il se lance dans des calculs savants, le Pakistanais. En supposant un mois de prison effective par année de condamnation, ils me lâcheront en avril 1986.

Hussein est suffoqué par la sévérité du verdict. Il compare mon cas à celui du poseur de bombes. D'un côté, un acte de terrorisme qui a provoqué un vrai bain de sang à l'aéroport de Kaboul. De nombreux tués et blessés, parmi lesquels des soldats russes. Sanction : 15 ans. Dans mon cas, une violation de frontières, une escorte armée, une embuscade, c'est vrai, mais pas de casse spectaculaire, trois blessés légers. Ils ont frappé fort, pour décourager mes confrères. Hussein pronostique, lui aussi, une longue détention.

J'ai rangé mes affaires en prévision d'un transfert, mais rien ne se passe. Peut-être demain. Le soldat de service qui apporte la soupe du soir s'est fait accompagner de deux copains : ils étaient curieux de me voir, de m'entendre, après la condamnation. Je ne suis plus le même homme, depuis quelques heures, pour ces garçons naïfs et ignorants. A-t-il fallu que j'en accumule des crimes pour être si lourdement frappé.

L'euphorie qui m'avait gagné à l'énoncé de la sentence est en train de se muer en coup de cafard. Zulficar, Hussein et, maintenant les gardiens, ont réussi à me paniquer.

18 ans ou 18 mois, cela ne fait aucune différence, c'est l'éternité entre quatre murs.

21 octobre

Quel affreux réveil ! Je viens de faire un rapide calcul mental. J'ai passé à Sidorat la première des 6570 nuits que je devrais théoriquement purger en prison. Et encore n'ai-je pas calculé les années bissextiles. C'est tout simplement abominable. Il faut que je me raccroche à l'idée d'une action vigoureuse de mon gouvernement.

Maintenant que les interrogatoires, l'enquête, le procès sont terminés, Hafez et ses chefs ne pourront plus se défiler. Je me roulerai par terre, au besoin, pour obtenir un contact direct avec l'ambassade. Ils m'ont enfermé dans un bocal, sous vide, depuis trente-quatre jours. Les manœuvres de retardement, les faux-fuyants, les prétextes en tous genres, ça suffit. Je vais exiger de pouvoir rencontrer sans délai un diplomate français. Plus de ménagements, plus de précautions tactiques. Avec mes 18 ans en poche, je suis fixé. Il va falloir contre-attaquer et frapper fort.

C'est dans cet état d'esprit particulièrement belliqueux que je retrouve Hafez. Il m'a convoqué pour parler de la suite des événements. Première décision de la Sécurité d'Etat · je suis maintenu jusqu'à nouvel ordre au centre d'interrogatoires. Pas question de me transférer dans l'immédiat à la forteresse de Pouli-Charki.

De plus, le secret me concernant est partiellement levé. En principe, des contacts avec l'extérieur deviennent possibles. Ils devront faire l'objet d'un examen cas par cas.

Je soumets donc immédiatement une première requête. Quand serai-je en mesure de rencontrer un représentant de l'ambassade de France ? Le grand chef, qui vient d'arriver, me promet une réponse dans l'après-midi. J'insiste sur l'urgence d'un tel contact maintenant que tous les obstacles sont levés. Les deux policiers tempèrent mon impatience en mettant en avant le respect de la procédure administrative. Aucun de leurs arguments ne me paraît convaincant. Je réclame aussi les livres qui sont là depuis des semaines, le colis de l'ambassade toujours en souffrance et surtout le courrier de ma famille. Je les interroge sur le nombre de lettres qui m'ont été adressées. Une fois de plus, ils se dérobent : ce problème de courrier ne dépend pas d'eux ; il relève du ministère des Affaires étrangères. Maintenant que ma situation est clarifiée, ils vont pouvoir s'en occuper.

Je suis pris d'une véritable crise de nerfs. Je me fâche tout rouge.

— Vous les avez obtenus vos 18 ans, alors ne vous comportez pas comme des monstres froids ! Ces lettres ne peuvent compromettre ni la sécurité de votre pays, ni perturber la bonne marche de la prison. Je les veux sans attendre.

Je suggère même qu'ils en prennent connaissance

avant de me les remettre, libre à eux de censurer un passage qu'ils jugeraient litigieux ou « subversif ».

Ils m'assurent que tous ces points seront examinés sans délai et trouveront une solution rapide. Le grand chef fait apporter du thé, des raisins secs et des noix pour détendre l'atmosphère. Il me propose de récapituler par écrit toutes les demandes que je lui ai présentées. Il se charge de les transmettre aux autorités supérieures, par les voies les plus rapides.

Son objectif, en clair : gagner du temps. Le coup de la lettre à écrire sur-le-champ, est classique. Il permet de s'abriter derrière la nécessité de respecter la voie hiérarchique.

La conversation prend un tour plus calme. J'interroge Hafez sur les suites de mon procès pour sa carrière. Il fait semblant de ne pas saisir le sens de ma question. J'insiste donc. Il a été chargé de mon dossier, il a mené l'enquête de bout en bout. Elle a abouti à ma condamnation. Est-ce un bon point pour lui, professionnellement ? Cette affaire peut-elle lui valoir une promotion ?

Horriblement embarrassé, il se place sur le terrain sentimental : il n'a pas cherché à m'abattre ; je suis le premier responsable de ce qui m'arrive ; il aurait été bien plus heureux qu'on me renvoie chez moi en m'expulsant.

Je le prie d'oublier ses sentiments personnels. Mon dossier aura-t-il des suites favorables dans sa carrière de policier ? Avec un rire un peu gêné, il l'admet du bout des lèvres.

En me quittant, il me promet que la réponse pour l'ambassade me sera donnée dans la journée.

Zulficar et Hussein se réjouissent du sursis qui nous

est accordé. Dans l'immédiat, notre trio continue. Ils sont convaincus que c'est l'affaire de quelques jours. Sidorat explose sous le nombre des détenus. On refuse du monde et les départs sont loin de compenser le nombre des arrivées. A la première occasion, je serai transféré au pénitencier.

L'affreux corned-beef est encore au menu. Hier, après mon procès, je pensais bien en être définitivement débarrassé. Hussein s'amuse à imaginer un marché que la police d'Etat afghane me mettrait en main : on me donne le choix entre purger ma peine de 18 ans sans conserve soviétique ou seulement 10 ans avec une boîte quotidienne. Qu'est-ce que je décide ? Une telle offre constituerait assurément le pire des supplices.

Je n'ai pas le loisir d'approfondir, un soldat vient déjà me chercher. Je pars le cœur battant chez Hafez, en prévision de la réponse pour l'ambassade. Il ne me laisse pas le temps de pénétrer dans le bureau. Il fait les cent pas dans le couloir en compagnie de Nageeb et du grand chef. Une fois de plus, il a mis son costume du dimanche. Le grand chef ne s'embarrasse pas de fioritures :

— Vous allez rencontrer votre ambassadeur cet après-midi. Je vous préviens qu'il vous est interdit de parler avec lui des circonstances de votre arrestation, des interrogatoires et de l'enquête. D'ailleurs, moins vous en direz sur la prison, mieux cela vaudra. On est bien d'accord ?

Je reçois vraiment la nouvelle comme un coup de massue. C'est fantastique, je vais enfin savoir ce qui se passe, avoir des nouvelles de Françoise et des enfants.

Je me moque bien de ne pas pouvoir parler de Sidorat, c'est un détail.

La rencontre est prévue à l'extérieur de la prison dans un lieu qui ne m'est pas précisé. Cette troisième sortie est entourée d'un luxe de précautions sans commune mesure avec les deux précédentes. Le véhicule prévu est un « command-car » de l'armée afghane. Mon escorte est de cinq hommes, civils et militaires, armés de revolvers et de mitraillettes. Une deuxième voiture équipée d'un gyrophare, dans laquelle ont pris place Hafez et quatre policiers, nous ouvre la voie.

Nous arrivons à destination en quelques minutes. Je note à ce propos que mes déplacements sont toujours très courts. On me maintient dans une zone limitée au centre de la ville. Les deux voitures franchissent la grille d'un immeuble situé au milieu d'une cour agrémentée de plantations. Elles s'immobilisent au pied d'un escalier sur lequel court un tapis rouge. Hafez va aux nouvelles pendant que j'attends dans la voiture, entouré de l'impressionnante artillerie. Je me demande ce que peut bien représenter cet immeuble. Peut-être une annexe du ministère des Affaires étrangères, où je m'étais rendu pour la conférence de presse.

Enfin, je suis autorisé à pénétrer à l'intérieur, serré de près par une partie de l'escorte. Nous prenons à gauche un couloir tapissé de rouge. Au fond, on me fait entrer dans une vaste pièce d'environ 60 mètres carrés. Il s'agit probablement d'une ancienne salle de réception. On y a installé trois grands lits et aménagé un coin salon avec un canapé et plusieurs fauteuils de cuir disposés autour d'une table de belles proportions.

Hafez s'assied en face de moi, de l'autre côté de la table. Un homme se présentant comme un fonctionnaire du protocole pose un magnétophone. Il me dit quelques mots en français : il a étudié notre langue autrefois dans un lycée de Kaboul mais l'a complètement oubliée, faute de pratique. Il ne parle pas du tout l'anglais, ni même le russe. Curieux pour un représentant du Protocole supposé être en relations constantes avec les diplomates étrangers. Il s'assure que l'appareil d'enregistrement est en bon état de marche.

Je ne lui prête qu'une attention distraite. S'agirait-il d'un rendez-vous d'amoureux, je ne me sentirais pas plus ému. Ni davantage envahi, submergé par le trac. Et si Françoise était là ? Absurde.

La porte s'ouvre, livrant passage à un homme d'environ cinquante-cinq ans en costume trois pièces sombre. Il s'avance la main tendue en se présentant :

— Roland Barraux, je suis le chargé d'Affaires de l'ambassade de France. Je suis ravi de vous rencontrer, monsieur Abouchar.

Visage affable, tête ronde, front largement dégarni : il y a en lui du notaire et du chanoine. Doublement rassurant. Il s'efforce, dès ce premier contact, de dédramatiser la situation.

— Vous savez, vous êtes mon troisième client en trois ans. Je suis parfaitement rodé à ce genre de sport. Mais dites-moi d'abord, comment ça va ?

— Je dois vous préciser qu'il m'est interdit d'évoquer les circonstances de mon arrestation et le déroulement de l'enquête à la prison.

Dès nos premiers échanges, le magnétophone a été

déclenché. Ainsi, tout ce que nous pourrons dire sera écouté, traduit, analysé. Un deuxième fonctionnaire des Affaires étrangères est entré dans la pièce avec Roland Barraux et s'est assis près de lui sur le canapé. Outre l'enregistrement, des oreilles intéressées suivent tout ce dont nous discuterons.

A commencer par les nouvelles de ma famille. Le diplomate français a reçu plusieurs lettres qui m'étaient destinées et les a transmises aussitôt au Ministère afghan des Affaires Etrangères. Il s'étonne auprès de son voisin que rien ne me soit parvenu. Petite discussion entre le fonctionnaire et Hafez car il ne fait pas de doute que les lettres sont à la prison. Un peu embarrassé, le représentant des Affaires Etrangères assure Roland Barraux que les lettres me parviendront sans tarder.

Le chargé d'affaires m'indique également qu'il a eu un contact téléphonique avec Paul Nahon à Antenne 2. Les communications sont très difficiles entre Paris et Kaboul. Il me propose néanmoins d'appeler Françoise le soir même pour l'informer de notre rencontre. Je m'inquiète de savoir si ma femme a pu obtenir un visa. Pas jusqu'à présent. Interrogées, les autorités afghanes indiquent simplement qu'elles sont saisies d'une demande et qu'elle est à l'étude.

Roland Barraux me suggère de rédiger immédiatement une lettre pour ma femme et mes enfants. Il l'expédiera par la prochaine valise diplomatique.

— Impossible, estiment les Afghans présents. Hafez s'y oppose formellement. Le diplomate insiste :

— Cette procédure était appliquée au docteur Augoyard. Il n'y a jamais eu la moindre difficulté.

Hafez et les autres maintiennent leur veto. Je

pourrai écrire de la prison et le courrier parviendra à l'ambassade par les voies habituelles.

Le diplomate m'interroge sur mon état de santé. Il me trouve meilleure mine qu'à la conférence de presse dont il a vu des extraits à la télévision locale. Il y avait d'ailleurs envoyé le médecin de l'ambassade. Je comprends enfin : c'était donc ce jeune homme qui avait vainement tenté de me parler à la fin de la réunion. Je l'avais pris pour un journaliste.

Roland Barraux aurait souhaité se faire accompagner du médecin, aujourd'hui, mais il a essuyé un refus du côté afghan. On lui a laissé entrevoir une réponse favorable pour la deuxième rencontre.

Il s'inquiète de savoir si les colis de l'ambassade m'ont été remis. Il est très surpris d'apprendre que j'en ai reçu un seul.

Nouvelle explication avec son voisin de canapé. Nouvel aparté entre ce dernier et Hafez. Des raisons « techniques » sont avancées pour expliquer le retard. Barraux les prend tous de court : dans sa voiture il y a un nouveau colis. Encore un refus. Le diplomate insiste. Son épouse a préparé un gâteau. Qu'on lui permette, au moins, de me remettre cette pâtisserie. Son voisin consulte par téléphone. Pourquoi ne pas demander la permission au Kremlin, pendant qu'il y est ? C'est grotesque. De toute façon, la réponse est négative. Le gâteau doit suivre la filière administrative : Affaires étrangères, ministère de l'Intérieur, Sécurité d'Etat, Sidorat. Avec un peu de chance, je le recevrai pour le premier anniversaire de ma condamnation. Et Hafez pourra souffler la bougie...

Le chargé d'Affaires prend un stylo, du papier et nous rédigeons ensemble la liste de tous les produits que je souhaite recevoir. Côté intendance, il est ultra-opérationnel : il tient à ma disposition toutes les variétés de conserves, des boîtes de fruits, des confitures, du chocolat, du café, du lait en tube. Il a de tout dans ses stocks. Il m'a d'ailleurs déjà envoyé toutes sortes de provisions et rien n'est parvenu à destination. Il est prêt à payer les sommes nécessaires pour que l'on me délivre quotidiennement un vrai repas chaud de l'extérieur. Les Afghans opinent, comme aux autres suggestions. Ils transmettront aux autorités compétentes.

C'est une fin de non-recevoir polie. La menace du cornef-beef soviétique demeure plus que jamais à l'ordre du jour.

Je réclame des cigarettes. L'ambassade m'en a envoyé des cartouches entières. Retournées pour cause de bouts filtres : raisons de sécurité, paraît-il. En réalité, c'est une brimade de plus. Les cigarettes que Hafez consent à me donner, de loin en loin, sont toutes à bouts filtres.

Les livres, M. Barraux en tient des centaines à ma disposition. A quoi bon ? Les cinq volumes du premier envoi sont empilés sur le bureau de mon enquêteur, depuis des semaines.

La mauvaise volonté des Afghans est criante. Le diplomate français ne renonce pas pour autant et m'encourage à garder espoir.

— Sachez que vous n'êtes pas seul.

Il sort brusquement un *Figaro* qu'il avait rangé dans un sous-main et le déplie devant moi.

— Il y a du changement à la tête de votre société.

Une photo légendée annonce la nomination de Jean-Claude Heberlé comme P.-D.G. d'Antenne 2. C'est la première et la seule nouvelle que j'apprends de l'extérieur depuis le 17 septembre. Les trois Afghans ont presque bondi sur le diplomate lorsqu'ils ont vu le journal et ne cachent pas leur colère. Ils veulent d'ailleurs mettre fin à l'entretien. Ils avaient donné leur permission pour vingt minutes et on a déjà dépassé la demi-heure. Roland Barraux les envoie gentiment promener : il y est, il y reste.

Avec précaution, il me demande si je suis catholique et si je souhaite recevoir la visite d'un prêtre. Un ecclésiastique est attaché à l'ambassade d'Italie et serait tout à fait disposé à venir me voir. L'idée me paraît excellente.

Le diplomate expose sa requête aux Afghans, qui n'ont pas l'air de très bien saisir ce qu'est un prêtre.

— Un Mollah chrétien, leur explique Roland Barraux.

Nouveaux hochements de têtes. Nos trois amis transmettront à leurs chefs, comme pour le reste. J'ai nettement l'impression que la visite du « Mollah » transalpin n'est pas pour demain.

Les Afghans commencent à s'agiter. Il faut vraiment conclure. Le chargé d'Affaires et moi nous dirigeons vers la sortie. Les deux fonctionnaires du Protocole nous emboîtent le pas. Ils nous serrent de près, tentent de s'intercaler. Privés du magnétophone qui est resté sur la table, ils ne veulent pourtant rien perdre de la conversation. Nous avons l'air de quatre comploteurs marchant en groupe compact, agglutinés.

Je m'inquiète de notre prochaine rencontre. Les Afghans sont seuls maîtres de la décision. Hafez m'avait assuré que Philippe Augoyard avait un contact hebdomadaire avec l'ambassade. Faux, m'assure le diplomate. Les visites étaient au contraire très espacées. En me serrant la main, il me demande si mon lieu de détention est confortable et si je dispose de la télévision. J'éclate de rire en pensant à mon trou à rat. La télévision à Sidorat. Et pourquoi pas l'air conditionné ? J'en conclus que Roland Barraux ignore probablement mon lieu de détention et cherche à se faire une idée.

La voiture à cocarde tricolore démarre et nous quittons les lieux aussitôt après. Hafez n'est pas du tout satisfait du déroulement de l'entretien : presque quarante-cinq minutes au lieu des vingt prévues, c'est abusif. Et toutes ces explications qu'on lui a demandées sur les lettres, les colis, les repas... Il n'apprécie pas d'avoir été mis sur la sellette.

A notre retour à Sidorat, il convoque l'interprète Nageeb pour me fournir quelques précisions sur le régime des visites au pénitencier. Il est très strict. Un détenu est autorisé à rencontrer les membres proches de sa famille une fois tous les deux mois, pendant deux heures maximum.

Je fais observer qu'il serait absurde et inhumain d'imposer à ma femme dix heures de vol, entre Paris et Kaboul, si elle ne peut me voir que pendant deux heures, avant de reprendre son avion dans l'autre sens. Dans de telles conditions je préfère renoncer à la rencontre. Hafez me cite, une fois de plus, son règlement avec délectation. Il admet néanmoins que tout règlement souffre des dérogations. Sa conclusion est surtout que le problème ne se pose pas dans l'immédiat. On avisera, en temps opportun, lorsque mon épouse aura son visa en poche.

De retour à la cellule, je raconte mon entrevue avec le chargé d'Affaires. Je décris les lieux et Zulficar m'affirme sans hésitation qu'il s'agit de l'hôtel Aryana. C'est là qu'il avait été présenté à la presse en compagnie de ses coaccusés turc et iranien.

Je réfléchis à ma conversation avec Roland Barraux. J'aurais eu tant de choses à lui raconter sur la prison. Sa question sur la télévision m'a vraiment intrigué. Etait-ce un code ? Si oui, le sens m'en a complètement échappé. Une autre phrase de lui me revient, à laquelle je n'ai peut-être pas prêté une attention suffisante. Il m'annonçait un projet de voyage à Paris dans les semaines à venir, au cours du mois de novembre. Un congé, me semble-t-il. Il a cependant ajouté :

— En cas de développements importants, je devrais y renoncer.

A première vue, c'est vague et sibyllin. Mais, en y regardant de plus près, les « développements importants » seraient évidemment liés à mon affaire. Une façon détournée de m'inciter à ne pas perdre espoir. Cette rencontre me comble vraiment. Elle m'a permis de rompre un isolement de trente-cinq jours. Les Afghans m'avaient jeté aux oubliettes, ils ont été contraints de m'en extirper.

Ce soir, Hafez aurait toutes les raisons de faire la tête.

22 octobre

Il y a eu de nombreuses allées et venues pendant une partie de la nuit. Les soldats ne cessaient d'ouvrir et de fermer les portes. Hussein et le poseur de bombes ont appris par un geôlier, pendant la séance de la toilette, qu'il y avait eu une nouvelle vague d'arrestations. Le militaire n'a rien voulu dire de plus.

Les deux cellules voisines nous l'ont confirmé au moyen du code habituel, les petits coups frappés contre la paroi. Elles contenaient respectivement six et sept prisonniers. Depuis cette nuit, ils sont seize répartis à égalité dans les deux cachots. Huit dans douze mètres carrés, alors que nous trouvons insupportable d'être parqués à quatre adultes et un adolescent, dans le même espace.

Hussein m'explique comment les choses se passent en cas d'arrestations massives. Les suspects sont emmenés dans des centres de tri : il en existe de nombreux à Kaboul. Là, les policiers opèrent une première sélection. Ceux qui ont été embarqués par erreur, ou qui peuvent apporter la preuve indiscutable de leur innocence sont relâchés. Figurent principalement dans cette catégorie des gens d'un certain âge.

Pour les autres, commencent des interrogatoires qui durent deux, trois jours et même une semaine. Après quoi interviennent de nouvelles libérations.

Malheur aux suspects qui sont dirigés sur Sidorat à l'issue de ce délai. Ils entrent dans le groupe des adversaires du régime : on a relevé contre eux des indices qui peuvent les conduire, quelques mois plus tard, devant le tribunal révolutionnaire. Ils deviennent des jouets entre les mains des policiers de la Sécurité d'Etat. Hussein m'affirme que les cas de libération, après enquête dans notre centre, sont l'exception.

Un soldat interrompt notre conversation. Il explique aux autres que je quitte la prison. Hier, le grand chef avait pourtant écarté l'hypothèse d'un transfert dans l'immédiat. Ils ont peut-être changé d'avis après les arrivages massifs de la nuit. Il faut faire de la place aux nouveaux venus.

Je me sens paralysé par l'annonce de mon départ sans le moindre préavis. Je ne peux même pas faire mes adieux à Zulficar qui est chez son enquêteur. Ali et le poseur de bombes m'aident à ranger mes affaires. C'est un geste symbolique car tout mon bagage tient dans le carton qui me suit de place en place depuis le début de ma détention. Hussein ne cache pas son désarroi ; nous étions vraiment devenus des intimes, des complices. Je lui fais toutes sortes de recommandations, d'ailleurs totalement superflues. C'est le prétexte à prolonger un peu le moment des adieux. Le soldat attend placidement sur le pas de la porte. Je serre longuement les mains du poseur de bombes et du jeune Ali. Je répète une dernière fois à Hussein :

— A 2, french television, Paris. That's enough.

Il pourra toujours retrouver ma trace à Paris avec ces

simples coordonnées. Je fais demander au soldat si on me transfère au grand pénitencier. Il se contente de hausser les épaules.

Je sors. Il claque la porte. J'ai la certitude que je ne reverrai plus mes amis. En traversant la cour intérieure, j'espère au moins pouvoir croiser Zulficar. Il n'en est rien. Dans la cour extérieure, une vingtaine de soldats attendent près d'un gros camion hermétiquement fermé. Il ressemble tout à fait à un véhicule isotherme de transport de viande. Sur le toit, il y a trois ailettes circulaires de ventilation. Je lis une inscription en allemand sur la paroi avec, me semble-t-il, une adresse et même un numéro de téléphone à Hambourg. Je n'ai pas le temps de détailler. Un soldat ouvre la double porte à l'arrière. A un mètre de profondeur, dans le véhicule, il y a une grille coulissante. Au-delà, des prisonniers entassés sur quatre bancs, dans la pénombre. J'hésite à grimper dans ce fourgon cellulaire transformé en bétaillère. Je cherche désespérément du regard un visage connu, Hafez ou Poil de Carotte, mais ils ne sont pas là. Leur présence n'y changerait rien. Je suis transféré. A moi de jouer des coudes pour me trouver une place. Le soldat fait pousser les détenus, qui se serrent au maximum. J'arrive à m'asseoir et je case mon carton, tant bien que mal, sous le banc.

Le militaire est déjà ressorti en fermant la double porte. Nous sommes plongés dans le noir complet. Personne ne prononce une parole. J'ai de la peine à respirer. La ventilation ne fonctionne probablement que lorsque le camion est en mouvement.

Après deux ou trois minutes, dans cette ambiance de caveau, la double porte s'ouvre de nouveau. Une bonne dizaine de détenus grimpent dans le véhicule et s'installent sur le plancher, entre les bancs. Un soldat fait coulisser la grille et la cadenasse. Il s'installe seul, de l'autre côté, c'est-à-dire entre la grille et la porte extérieure. Il est équipé d'une mitraillette. Une petite lampe s'allume au moment du démarrage. Je distingue à peine les prisonniers assis près de moi. Les autres ne sont que des silhouettes.

Mon voisin immédiat me demande en anglais ma nationalité et ma profession. Il lance des jurons contre les communistes et contre les policiers de Sidorat. Il me confirme que nous sommes transférés au pénitencier de Pouli-Charki. Il y a environ trois quarts d'heure de route. En face de moi, un très vieil homme a du mal à garder la position assise. Il dodeline de la tête et à chaque coup de frein, au moindre cahot, il risque la chute. Selon mon voisin, il est âgé de cent cinq ans. Même en tenant compte des fantaisies de l'état civil en Orient, c'est un patriarche. Il tient sa canne d'une main tremblante. Par quelle somme d'invraisemblances un homme d'âge aussi canonique peut-il se retrouver dans un fourgon cellulaire ?

Au bout de trente minutes, nous quittons l'asphalte. Le fourgon roule sur une piste en mauvais état. Nous sommes violemment secoués. Surtout, la poussière s'insinue par les bouches d'aération et chacun se protège tant bien que mal avec un mouchoir, un foulard, un pan de chemise. C'est irrespirable.

Enfin nous arrivons. Le camion effectue quelques manœuvres et s'arrête. On entend lancer des ordres. La double porte s'ouvre. Un gradé et des soldats jettent un coup d'œil à l'intérieur et commencent à procéder à l'appel. Chaque prisonnier descend à son tour. Je sors parmi les derniers. Tout autour, ce ne sont que bâtiments de pierre et ouvrages bétonnés. Pouli-Charki a des allures de forteresse.

Tous les passagers du fourgon ont été contraints de s'accroupir pendant qu'un sous-officier, installé à une table en plein air, compte et recompte son monde. Il est obligé de retenir les feuilles en faisant ses pointages. L'esplanade est battue par un vent violent et froid. J'attends debout, mon carton dans les bras. A deux reprises, le sous-officier me fait signe de m'accroupir comme les autres, mais je feins de ne pas comprendre. Un à un, les prisonniers sont répartis dans le pénitencier. J'entends mon nom :

— Abouchar, block yek.

Je suis affecté au bloc n° 1.

C'est une énorme bâtisse à deux étages. Les cellules sont réparties sur trois niveaux, rez-de-chaussée, premier, second. Je suis conduit à l'étage supérieur. Une porte métallique grillagée donne sur un couloir sombre et sinistre. Les cellules sont alignées du même côté. En face, les installations sanitaires, si j'en juge par des bruits de fuites d'eau dans les tuyauteries.

Le geôlier de service s'arrête devant une lourde porte de bois renforcée par des gonds en fer et pointe son doigt en direction du numéro de la cellule 54, puis sur la porte. Elle est d'ailleurs entrouverte. Les conversations s'arrêtent dès que j'y pénètre. Le soldat gardien dit quelques mots et me laisse avec mes nouveaux compagnons. J'en compte six. Le décor est très différent de Sidorat. La cellule est grande, avec deux soupiraux dans la longueur. Ils donnent sur un autre bloc. Douze châlits gigognes sont scellés dans le mur, six en bas, six en haut. On m'en désigne un au niveau supérieur. Je dois donc enjamber celui du bas pour me hisser sur mon lit.

Première surprise : tous me donnent du « Mister Jacques » et semblent au courant de mon aventure et de ses suites judiciaires. J'essaie de répondre aux questions des uns et des autres mais seul mon voisin de lit, un garçon de trente-cinq ans, comprend un peu l'anglais. Il s'appelle Nader et ne cesse d'entrer et sortir de la cellule en se contentant de rabattre la porte.

Entre deux allées et venues, il s'assure que je suis bien installé : c'est très relatif, le matelas ne dépasse pas cinq centimètres d'épaisseur. Il atténue à peine le contact rugueux avec les lattes du sommier.

Je demande à Nader quelques renseignements pratiques sur la vie quotidienne dans le pénitencier. Pour la toilette, c'est le même régime qu'à Sidorat. Deux séances quotidiennes. Le temps est limité mais les gardiens sont assez coulants. Pas de promenades, contrairement à ce qu'on m'avait annoncé. Les détenus ne quittent pas leur cellule. Et pourquoi lui peut-il entrer et sortir à sa guise, sans demander la permission ? Son cas est spécial. Il est emprisonné depuis quatre ans à Pouli-Charki. Un autre est là depuis un peu plus de trois ans. Ils sont autorisés à circuler dans le bloc n° 1. Ils donnent un coup de main aux soldats pour la distribution du pain et des repas. C'est eux également qui achètent à la cantine les cigarettes, friandises ou articles de toilette commandés par les prisonniers.

Pendant qu'il me parle, un nouveau venu entre dans la cellule, le fameux centenaire. Un soldat le soutient. Plusieurs détenus se précipitent pour l'aider, préparer son lit. Le vieillard est exténué. Le voyage a été une rude épreuve pour lui. On lui offre du thé. Tous l'appellent Baba avec une pointe d'affection et l'interrogent sur les raisons qui l'ont conduit en prison. Il se lance dans de longues explications.

Nader est parfaitement informé du cas. Il m'explique que le vieil homme est propriétaire d'un camion dans lequel on a trouvé une centaine d'armes et des caisses de munitions cachées sous des sacs de pommes de terre.

— Des armes destinées à vos amis, ajoute-t-il ironiquement.

Je suis surpris par sa remarque. Mes amis sont aussi les siens. Enfin, c'est ce qu'il me semblait. En arrivant dans la cellule, j'ai demandé à la cantonade si tous étaient des opposants politiques. Nader m'a vaguement répondu que oui, sans s'étendre. Je le sens peu désireux d'aborder vraiment le sujet. Il doit penser que nous avons tout le temps pour faire plus ample connaissance.

Son travail l'appelle de nouveau à l'extérieur. Les autres m'invitent à prendre du thé : à cet égard, le pénitencier est bien mieux organisé que Sidorat. Le thé est versé dans deux grandes bouteilles thermos. On peut donc en boire à tout moment.

A douze dans la cellule, nous ne sommes pas trop serrés, avec la disposition des châlits superposés.

Quelques détenus restent couchés, dont le centenaire. Les autres sont assis en tailleur au centre de la pièce. Ils bavardent et s'apprêtent au repas du soir qui se compose de la soupe obligatoire, comme à Sidorat. La différence est que cette soupe est mangeable. De plus, ici chacun dispose d'une cuillère et d'une assiette pour son usage personnel. A la fin du dîner, l'un des prisonniers se charge de la corvée de vaisselle. Les autres sont appelés à la toilette. La partie sanitaire n'est pas très reluisante. Deux lavabos, un bloc de douche et des tinettes à la turque. Pour douze c'est vraiment très juste mais on ne se bouscule pas trop. Les gardiens laissent à chacun un minimum de temps pour se laver.

A l'heure de la prière, seuls cinq prisonniers se rassemblent. Voilà qui change de l'ambiance ultra-religieuse du centre d'interrogatoires. Malgré son grand âge et son état de fatigue, le centenaire s'est joint au groupe. Au prix de mille difficultés, il arrive quand même à faire les gestes rituels. Tourné vers La Mecque, il s'agenouille, se redresse, s'accroupit face contre terre.

Nader n'est pas là. Il s'est éclipsé après le repas. Je m'installe tant bien que mal sur le lit. C'est vraiment dur, gare à mes côtes. Il me faudra un certain temps pour m'y habituer.

Il est 11 heures du soir quand Nader regagne la cellule. Un soldat referme la porte et tire le verrou derrière lui. Nous sommes bouclés pour la nuit. Sans que je lui pose la moindre question, mon voisin de lit m'explique qu'il est autorisé à regarder la télévision le soir dans la salle de repos des soldats. C'est l'un de ses privilèges. Il en a quelques autres : on lui tolère la possession d'un cahier et d'un stylo à bille. Il prend des notes, compose des poèmes en langue persane. Sur l'un des deux soupiraux, il a étalé toutes ses affaires et quelques provisions : des bonbons, des fruits, un sachet de raisins secs. Il a même acclimaté une plante verte dans un pot. Mais ce à quoi il tient le plus, et qui est d'ailleurs glissé sous son matelas, c'est un livre d'initiation à l'anglais. Sur la page de garde, un cachet à l'encre indique que le document est propriété du centre culturel américain de Kaboul. Nader n'a pas demandé la permission pour le livre. C'est la raison pour laquelle il le cache.

Il est très désireux de se perfectionner dans les langues étrangères, spécialement l'anglais et le français, mais il n'y a aucune facilité pour cela à la prison. On m'avait pourtant parlé de l'existence d'une bibliothèque. Il m'explique que les détenus du bloc n° 1 n'y ont pas droit. A la différence des prisonniers des autres bâtiments, ils n'ont pas été condamnés par un tribunal : certains ont transité par un centre d'interrogatoires, d'autres ont été enfermés directement à Pouli-Charki sans être fixés sur leur sort.

Lui, par exemple, est là depuis quatre ans et pour une durée indéterminée. On l'accuse d'un crime, l'assassinat d'un homme à coups de revolver. L'enquête a prouvé, dit-il, que l'accusation était fabriquée de toutes pièces. Depuis, il attend.

Selon Nader, ma présence dans le bloc un a un caractère provisoire. Je serai affecté prochainement à un autre secteur du pénitencier où l'on purge les peines de longue durée. On m'enfermera dans une cellule avec, au maximum, deux ou trois autres prisonniers. C'est seulement dans mon lieu de détention définitif que j'aurai droit, de temps en temps, à une promenade et que l'on me donnera des livres.

Il est minuit passé. Tous les autres se sont endormis. Nader, fatigué, veut en rester là pour ce soir. Demain, c'est promis, il me fera une proposition intéressante.

Impossible de trouver le sommeil sur ce maudit

châlit. Quand je parviens enfin à oublier les courbatures naissantes, et le torticolis qu'engendre un oreiller dur comme du bois, les cris du Baba me réveillent brutalement. Assis sur son matelas, il demande à sortir, il veut aller aux toilettes. Après tout, il n'y a rien de surprenant que le patriarche souffre d'une incontinence à cent ans passés. Il faut taper contre la porte, alerter un soldat. La palabre s'engage et bientôt tout le monde est debout à discuter du cas du centenaire, qui finit par obtenir gain de cause.

Il est 2 heures du matin. Je prie le ciel pour que la vessie du Baba tienne jusqu'au moment du réveil.

23 octobre, pénitencier de Pouli-Charki

Rien ne presse au pénitencier, pour le lever. Il n'y a pas d'interrogatoires en vue et, de plus, chaque groupe d'une dizaine de cellules a ses propres toilettes. On ne nous fait pas mettre sur le pied de guerre à l'aube, bien que tout le monde se retrouve d'assez bonne heure autour des thermos de thé. Les lits sont si inconfortables que personne ne songe à s'y prélasser.

Nader a déjà commencé ses va-et-vient. Il jouit incontestablement d'un certain prestige auprès des autres. Il leur adresse la parole un peu sur le ton du commandement et semble traiter d'égal à égal avec les soldats. Il a fait entrouvrir la porte de la cellule dès le matin et n'a donc plus besoin de solliciter les geôliers à chacune de ses sorties. C'est seulement quand il regagne la cellule pour un long moment, une heure ou plus, qu'un militaire nous enferme.

Nader a décidé que je pourrais faire un excellent professeur d'anglais. Il me demande donc de lui consacrer une partie de la matinée, chaque jour, à étudier méthodiquement avec l'aide de son livre. En retour, il est prêt à tout faire pour me rendre la vie quotidienne plus aisée. Bien entendu, je retiens sa proposition avec intérêt. Je serai assuré d'avoir une occupation, de m'astreindre à une certaine discipline. Je lui demande aussitôt de me faciliter un contact avec un responsable de la prison, s'il en a les moyens. Je veux faire le forcing pour arracher quelques concessions comme à Sidorat : douche chaude, rasage, cigarettes, peut-être même des livres. Sans compter les colis de l'ambassade, toujours en souffrance.

Mon compagnon essaiera de m'obtenir une audience dans les meilleurs délais avec l'adjoint du commissaire politique. Notre conversation prend un tour plus personnel. Il m'entretient de sa famille : son père, grand propriétaire terrien, marié trois fois, un féodal, selon sa propre expression ; ses deux sœurs, ravissantes personnes dont il me montre des photos. La plus jeune mène de front ses études de médecine et l'action politique. Je dresse l'oreille.

— Elle est favorable au régime ?

— A cent pour cent ! Une marxiste pure et dure, comme moi, ajoute-t-il en riant, sûr de son effet.

— Mais que faites-vous ici, si vous êtes communiste ?

— Nous sommes très nombreux à Pouli-Charki. Dans cette seule cellule, il y en a sept.

Je suis interloqué. Moi qui croyais être entouré de résistants, d'adversaires du pouvoir. Il est vrai que les communistes afghans ont connu leur guerre de religion. Dès sa création, en 1965, le Parti a été écartelé entre deux tendances : le Partcham de l'actuel leader Babrak Karmal et le Khalq de son grand rival, Taraki.

Deux hommes qui incarnaient deux styles, deux doctrines opposées : Karmal, d'extraction bourgeoise.

de langue persane, partisan d'une stratégie de conquête du pouvoir sous la forme d'un coup d'Etat; Taraki, l'homme du peuple qui voulait s'appuyer sur les humbles dans les villes et les campagnes, provoquer une lame de fond dans le pays en manœuvrant la masse des mécontents. Taraki était un pashtoun, un représentant de l'ethnie dominante.

Les frères ennemis communistes n'ont jamais cessé de s'affronter, de se brouiller, de se réconcilier puis de noyer leurs rivalités dans le sang. C'était le cas avant leur accession au pouvoir, en 1978. Cela n'a pas cessé depuis.

En 1978, intrigues et purges consacrent, dans un premier temps, la victoire du Khalq. Sous couvert de réformes, terreur et répression s'étendent à l'ensemble du pays. Taraki liquidé par son successeur Amin en septembre 1979, c'est toujours le Khalq qui tient les rênes du pouvoir. Pas pour longtemps. Cent jours plus tard, fin décembre 1979, Karmal et ses amis du Partcham reviennent en force dans les fourgons des Soviétiques. Amin est tué dans le palais présidentiel. Depuis, le Partcham se taille la part du lion et contrôle la plupart des postes clés dans l'appareil d'Etat.

Quand Nader m'annonce son appartenance au PC afghan, j'en déduis qu'il a été un partisan d'Amin. Après tout, ce dernier a été chargé de tous les crimes. Il n'a même pas échappé à l'accusation d'avoir été un agent de la CIA. Autant dire que ses hommes ont été pourchassés, épurés et jetés en prison.

Eh bien non, l'explication est trop simple. Non seulement Nader se présente comme un admirateur de Babrak Karmal mais il m'assure être de ses amis.

Avant son arrestation, il occupait des fonctions de premier plan : responsable des services de renseignements pour la province de Moymana, limitrophe de l'URSS. Il se comportait comme un véritable commissaire politique, courait aux quatre coins de la province pour prêcher la bonne parole. A trente ans, il avait le grade de colonel. Et puis, un jour, ce fut le limogeage brutal, l'arrestation, la trappe, la mise au secret dans un cachot. Un dossier fabriqué de toutes pièces le présente comme un meurtrier. Il doit répondre de l'assassinat d'un homme, ce qu'il nie avec la dernière énergie. Les apparences sont pourtant contre lui : on lui oppose des témoins, des hommes qu'il connaît bien. Ils l'accablent. Nader comprend alors qu'il est la victime d'une cabale. Il refuse de s'accuser, de passer aux aveux. On « l'oublie » pendant des mois, puis il est transféré à Pouli-Charki. Il y pourrit depuis plus de trois ans.

Nader a une explication sur sa disgrâce — le poste qu'il occupait était convoité par un protégé de l'actuel grand manitou des services secrets afghans, le docteur Nadjib. Personnage très puissant, c'est le virtuel numéro deux du régime. Ses hommes, selon Nader, contrôlent tous les leviers de commande du Khad, le KGB afghan.

Je demande à Nader pourquoi Babrak Karmal l'a abandonné de la sorte. Il ne comprend pas, se déclare incapable de fournir une réponse claire. L'un de ses frères est sous les verrous depuis deux ans, dans une autre prison. C'était un homme d'affaires sans véritable engagement politique, mais plutôt bien disposé envers le régime. Nader ignore les raisons de cette incarcération.

Malgré les épreuves qu'il endure, il ne renie rien de son passé. Sa fidélité au Parti est intacte mais il ne songe qu'à régler des comptes dès sa libération.

Je l'interroge sur le cas des autres communistes de la cellule. Certains ont fait des « bêtises », me dit-il, sans insister. Je dois dire que notre conversation est laborieuse. Nader a envie de parler, de raconter, mais son vocabulaire en anglais est très limité. Il bute sur chaque phrase, consulte sans arrêt son livre pour trouver le mot exact. L'entreprise est malaisée. Pour arriver au bout de son histoire personnelle, il lui a fallu des heures en ânonnant.

Mon souci est de parvenir à saisir l'essentiel de ses propos sans les dénaturer. Il renonce pour le moment à me parler de ses six camarades enfermés avec nous. Il mentionne seulement le cas de l'un d'eux, Osman, commandant d'artillerie formé à Moscou. L'officier serait accusé de maoïsme, ce dont il se défend avec vigueur. Là-dessus se greffe une sombre histoire de détournement de la caisse du régiment. En fait il devait confondre ses propres sous avec les deniers de l'armée. Le montant est d'ailleurs dérisoire, l'équivalent de trois cents dollars américains.

La mésaventure de l'officier me ramène à la situation générale de l'armée afghane. Ses cadres étaient déjà envoyés en URSS bien avant l'arrivée des communistes au pouvoir. Sous la monarchie, dans les années soixante, des accords de coopération militaire existaient entre l'URSS et l'Afghanistan. Ce sont d'ailleurs les officiers fraîchement émoulus des académies soviétiques, à cette époque-là, que l'on retrouvera à la tête de l'armée lors du coup d'Etat communiste d'avril 1978.

En outre, des centaines de conseillers soviétiques étaient détachés à Kaboul avant le putsch communiste. Depuis, le nombre de ces experts n'a fait que croître, aggravant encore la tutelle de l'URSS jusqu'à rendre l'appareil militaire afghan totalement dépendant de Moscou.

Un appareil en voie de déliquescence. Le nombre des désertions atteint un taux record. Les soldats, quand ils le peuvent, passent à la Résistance avec armes et bagages ou se réfugient au Pakistan. Par l'intermédiaire de Nader, Osman me confirme ce point : les défections sont particulièrement nombreuses au sein de la troupe, parmi les gens des campagnes.

— Ils sont ignorants, donc plus perméables, dit-il, à la propagande « contre-révolutionnaire ».

Impossible d'avoir des chiffres précis mais je crois comprendre que les effectifs de l'armée atteindraient péniblement 50 000 hommes.

Les forces armées afghanes ont payé un lourd tribut aux purges et aux luttes fratricides entre communistes. De nombreux officiers, toujours selon Nader, seraient embastillés à Pouli-Charki. Le chiffre qu'il me donne quant au nombre de communistes enfermés dans le pénitencier est à peine croyable : un bon millier sur environ cinq mille détenus. Dans leur grande majorité, ce sont évidemment des partisans des deux anciennes idoles déboulonnées, Taraki et Amin. Mais la chasse aux sorcières n'épargne pas les hommes de l'actuel numéro Un, si j'en crois le témoignage de Nader.

Mon nouveau cornac s'est éclipsé avant l'heure de la soupe du soir en me confiant son livre d'anglais dont je fais mes délices. Je ne peux pas parler de plaisir retrouvé de la lecture avec des phrases telles que « My tailor is rich », mais j'apprécie vraiment d'avoir entre les mains un ouvrage imprimé.

J'observe un peu les comportements des prisonniers de ma cellule. Je ne relève aucune trace d'animosité entre les communistes et les autres. Les rapports semblent tout à fait détendus. Les uns et les autres prennent leurs repas en commun, s'offrent des cigarettes et passent le plus clair de leur temps à discuter ensemble, assis par terre en tailleur, ou étendus sur leurs lits.

Je remarque néanmoins que Nader et ses amis ont pris leurs quartiers dans un coin de la cellule, laissant les opposants se regrouper dans quatre châlits. Parmi les communistes, il y a un garçon d'une vingtaine d'années, un vrai colosse, qui se mêle peu aux conversations. Tout en étant au milieu des autres, il fait bande à part et ne quitte son lit qu'aux heures de prière et de repas. Nader me l'a désigné comme le mouchard de service, « l'homme de la police », m'a-t-il dit exactement, en m'incitant à la prudence. C'est en tout cas un mouchard bien placide : il rêvasse beaucoup, dort énormément, prie et mange. Sa seule conversation de la journée, il l'a eue avec le Baba. Je doute qu'il trouve dans les confidences du centenaire matière à alimenter son prochain rapport de police.

La plupart de mes compagnons de cellule ont gardé leurs vêtements civils. L'uniforme à rayures n'est pas obligatoire. Il n'est même pas fourni à tout le monde et je n'en ai pas touché à mon arrivée. La diversité des tenues permet de mieux situer le rang social des uns et des autres. Nader, par exemple, a des chemises seyantes et bien coupées. Le mouchard porte un pantalon fait d'une cotonnade très ordinaire. Osman, l'officier, arbore une chemise en soie. Celui qui dispose indiscutablement de la garde-robe la plus élégante est un commerçant aisé de Kaboul. Grosses lunettes d'écaille, grosse montre, grosse bague au doigt : les signes extérieurs de richesse l'ont suivi dans le pénitencier. Il est de surcroît le boute-en-train de la cellule. Dès qu'il ouvre la bouche, les autres se tordent de rire. Il appartient au groupe des opposants, mais ses histoires drôles font l'unanimité.

Nader m'a expliqué que le joyeux drille était à la tête d'une importante affaire d'import-export. Parallèlement, il avait développé un fructueux réseau de contrebande et de marché noir entre l'Afghanistan et l'Iran : pièces détachées de voitures, électro-ménager, chaînes Hi-Fi en provenance de Téhéran, tapis précieux et surtout alcools en tous genres (vodka, whisky, cognac soviétique) vers le pays des ayatollahs où la consommation des spiritueux est rigoureusement interdite. Il sait à peine lire, signe seulement son nom mais il a, paraît-il, le génie du business.

Il a beaucoup voyagé en Europe, toujours accompagné de secrétaires et d'interprètes. Il appréciait Genève au plus haut point : ses monuments préférés, dit-il avec un clin d'œil, ce sont les banques suisses.

Nader et les autres communistes s'en amusent beaucoup. Ils ne semblent pas lui tenir le moins du monde rigueur de ses malversations. Lui, il voit son avenir plutôt en rose. Il compte largement sur ses relations pour le tirer de ce mauvais pas. Il est convaincu que sa détention sera brève. Le pronostic de Nader est sensiblement plus réservé.

Mon élève et confident a tenu sa promesse : un responsable du pénitencier m'attend dans son bureau, prêt à écouter mes demandes. Nader m'accompagne. Nous nous déplaçons sans gardiens, sans subir de contrôle. Nader est un guide efficace ; il bénéficie d'une liberté de mouvements tout à fait inattendue.

L'homme qui me reçoit est l'adjoint du commissaire politique. Il est assis derrière sa table avec, à ses côtés, un officier. Devant eux, Nader perd beaucoup de sa superbe. Alors que l'on m'apporte une chaise, il se tient debout, dans une attitude de soumission qui me surprend. L'adjoint parle un peu de russe, ce qui ne nous avance guère. Nader est chargé de traduire mes doléances : j'énumère donc la douche chaude, le barbier, les livres, les cigarettes, la promenade... L'officier ne laisse paraître aucune réaction. L'adjoint ne dissimule pas son impatience. Une liste aussi longue après seulement vingt-quatre heures de pénitencier : il considère sans doute que je confonds son établissement avec un hôtel.

L'officier appelle un soldat, lui remet un stylo à bille et une feuille de papier et lui fait signe de me donner le tout. Il ne souhaite surtout pas que je m'approche de la table, pas plus qu'il ne désire se déranger.

Je dois confirmer mes demandes par écrit en rappelant mon nom, la peine à laquelle je suis condamné, la date de mon arrivée à Pouli-Charki et le numéro de la cellule, le tout en lettres capitales.

Cette formalité remplie, l'adjoint me fait comprendre que l'entretien est terminé. Il charge cependant Nader d'un message sans équivoque à mon intention : ce genre d'entrevue revêt et doit conserver un caractère exceptionnel. Il convient donc que je m'abstienne de solliciter des audiences à tout bout de champ. On me fera connaître en temps voulu les réponses à mes requêtes.

Nettement pète-sec, l'adjoint. Nader se sent plus à l'aise, une fois dans le couloir. Il demande à un soldat de me reconduire à la cellule ; c'est l'heure de sa récréation. Il s'arrête dans la salle de repos des gardes pour la séance de télévision du soir.

24 octobre

Rentré vers minuit, hier soir, Nader était particulièrement enjoué. Il venait d'assister à la diffusion du match de football Allemagne de l'Ouest-Algérie, comptant pour la phase finale de championnat du Monde, en 1982, en Espagne. Le temps ne compte guère à Kaboul et le « Mundial » donne encore le frisson aux amateurs, deux ans après l'événement. Nader est fou de ballon rond : les parades de Schumacher dans les buts et la finesse de Beckenbauer l'ont beaucoup impressionné.

Il est intarissable sur le football. Du côté français, Giresse le Bordelais et Platini sont ses préférés. D'ailleurs, tout ce qui vient de France l'intéresse : il aimerait étudier la société française, connaît Balzac par cœur, cite Flaubert et me parle avec enthousiasme du philosophe Charles Fourier dont je ne sais à peu près rien. Nader me fait promettre que je lirai ses textes sur la création de phalanstères écrits dans le premier quart du XIXe siècle. Je lui demande si ce genre d'ouvrages figurent à la bibliothèque de la prison. Réponse négative. On ne lui a jamais permis d'emprunter des livres à la bibliothèque de Pouli-Charki. Depuis trois ans, il est privé, sevré de toute lecture.

Il lisait beaucoup chez lui, dans sa jeunesse, en cachette de son père qu'il traite de despote :

— C'était un homme féroce, un grand propriétaire qui terrorisait ses paysans et ses épouses. C'est lui qui m'a poussé vers le communisme. Avant mon arrestation, j'avais rompu tout lien avec lui. Je le déteste.

En allant chercher le thé, ce matin, Nader a reçu pour instructions de faire nettoyer la cellule à fond. Tout doit être parfaitement rangé pour 10 heures, en prévision d'une inspection importante. Il n'en sait pas plus mais pense qu'il s'agit d'une visite du commissaire politique. Celui-ci en effectue trois ou quatre dans l'année et chaque fois c'est le branle-bas de combat.

Tout le monde est réquisitionné après le petit déjeuner. Il faut balayer, secouer les tapis de sol, ranger les affaires qui traînent, cacher ce qui n'est pas autorisé (livre, cahier, stylo à bille). Les couvertures doivent être soigneusement pliées au pied des lits.

De temps en temps, un soldat vient s'assurer que le grand ménage est en cours. Il convient également d'être présentable. La séance de la toilette dure un peu plus longtemps que d'habitude. On a remis à Nader une lame adaptée à son rasoir mécanique. Il est chargé de me raser, puis de rendre la lame. Le voilà donc devenu mon barbier, non sans difficulté, car il ne possède ni mousse, ni savon à barbe. Je me prête donc à un rasage à sec avec les moyens du bord.

Seul le centenaire échappe à l'agitation générale. Assis sur son lit, il boit une tasse de thé en parlant tout seul à voix haute. Il s'en prend aux « méchants » qui l'ont arrêté, les traite de mauvais musulmans et déclare à qui veut l'entendre qu'il se plaindra au « roi » ou à l'un de ses ministres.

Peu avant l'heure H, chaque détenu regagne sa place. Nader, qui a une certaine habitude, nous conseille de rester assis sur les lits. Enfin un militaire annonce l'arrivée de la délégation. Il laisse la porte ouverte et apparaît alors un officier supérieur, suivi de deux autres militaires. D'autres personnages en civil entrent à leur tour. Au total ils sont une dizaine. L'officier, que les autres délégués entourent avec respect, jette un coup d'œil circulaire et avise le Baba. Il engage la conversation. Le vieillard se redresse en s'aidant de sa canne. L'officier l'oblige à se rasseoir. Il pose quelques questions et l'un des deux militaires de sa suite prend des notes sur un calepin. Un civil, peut-être le commissaire politique, consulte un grand registre à couverture noire et donne des indications à l'officier. Celui-ci ne souhaite pas s'attarder, et, sans rien dire de plus, donne le signal du repli général. Tout le monde sort. La porte claque. L'inspection n'a pas duré plus de trois minutes.

Dans la cellule, c'est la consternation. Osman, Nader et l'homme d'affaires véreux entament une discussion animée. Ils sont horriblement déçus. D'autant plus qu'il ne s'agissait nullement d'une inspection de routine. Osman a déjà vu l'officier de haut rang. C'est un général qui occuperait les fonctions de directeur des Affaires Politiques au ministère de la Défense. Il a également un poste important dans l'appareil du Parti. Nader confirme que jamais depuis son incarcération au pénitencier il n'avait rencontré un personnage aussi en vue. Il l'a connu, dans le passé, lorsqu'il dirigeait les services de renseignements dans la province de Moymana.

La clé tourne de nouveau dans la serrure. Tout le monde se fige. Et revoilà le général qui avait fait une fausse sortie. Il semble chercher quelqu'un. Le doigt du commissaire politique se tend dans ma direction. Le général me fixe en secouant légèrement la tête et me demande simplement :

— How are you ?

Un peu surpris, je réponds brièvement que je vais bien. Il a l'air d'approuver, cherche autre chose à dire, continue de secouer la tête, échange une plaisanterie avec les deux autres officiers. Puis il lève le pouce pour mieux se faire comprendre et sa question se résume à deux mots :

— Food, good ?

Il a puisé dans son maigre vocabulaire d'anglais pour s'assurer que je trouvais la nourriture à mon goût. Je reprends son geste, pouce levé, sans rien dire, mais en hochant la tête. Il se lance alors dans une longue phrase en persan. Nader traduit et il en ressort que je dois être patient et faire confiance aux autorités de la République Démocratique d'Afghanistan.

Le général s'intéresse encore au centenaire, qui retrouve un tonus de jeune homme pour raconter son histoire. Il sourit au vieillard, lui tapote le bras puis se retourne vers moi et sollicite mon avis sur le cas du Baba. Je lui demande s'il juge vraiment que la place du vieil homme est dans cette cellule. Après la traduction de Nader, l'officier se concentre, réfléchit longuement et finit par me dire :

— You, correct.

Puis, il s'adresse sur un ton de commandement à son

assistant qui prend des notes. Le centenaire soulève ses cannes d'enthousiasme. Le général rit de bon cœur, ce qui incite Nader à passer à l'offensive.

Il commence à parler, à raconter son histoire en détails, si j'en juge par la mine grave du général. Celui-ci fait signe à son adjoint de prendre note de telle révélation importante, de telle précision. L'officier griffonne sur son calepin sans faire le moindre commentaire. Nader est lancé, je le comprends à son ton véhément. Le général laisse dire, l'interrompt parfois d'une question et le récit se poursuit. Nader, c'est évident, lâche tout ce qu'il a sur le cœur, l'occasion est trop belle, elle ne se représentera peut-être plus.

Puis c'est au tour d'Osman. Il enchaîne directement sur la déclaration de son camarade. Osman retrouve ses réflexes de militaire et c'est dans la position du garde-à-vous qu'il s'adresse au général, qui paraît soucieux. Il encourage du geste son adjoint à tout noter. Les autres membres de la délégation écoutent attentivement, comme l'ensemble des détenus de la cellule.

Enfin Osman arrive au terme de sa déposition. Le visiteur commence alors à haranguer les prisonniers, puis il va de l'un à l'autre, suscite quelques confidences, vérifie qu'il n'a oublié personne et quitte enfin la cellule, suivi de la dizaine d'officiels.

Osman, Nader et les autres prisonniers donnent alors libre cours à leur joie. Ils m'entourent, me congratulent, me traitent en héros :

— Mister Jacques, you are a good man, me fait dire Osman. Ils considèrent que ma présence leur a donné la chance inouïe de pouvoir expliquer leur cas, surtout Nader : il a rappelé au général les circonstances de leur collaboration passée, ce que l'officier, paraît-il, faisait semblant d'avoir oublié.

— Dans son bel uniforme il ne voulait rien avoir de commun avec moi, souligne Nader avec un peu d'amertume. Il a néanmoins la certitude que son cas sera examiné au plus haut niveau. Lui et Osman se sont présentés comme des fidèles du Régime.

Nader me révèle que le général a interrogé les autres prisonniers, demandant leur avis sur « le Français ». Tous ont répondu que je faisais partie du groupe et qu'il n'y avait aucun problème. Un peu dépité, l'officier a fait observer que j'étais un homme dangereux, entré illégalement en Afghanistan à des fins criminelles et qu'ils ne devaient pas se fier aux apparences.

Il leur a parlé de sa propre expérience de la prison. Lui aussi a été enfermé à Pouli-Charki dans des conditions qu'il a décrites comme affreuses sous le régime de Taraki, le premier président communiste du pays. Il n'y avait pas de châlits, pas de tapis de sol. Les détenus dormaient sur le ciment, ils étaient battus à la moindre faute et privés de nourriture.

Que voulait-il suggérer, le brave général ? Qu'avec les améliorations, il serait volontaire pour réintégrer le pénitencier ?

En tout cas, le grand bénéficiaire de l'opération c'est le Baba. Moins d'une demi-heure après le passage de la délégation, deux soldats viennent le chercher, l'aident à porter son balluchon. Tous les occupants de la cellule, y compris le colosse muet et mouchard, le félicitent, lui souhaitent bonne route. Le centenaire est hilare et son large sourire découvre une bouche dont seules deux dents sont rescapées.

Nader va aux nouvelles à travers le bloc nº 1. Il aimerait bien obtenir quelques précisions supplémentaires sur la visite du général. Il apprend que l'officier supérieur s'est annoncé hier seulement au pénitencier. Dans notre bâtiment, il s'est borné à visiter trois cellules, en commençant par la nôtre. Puis il s'est rendu dans les autres blocs où il est resté plus longtemps. Nader n'a pas d'explications sur les raisons exactes de cette inspection sans précédent.

Il admet que le régime pénitentiaire s'est beaucoup adouci depuis deux ans. Il l'attribue à l'influence personnelle de Babrak Karmal, qu'il présente comme un « humaniste ». Il affirme que l'actuel président opposerait son veto à de nombreuses exécutions capitales dans le pénitencier. Nader reconnaît qu'à son arrivée les condamnés à mort échappaient rarement au châtiment suprême, ce qui ne serait plus du tout le cas aujourd'hui. A Sidorat, Hussein me disait la même chose en soulignant toutefois que de nombreux résistants étaient passés par les armes dès leur arrestation. Dans le Panjshir, notamment, les commandos soviétiques ne s'encombraient pas de prisonniers.

Nader retient, comme hypothèse possible de la venue du général, les rumeurs qui circulent sur un projet d'amnistie. C'est tout à fait vraisemblable. Le 27 décembre prochain consacrera le double anniversaire de l'invasion des troupes soviétiques en Afghanistan et du leadership de l'équipe Karmal. Le numéro un afghan entend, paraît-il, donner un éclat particulier aux cérémonies privées. Nader m'explique qu'une amnistie partielle pourrait obtenir un certain retentissement dans le pays et entraîner un choc psychologique en faveur du Régime. Actuellement, il ne tient que par la puissance de feu soviétique. Or Babrak Karmal s'est toujours voulu un rassembleur. Il avait d'ailleurs placé beaucoup d'espoir dans la constitution d'un « Front patriotique », dix-huit mois après son arrivée au pouvoir. Le projet supposait un minimum de consensus qui n'existait plus du fait d'une répression sévère et de l'exode accéléré de la population vers le Pakistan. L'opération se solda par un échec total.

L'amnistie envisagée ne serait pas dictée par la seule mansuétude du leader afghan. Les prisons souffrent d'une surpopulation aiguë. Elles sont pleines à craquer. J'ai pu le constater à l'échelle réduite de Sidorat. Le centre d'interrogatoires est équipé pour recevoir deux cents détenus. Nous étions sept cents, alors que des centres annexes ont été ouverts en divers points de Kaboul. La cote d'alerte est donc largement dépassée.

Le nombre total des personnes emprisonnées en Afghanistan est impossible à déterminer. Les chiffres lancés sont des plus fantaisistes et varient dans des proportions telles que je me garderai bien d'en avancer un. Je prends le seul exemple de Pouli-Charki, le plus grand pénitencier du pays. Combien y sommes-nous ? 4 500 à 5 000 maximum, affirme Nader. Etant donné son allégeance au Régime, on peut effectivement prendre ce chiffre avec réserve, estimer qu'il est largement en dessous de la vérité. A Sidorat, les évaluations pour le pénitencier variaient de 15 000 à 25 000 détenus. Dans ces conditions, qui croire vraiment ? J'avoue mon impuissance à recouper ces estimations.

Un seul point fait l'unanimité : on se bouscule dans les prisons afghanes. Pendant les interrogatoires, Hafez, mon enquêteur, avait fait allusion à ce problème. Un jour, il s'était plaint de la « multitude de contre-révolutionnaires et de brigands » qui encombrent les prisons.

Abordant cette question, Nader me cite le cas d'un autre Français qui, selon lui, se trouverait actuellement à Pouli-Charki. Il a malheureusement oublié son nom. C'est un garçon de vingt-cinq ans qui s'est fait prendre les armes à la main avec un groupe de résistants. Il purge une peine de dix ans de prison dans un autre bloc où je pourrais le rejoindre prochainement, pense mon ami.

Mon compagnon se souvient simplement que ce prisonnier mystérieux avait un prénom musulman et qu'en plus du français il parlait couramment l'arabe. J'en déduis qu'il s'agit vraisemblablement d'un Maghrébin ayant vécu en France. Quoi qu'il en soit, je signalerai le cas au chargé d'Affaires, Roland Barraux, au cours de notre prochaine rencontre.

25 octobre

Vive le régime d'hiver. Il nous vaut une distribution exceptionnelle d'un succulent bouillon de légumes. Rien de commun avec la soupe quotidienne du soir. Il contient des carottes, des pois chiches et des lentilles et je n'ai jamais rien goûté d'aussi appétissant depuis le début de ma détention.

De temps à autre, pendant la saison froide, la direction du pénitencier fait procéder à ce genre de distribution. Les soldats nous ont largement servis en remplissant les gamelles et les divers récipients disponibles de la cellule. Chacun se sert en puisant avec une grande louche. La joie règne dans le groupe et l'homme d'affaires véreux se surpasse pour faire rire son monde.

Nader et moi attaquons les leçons d'anglais avec bonne humeur. Malheureusement notre séance est prématurément interrompue par l'arrivée d'un soldat. Nader, convoqué chez un responsable, s'éclipse pendant quelques minutes et m'annonce à son retour que je suis autorisé à me promener pendant une heure en sa compagnie sous la surveillance d'un militaire.

Pouli-Charki se compose d'une série de bâtiments séparés par des terre-pleins ou des terrains vagues. La présence de nombreux soldats donne à l'ensemble l'allure d'un immense camp retranché, protégé par des murailles de quatre mètres de haut. A l'intérieur, elles sont hérissées de pointes métalliques destinées à décourager toute tentative d'évasion.

Il n'existe pas de lieu clos, de cour intérieure, comme à Sidorat. Notre promenade consiste à faire le tour du bloc n° 1. L'endroit dégage une impression sinistre. Un vent froid du nord souffle assez violemment, comme le jour de mon arrivée, et soulève la poussière. J'ai jeté une couverture sur mes épaules pour me réchauffer un peu. Le soldat qui nous accompagne maugrée en tenant sa casquette d'une main pour l'empêcher de s'envoler. Lui préférerait nettement aller retrouver ses copains dans le poste de garde et s'installer douillettement en buvant un verre de thé. Il faut vraiment être enfermé entre quatre murs pour se risquer à mettre le nez dehors par un temps pareil. Mais comment pourrais-je refuser un tel privilège, car c'en est un.

Tout à coup j'aperçois, à deux blocs de notre bâtiment, un groupe de prisonniers encadrés par des soldats armés et casqués. Il y en a bien cinquante à soixante, peut-être même davantage. Tous sont revêtus de l'uniforme à rayures jaunes et vertes que nous portions à Sidorat. Ils ont la tête rasée, ce qui souligne leur allure de bagnards. Il ne leur manque que les chaînes aux pieds. Je n'ai encore jamais vu tant de détenus rassemblés. Ils vont au pas cadencé sur une distance d'environ cent mètres et font demi-tour au coup de sifflet. Les soldats les serrent de près en marchant à leurs côtés.

Nous devons malheureusement réintégrer la cellule, bien que le temps fixé pour la promenade ne soit pas écoulé. Ma curiosité, piquée au vif, n'est pas satisfaite. J'interroge Nader pour obtenir quelques précisions sur ce rassemblement :

— Ce sont les grands criminels du bloc n° 3.

Considérés comme les plus dangereux de la forteresse, ils seraient regroupés dans un secteur du troisième bâtiment et régulièrement astreints à des exercices physiques prolongés, principalement marche et traction sur les mains. Ils seraient à peu près deux cents.

Encore convient-il de s'entendre sur le terme de « criminels » dont use Nader. Ils ont été reconnus coupables de crimes de sang et condamnés comme tels. Seulement, les tribunaux d'exception afghans n'établissent aucune différence entre les actions militaires menées par la Résistance et les agissements des véritables bandits de grand chemin. Il y a une confusion totale des genres : politiques, droits communs, tous sont mis dans le même sac.

Nader ne saisit d'ailleurs pas le sens de mes questions sur ce point. Pour lui, les adversaires du gouvernement afghan méritent tous de figurer dans la catégorie des brigands. Je perdrais mon temps à vouloir lui expliquer ce qu'est, dans une prison, le statut politique par opposition à la condition des malfrats, auteurs de braquages ou coupables d'agressions.

26 octobre

Ce vendredi, jour de repos hebdomadaire, ne présente aucune différence avec le reste de la semaine pour les prisonniers de Pouli-Charki. C'est le même huis clos et le programme est donc inchangé : on reste enfermé dans sa cellule. A Sidorat, certains recevaient des vêtements de rechange de leurs familles deux fois par mois. Ici, le régime est encore différent. En principe, les détenus peuvent rencontrer leurs proches parents une seule fois tous les deux mois. Les conversations ont lieu dans une sorte de parloir et durent environ une heure et demie. Cela, c'est la théorie.

En réalité, tous les prisonniers n'ont pas droit à ces visites. Par exemple, les « grands criminels » du bloc n° 3 en sont privés, me dit Nader. Mais pas seulement eux. Lui-même, depuis trois ans, n'a vu que très rarement les siens ; à peu près trois fois au cours de la même année. Il ne parvient pas à m'expliquer clairement les critères, mais je comprends que le système est très restrictif.

Ainsi, aujourd'hui, personne dans la cellule n'aura de contact avec l'extérieur. Nous sommes pourtant onze, depuis le départ du centenaire. On pourrait donc imaginer qu'au moins un ou deux membres de notre groupe reçoivent des visites, en tenant compte d'un certain roulement.

Evidemment, les prisonniers originaires de la province sont encore plus pénalisés. Mais je crois comprendre, d'après les explications de Nader, que beau coup de condamnés sont maintenus au secret pendant leur détention. Seuls les responsables du pénitencier peuvent mettre un terme, s'ils le jugent opportun, à ce régime de huis clos total.

Malgré sa situation relativement privilégiée dans la prison, Nader n'a jamais obtenu la moindre explication cohérente sur ce point de la part du commissaire politique, personnage tout-puissant. Il a pourtant plaidé son dossier à de multiples reprises, demandé que son cas soit examiné et tranché par les instances supérieures du Parti. L'autre s'est toujours borné à l'écouter, à prendre des notes, à lui prodiguer parfois de bonnes paroles, sans plus. Son dossier reste désespérément sous la pile.

Je lui rappelle la visite du général, la possibilité qu'il a eue de s'expliquer longuement avec un personnage de tout premier plan. Il le reconnaît, mais sans être pleinement rassuré. Après tout le général peut faire partie d'un clan qui, jugeant le cas trop « sensible », estime préférable de laisser dormir l'affaire.

Notre entretien est interrompu par l'arrivée d'un soldat qui vient me chercher. Je suis convoqué chez le commissaire politique, précisément. Je m'y rends en compagnie du militaire et, pour une fois, Nader ne vient pas. Le bureau est au rez-de-chaussée. Sans être exigu, il est plus petit que celui où m'a reçu l'adjoint.

Je note une certaine recherche dans l'ameublement. Il y a même un tapis ancien sur le sol.

Le commissaire politique, un homme de grande taille aux cheveux argentés, m'accueille avec le sourire et me tend la main. Il s'assied derrière son bureau et m'invite à prendre place dans un canapé. En face de moi, l'adjoint et l'officier sont là. Ils n'ont plus du tout cette attitude hostile, fermée, qu'ils avaient adoptée en me recevant trois jours auparavant. Leur supérieur ayant donné le ton, ils sourient en me serrant la main à leur tour. Je les trouve déplaisants à force de servilité.

Un quatrième homme, brun de peau, aux cheveux très noirs, s'est assis près de moi. Il a déboutonné sa veste, laissant apparaître le harnachement d'un gros revolver plaqué sur le côté droit de la chemise. Il se présente comme l'interprète et s'exprime en anglais pour me dire que le commissaire politique tenait à me voir.

Ce dernier commence par des considérations générales sur la lutte du peuple afghan pour sa libération. Il magnifie les objectifs de la Révolution en vue d'arracher le pays au féodalisme. Il stigmatise les menées des « laquais de l'impérialisme » et déplore « l'aveuglement » de la presse occidentale envers l'Afghanistan.

Discours classique, préambule obligatoire. Depuis mon arrivée à Kaboul, j'en ai subi quelques dizaines. Ils fonctionnent tous selon les mêmes schémas, s'articulent autour des mêmes stéréotypes. Je ne tarderai pas à être fixé sur la véritable raison de la convocation.

Tout en ayant l'air profondément concentré sur le ronron de l'homme aux cheveux argentés, je détaille discrètement la pièce. Derrière le commissaire, sur le mur, sont fixés les portraits de Babrak Karmal et de Leonid Brejnev. J'avoue ma stupéfaction. Pourquoi le défunt secrétaire général du PC soviétique n'a-t-il pas été détrôné par ses deux successeurs au Kremlin ? Les Afghans ont fait l'économie des portraits d'Andropov et de Tchernenko. Il est vrai que Leonid Brejnev était aux commandes à Moscou en décembre 1979. C'est lui qui a donné le feu vert pour l'invasion de l'Afghanistan. Sans doute le commissaire lui voue-t-il une grande reconnaissance pour cette décision « historique ». Sur le bureau, un petit buste en bronze de Lénine tient lieu de presse-papiers. Il y a aussi un calendrier des postes soviétiques, quelques crayons rangés dans un étui cylindrique, des dossiers et un paquet de serviettes en papier.

Le commissaire s'applique à bien articuler chaque mot et accompagne la traduction d'un mouvement de la main droite. Il s'en prend maintenant à l' « impérialisme » français. Je réagis instantanément, pour la première fois depuis le début de son discours. Ignorerait-il que des ministres communistes faisaient partie de l'équipe gouvernementale jusqu'à une date récente ? Il bat aussitôt en retraite en reconnaissant que la France représente un cas particulier parmi les Occidentaux.

Il enchaîne en souplesse sur les liens amicaux entre les deux peuples, puis en vient progressivement à mon affaire. J'ai été abusé par la propagande des « mauvais Afghans » et je le paye chèrement, tel est son couplet favori. Néanmoins, ajoute-t-il, les autorités de Kaboul, guidées par leur souci humanitaire, sont disposées à améliorer mes conditions de détention. Il se déclare prêt à écouter mes suggestions. Je le renvoie à la liste que j'avais remise il y a trois jours à son adjoint qui l'extrait d'un dossier et la remet à son chef.

Le commissaire la parcourt distraitement et donne son accord pour les cigarettes. J'insiste pour les livres en lui rappelant que l'ambassade de France m'en avait envoyé cinq il y a plus d'un mois au centre d'interrogatoires. Il me promet une réponse rapide sur ce point. Pour la demande de douche chaude, il avisera. Je reviens à la charge à propos de ma tenue ; je porte le même vêtement jour et nuit, et je souhaiterais pouvoir le laver rapidement. Je réclame donc de la lessive en poudre et des affaires de rechange. Nouveau sourire du commissaire ; cette dernière requête ne lui paraît pas prioritaire.

Il fait servir du thé pour tout le monde. La conversation se détend. Il s'enquiert de mon installation, de mes rapports avec les autres occupants de la cellule, de la qualité de la nourriture. Je n'ai rien de particulier à signaler, je réponds donc que tout va bien. Il insiste.

— Vous n'aimeriez pas mieux une cellule plus calme, avec moins de monde ?

— Je n'y ai pas songé. Je n'ai aucun problème particulier avec mes dix compagnons.

Le commissaire politique compare les conditions actuelles de détention à Pouli-Charki avec ce qu'elles étaient sous le régime d'Amin, en 1979 :

— C'était l'enfer et Amin était un fou sanguinaire. Pendant les trois mois de sa présidence, il a fait exécuter quatre cents détenus, ici !

Le commissaire attire mon attention sur des impacts de balles dans le mur. Son prédécesseur, « une créature d'Amin », dit-il avec dégoût, a fait enfermer un jour une trentaine de prisonniers dans le bureau. A travers les barreaux de la porte métallique, les soldats ont ouvert le feu et tiré dans le tas. Il n'y a pas eu un seul rescapé :

— Les murs, le plafond, étaient rouges de sang et il a fallu tout faire repeindre, se croit-il tenu d'ajouter.

— Est-ce que la découverte de charniers autour du pénitencier date de cette période ?

Il ignore ma question avec superbe, boit une gorgée de thé. Devant l'étranger que je suis, le commissaire politique impose des limites à son déballage.

Le buit a couru que l'on avait mis au jour des fosses communes aux abords immédiats de Pouli-Charki. Des bulldozers creusaient les tranchées dans lesquelles on entassait les cadavres. Ces méthodes expéditives expliquent la multiplicité des cas de disparition enregistrés depuis le coup d'Etat communiste d'avril 1978.

La tendance actuelle, à Kaboul, est de charger Amin, de lui imputer toutes les erreurs, comme celui-ci l'avait fait en accablant son prédécesseur Taraki.

Il est vrai aussi que les cent jours du règne d'Amin (15 septembre-25 décembre 1979) avaient atteint des sommets dans la répression et la terreur. On a parlé de plusieurs dizaines de milliers de victimes.

Amin avait beaucoup de sang sur les mains. Que dire alors de Taraki ? Son bilan, après dix-sept mois d'exercice du pouvoir (avril 1978-septembre 1979) serait de 50 000 morts et disparus. Encore ces chiffres ne prennent-ils en compte que les exécutions dans les grandes villes, à l'exclusion des victimes des opérations militaires ; or les bombardements de l'aviation soviétique ont été particulièrement meurtriers et continuent de faire des ravages.

Le commissaire politique estime qu'il en a assez dit pour mon édification. Il me remet un paquet de cigarettes et me fait reconduire à la cellule. Nader en est absent. Osman parvient à me faire comprendre, avec force gestes, que je vais déménager dans la journée. C'est un soldat qui le lui a dit et Nader est au courant.

Effectivement, à son retour une demi-heure plus tard, mon interprète-barbier me confirme que nous allons, lui et moi, dans une autre cellule. Il n'en est pas très satisfait. Il a ses habitudes, il vit de longue date avec des gens qu'il connaît bien et qu'il apprécie. Les quitter le rend mélancolique. Surtout, il est ennuyé de devoir transporter toutes ses affaires éparpillées le long du soupirail et au pied de son lit. Néanmoins il se dit content pour moi. Nous allons dans une aile du bâtiment réservée aux prisonniers de marque. Les conditions de détention en seront grandement améliorées. Nader ajoute qu'après ma libération, dans quelques mois, il demandera à revenir parmi ses camarades.

Une fois encore, je regroupe mon maigre bagage dans le carton qui m'a suivi de place en place à Sidorat, puis lors de mes transferts du centre d'interrogatoires au pénitencier.

Je salue Osman, l'officier qui tient à m'embrasser sur les deux joues, je serre la main de l'homme d'affaires véreux, du mouchard, toujours à moitié endormi. Tous me souhaitent bonne route. En quelques jours ils m'avaient adopté et nous étions devenus complices malgré le handicap de la langue. Ils savent que nous ne nous reverrons plus. Comme à Sidorat, l'étanchéité entre les cellules est la règle d'or. La seule différence est que Nader, grâce à sa liberté de mouvements, me tiendra au courant et pourra me donner de leurs nouvelles.

Nous traversons une grande partie du bloc n° 1, descendons les deux étages, longeons un premier puis un deuxième couloir obscurs, à peine éclairés par quelques ampoules, noires de chiures de mouches. En haut, en bas, dans les couloirs, c'est un alignement ininterrompu de portes verrouillées avec, de loin en loin, un militaire rêvassant sur sa chaise. Nous y sommes, enfin. Une surprise de taille m'attend : plus de châlits dans la nouvelle cellule, mais deux vrais lits métalliques avec draps et couvertures. De véritables draps blancs soigneusement rabattus ! Et une salle de bains attenante ! Il s'agit en fait d'un cabinet de toilette. La douche est hors d'usage mais il y a un lavabo et des latrines à la turque. Pour notre usage exclusif. C'est absolument fantastique. Plus besoin d'attendre le bon vouloir des soldats, matin et soir.

Un officier vient aux nouvelles. Une vieille connaissance : c'est lui qui m'a reçu la première fois en compagnie de l'adjoint. Il était également présent dans le bureau du commissaire politique. Il s'assure que l'installation me convient et demande à un soldat de donner un coup de balai et de serpillière dans la pièce. Je n'ose plus parler de cellule dans ce nouveau décor.

L'officier s'en va et Nader et moi chahutons comme des gamins. Nous recevons des visites de militaires qui jettent un coup d'œil et de civils, des camarades de Nader bénéficiant du même statut privilégié que lui.

Mon ami m'annonce qu'on va nous installer un récepteur de télévision dans la journée. Je n'en crois pas mes oreilles. La télévision, dans le pénitencier ! C'est tout simplement inimaginable.

On nous apporte un grand thermos de thé et de la nourriture en abondance : un énorme plat de riz et de viande. Nous nous jetons sur nos lits, allons à la salle de bains toutes les deux minutes, mangeons de bon appétit et buvons un nombre incalculable de verres de thé.

J'inaugure le lit pour une longue sieste. Quel contraste avec le sommier défoncé de la grande cellule, qui me brisait le dos. Je m'assoupis rapidement : je ne suis plus tout à fait au pénitencier, plus vraiment en prison...

Le bruit d'une conversation me réveille en douceur. J'ouvre les yeux pour découvrir la speakerine de la télévision afghane annonçant les programmes de la soirée et donnant quelques nouvelles.

Vautré sur son lit, Nader s'amuse de ma surprise. Ils ont installé le récepteur dans le milieu de l'après-midi. Malgré les nombreuses allées et venues, je n'ai rien entendu.

Nader m'annonce le programme : un long métrage est-allemand, suivi d'un match de football comme tous les vendredis soir, mais auparavant l'édition en persan du Journal télévisé. La présentation est assurée par un homme et une femme qui lisent les dépêches à tour de rôle. Les rares illustrations consistent dans quelques inaugurations à Kaboul et Kandahar, un meeting dans la capitale afghane et deux déclarations de membres du gouvernement. Tout à coup, Nader bondit de son lit en criant :

— Jacques, on parle de toi !

Il écoute pendant quelques secondes et se précipite sur moi en hurlant presque :

— Tu es gracié, le camarade-président Babrak t'a gracié ! Tu vas être libéré incessamment.

Il pousse le volume du son pour avoir des détails. Je suis totalement abasourdi. Je veux poser une question, en savoir un peu plus, mais Nader me fait signe de me taire.

C'est la présentatrice qui donne des précisions sur la décision du numéro un afghan. Nader m'indique que Babrak Karmal a répondu favorablement à une demande par lettre envoyée par « Monsieur Lious ». Je lui fais répéter le nom :

— Une lettre de qui ?

— Monsieur Lious.

De qui peut-il bien s'agir ? Mais oui, je crois avoir trouvé. Nader a estropié le nom de Georges Fillioud. Lious, Fillioud, c'est voisin. D'ailleurs, cela semble logique que le secrétaire d'Etat chargé de la Communication intervienne en faveur d'un journaliste en difficulté.

Pour en avoir le cœur net, je demande à Nader s'il n'y a pas une autre édition du Journal en fin de programme. Il y en a une en langue pachtoun, entre le film et le match de football.

La nouvelle de ma libération s'est répandue comme une traînée de poudre. Des soldats viennent me féliciter. Nader n'a pas encore très bien réalisé. Moi non plus. La décision a dû être officialisée ce matin et communiquée aussitôt aux responsables du pénitencier. Le commissaire politique n'en ignorait rien, bien entendu. Il devait bien s'amuser en écoutant mes demandes de livres, de douche, de lessive. C'est ma nouvelle situation de libérable qui m'a valu le déménagement accéléré dans une nouvelle cellule et tout le reste, y compris la télévision.

J'attends stoïquement la fin du film est-allemand. Il y faut un certain courage pour suivre des personnages de carton-pâte engagés dans une intrigue édifiante, face à des colonialistes caricaturaux, quelque part en Amérique centrale. Le navet, doublé en persan, c'est peu digeste et la sauce prussienne n'arrange rien.

Enfin nous y voilà. Nader est concentré sur le journal en langue pachtoun. Je vois redéfiler les meetings et les inaugurations de tout à l'heure. A nouveau des discours de deux minutes, puis le reste de l'actualité, les nouvelles brèves et le générique de fin. Pas un mot sur ma libération.

— Et si Babrak Karmal avait changé d'avis ? suggère Nader dans un éclat de rire.

Je le laisse savourer en solitaire les péripéties de son match de football. Je suis terrassé par l'émotion. Tout est allé si vite depuis quelques heures. J'ai déjà un pied hors de la prison grâce à ce « Monsieur Lious » à qui je voue, sans le connaître, une reconnaissance infinie.

27 octobre

Ce soir, plus de Pouli-Charki. Je ne coucherai plus au pénitencier. Si la télévision a dit vrai, si Nader a bien entendu, je viens d'y passer ma dernière nuit. Babrak Karmal me fait cadeau des 6 565 fois vingt-quatre heures que je devais encore purger entre quatre murs.

Il est très tôt. Nader, dans son sommeil, revit les phases cruciales du match de la veille. Lui, il attend depuis quatre ans. Il m'a vu débarquer et cinq jours plus tard je prends déjà congé. J'essaie d'imaginer chaque minute de la journée qui commence. On va venir me chercher, je serai conduit à l'aéroport, destination la Nouvelle-Delhi. Là, je retrouverai Françoise, accompagnée, peut-être, d'un confrère d'Antenne 2 et nous sauterons dans le vol régulier d'Air France. Demain ou lundi au plus tard, je serai de retour à Paris. Les Afghans pourraient aussi m'expédier via Moscou, ce qui reviendrait au même.

Un soldat vient réveiller mon compagnon. L'adjoint du commissaire politique nous attend dans son bureau. Toujours flanqué du même officier, il me notifie officiellement ma libération de la manière la plus neutre et la plus impersonnelle. L'officier regarde au plafond. Nader et moi sommes restés debout, les mains derrière le dos, au fond de la pièce.

Hafez et les policiers de Sidorat m'avaient appris, dès les premiers interrogatoires, à ne poser aucune question. Ils seraient satisfaits du résultat : je m'abstiens de demander la moindre précision sur le déroulement du programme. Je m'efforce même de ne rien laisser paraître qui ressemble à de la joie. Et pourtant... L'adjoint, après une discussion prolongée au téléphone, repose l'appareil et fait un simple signe d'acquiescement à l'officier. Celui-ci se lève et nous regagnons tous les trois la cellule.

Je range mes affaires pour la dernière fois dans le carton. Je n'ai même pas un petit souvenir à laisser à Nader. Que ferait-il d'une brosse à dents, d'un savon usagé, ou d'un rouleau de papier de toilette ? Hier soir, il m'avait rédigé une liste de tout ce qu'il souhaiterait recevoir de France : un survêtement de sport bleu et blanc, des chaussures de basket, un grand flacon d'eau de toilette, des lunettes de soleil, une cartouche de cigarettes et un album illustré sur Paris.

Il s'est ravisé peu après et a déchiré le papier. Il craignait des ennuis si on trouvait la liste sur moi.

— Si j'ai une chance de sortir de prison, je ne veux courir aucun risque, ne leur fournir aucun prétexte pour prolonger ma détention.

Dans le couloir qui mène à la sortie, nous marchons sans échanger une parole. L'officier nous précède. Avant d'arriver à la porte, Nader s'arrête brusquement et fait demi-tour. Un simple geste d'adieu et il disparaît en hâtant le pas.

Je traverse le terre-plein qui sépare le bloc n° 1 d'un

poste de garde où stationne une voiture. La portière arrière droite est ouverte. L'officier me fait signe de monter. Je lui tends la main, il hésite une fraction de seconde et me salue militairement

Deux soldats m'encadrent dans la voiture. Un gradé a pris place sur le siège avant, près du chauffeur. Nous passons plusieurs postes de contrôle, franchissons deux barrages avant de quitter l'enceinte du pénitencier. Vu de l'extérieur, il ressemble à une forteresse surmontée de six miradors. Peut-être y en a-t-il davantage, mais je ne vois que la façade principale et l'un des côtés, alors que la voiture s'éloigne en soulevant un nuage de poussière.

Le gradé se tourne vers moi et, dans un grand sourire, me dit :

— Mister Jacques, Paris.

De la main, il imite le mouvement d'un avion au décollage. Nous rejoignons bientôt la route asphaltée. De nombreux véhicules militaires, surtout des camions, sortent de Kaboul. Je suis surpris par le nombre de casernes, de camps, de dépôts de matériel qui jalonnent la route, jusqu'à l'entrée de la capitale.

La voiture pénètre enfin dans Sidorat que j'avais quitté cinq jours plus tôt. On me conduit directement dans le bureau de Hafez. Mon ex-enquêteur et l'interprète Nageeb me font fête. Hafez insiste beaucoup sur un point :

— Vous ne devez plus vous considérer comme un prisonnier. Vous êtes désormais un homme libre en vertu du « firman »[1] signé il y a deux jours par le camarade-président Babrak.

---

1. Décret.

Le policier me montre le texte qui, selon le calendrier musulman, est daté du 4.8.1363. Ils me traitent en visiteur et s'empressent de commander thé, raisins secs et noix. Ayant toute latitude pour poser des questions en raison de mon nouveau statut, je demande quelques précisions sur la suite des événements. Après les dernières formalités, me dit Nageeb, je serai conduit à l'ambassade de France qui organisera mon départ. Sait-il si le départ est prévu pour aujourd'hui ? L'interprète ne peut satisfaire ma curiosité, il ignore tout des dispositions prises par le chargé d'Affaires français. Je demande alors s'il y a un vol régulier prévu pour la Nouvelle-Delhi ou Moscou ou encore Prague. Le malheureux Nageeb commence à se raidir. Il adopte sa position des situations délicates : genoux serrés, mains sur les cuisses.

J'ai compris qu'il est inutile d'insister. Je suis un homme libre, certes. Mais eux restent des flics, avec la manie du secret qui leur colle à la peau.

Les formalités de « levée d'écrou » sont prévues dans le bureau de Poil de Carotte. En sortant de chez Hafez, j'ai un véritable coup au cœur. Dans un coin du couloir j'aperçois, debout, tourné contre le mur, Zulficar. Le « captain » est au piquet. Je me précipite vers lui et malgré l'embarras des policiers nous tombons dans les bras l'un de l'autre. Je lui pose dix questions avant qu'il ait pu prononcer un mot. Il ne sait rien de plus pour son procès. Ses interrogatoires continuent alors qu'il n'y a plus d'éléments nouveaux depuis belle lurette. Il est très pessimiste. Hussein est toujours dans la cellule. Le poseur de bombes passe des moments pénibles : il a été torturé une fois à l'électricité. Le jeune Ali a quitté la cellule mais les vides ont été rapidement comblés par trois nouveaux arrivants.

Zulficar n'ose pas insister, je ne peux pas m'éterniser. Je lui suggère de me donner un nom, une adresse, un numéro de téléphone à Peshawar, sa ville natale. Il hésite :

— C'est compliqué. Mes parents n'ont pas le téléphone...

Finalement, il renonce et me repousse presque de force vers les policiers. Je pense, en réalité, que le jeune Pakistanais ne veut pas alarmer sa famille, surtout sa mère. Il espère, contre toute évidence, éviter une épreuve à ses parents. Je suis convaincu, au contraire, qu'ils n'ignorent plus rien de la mésaventure de leur fils depuis sa conférence de presse.

Il est presque impossible de circuler dans le bureau de Poil de Carotte tant il est encombré de colis. Tous les paquets de l'ambassade de France sont là. Ils m'étaient destinés et depuis quarante jours on les a accumulés, empilés dans un coin. On m'a contraint à mendier pour des cigarettes, du savon, du dentifrice. Les paquets regorgent de provisions, de livres, de vêtements neufs, de chaussures, de chandails. Même le gâteau de Mme Barraux est là. Le chargé d'Affaires avait voulu me le remettre le jour de notre première et unique rencontre, le lendemain du procès. Il avait essuyé un refus. Le gâteau devait suivre la filière normale avant de me parvenir. Misérable filière qui débouchait en fait sur un cagibi du centre d'interrogatoire. Et maintenant, on me prie de signer pour la remise de la pâtisserie.

Je dois d'ailleurs signer un accusé de réception pour chacun des colis. Chaque paquet est ouvert, on en extrait le contenu que je suis invité à vérifier. Le paquet est alors fermé, je signe et il est mis de côté. Il en va ainsi de tous les colis.

Les apparences sont sauves. Les Afghans pourront affirmer que tous les envois de l'ambassade me sont parvenus, ce qui est la vérité. Ils se garderont bien d'ajouter que la remise a eu lieu une heure avant ma libération.

Les paquets sont chargés dans une camionnette et reprennent le chemin de l'ambassade. Retour à l'envoyeur.

Après cette ultime corvée, Poil de Carotte consent enfin à me remettre les lettres que j'avais réclamées avec tant d'insistance. Lettres de Françoise, de ma mère, de mes proches. Les premières remontent au 20 septembre. Elles ont été ouvertes, censurées, surchargées. Qu'attendaient-ils donc pour me les donner ? J'imagine que les interprètes, les policiers, les censeurs, les ont lues, relues, parcourues dans tous les sens, chacun souhaitant ajouter sa petite rature à celle du voisin. Bref, elles sont si dénaturées et mutilées qu'on les a rendues à peu près illisibles.

Il va sans dire que mes correspondants n'avaient pris aucun risque. Ils avaient limité leurs propos à l'essentiel, conscients que chaque mot serait passé au peigne fin. Cette prudence n'a pas calmé le zèle des enragés de Sidorat.

Je prends à partie Poil de Carotte. Maintenant, nous pouvons parler d'égal à égal. Je lui explique ma position. Je peux comprendre, à l'extrême rigueur, qu'ils aient voulu retenir les colis de l'ambassade. Il s'agissait d'une épreuve de force entre eux et moi, du moins pendant le déroulement de l'enquête. Après le procès, je considère qu'ils auraient pu desserrer l'étau, me faire parvenir quelques petites choses. Ils en ont jugé autrement, je n'en fais pas une affaire d'Etat. Mais pour les lettres, je ne peux me contenir. Je le dis à Poil de Carotte :

— Pour les lettres, vous vous êtes comportés comme des brutes fascistes.

Il en est saisi, paralysé comme par un tremblement de terre. Je ne reste pas une seconde de plus dans le bureau. Je vais faire les cent pas à l'extérieur, en attendant le départ.

Hafez et Nageeb viennent vers moi. Je leur explique les raisons de ma colère. Ils m'assurent que les lettres étaient passées au crible avant leur arrivée à Sidorat. Je n'en crois rien.

Enfin, nous partons à bord de deux voitures. J'ai encore le temps d'apercevoir un détenu en pyjama rayé, crâne rasé, mains derrière le dos. Il entre dans le bureau de Poil de Carotte. Pauvre de lui...

Le spectacle des rues de Kaboul m'enchante et me calme instantanément. Je regarde, avec d'autres yeux, les petits marchands, les boutiques multicolores, les robes chatoyantes. Je plaisante avec Hafez et Nageeb :

— Vous pourriez me déposer là. Je prendrais un taxi pour me rendre à l'ambassade...

Ils ont un rire un peu emprunté. Je pense que les « formalités » ne sont pas tout à fait terminées. Nous faisons un premier arrêt au ministère des Affaires Etrangères. On me laisse seul dans un petit salon pendant un temps assez long. A trois reprises, un fonctionnaire vient jeter un coup d'œil, il m'invite à patienter, puis se retire sur la pointe des pieds.

Seigneur, que peut-il se tramer ? L'attente ne suscite

en moi aucun soupçon d'énervement. Elle est au contraire source d'un certain plaisir. Je me sens dans la situation d'un plongeur sous-marin qui remonte des grandes profondeurs vers la surface par paliers. Mon retour à la liberté s'opère graduellement, à petits pas, et je n'en savoure que davantage chaque étape.

Où la prochaine va-t-elle me conduire ? Nous repartons. Cette fois, je suis avec des inconnus dans la voiture. Nous roulons jusqu'à l'hôtel Aryana.

C'est dans un de ses salons que j'avais rencontré Roland Barraux entre le procès et l'incarcération au pénitencier de Pouli-Charki. Cette fois, on m'installe dans l'entrée. Encore quelques conciliabules, d'ultimes allées et venues, des coups de téléphone. Enfin, le grand chef arrive. Souriant et détendu, il me salue. Le dénouement paraît proche. On vient glisser un message à l'oreille du grand chef.

— Monsieur Abouchar, voulez-vous me suivre ?

Je lui emboîte le pas avec la meilleure grâce du monde. Nous sortons, traversons la cour devant la façade principale, nous nous dirigeons vers une aile de l'hôtel.

Je pénètre dans une pièce illuminée par des projecteurs. Je distingue vaguement, assis autour d'une table, des gens en train de rédiger. Ma première idée est qu'il s'agit sans doute d'officiels afghans. Je repère Nageeb, l'interprète, puis j'aperçois le chargé d'Affaires français. A ce moment précis, un homme arrive vers moi, la main tendue. Il se présente :

— Yves Tavernier, député de l'Essonne. Je viens vous chercher.

Mais que diable l'Essonne vient-elle faire à Kaboul ? Et surtout qu'est-ce que j'ai à voir avec l'Essonne..

Je n'ai pas le temps de m'attarder, d'autres émissaires s'approchent sous les flasches des photographes. On m'entraîne vers la sortie mais deux médecins afghans, stéthoscopes en batterie, forment un ultime rempart. Une petite visite d'adieux ne serait pas pour leur déplaire. Je rassure les blouses blanches :

— Tout va pour le mieux, merci messieurs.

Dehors Hafez, Nageeb et le grand chef font la haie près de la voiture à cocarde tricolore. Ils sont tous là, les bourreaux et, l'avouerai-je, je suis pris d'une certaine nostalgie au moment de les quitter. Rien de trouble ni d'ambigu, pourtant, dans nos relations. Nous avons été adversaires du premier au dernier jour. Dans ce combat inégal, ils n'ont été que rarement loyaux. Pourquoi donc ce petit pincement, alors que j'échappe à leurs griffes ? Parce qu'à travers eux, je repense à Omar et Karatéka, mes deux premiers compagnons de cellule. Je revois Hussein et le poseur de bombes, Nader et Zulficar. Lui surtout. En me donnant l'accolade, le grand chef semble lire dans mes pensées.

— Ne vous faites pas de souci pour le Pakistanais, il sera bientôt de retour chez lui.

Diabolique, le grand chef. Il s'offre peut-être le mensonge de l'au revoir, en guise de dernière ruse de guerre. Toutefois, je m'accommode de sa promesse de Judas.

Quelle griserie de rouler dans Kaboul, fanion bleu blanc rouge déployé. Yves Tavernier commence à me raconter, mais tant de choses se bousculent dans ma tête. Il est question de Cheysson, de Mme Indira Gandhi, de Gromyko. Il me cite le Bundestag de

Bonn, le Conseil de l'Europe et Reagan, et Mermaz. Quelle ahurissante macédoine diplomatique !

A l'ambassade, le train s'accélère. Vite au téléphone. Antenne 2 est en ligne depuis vingt minutes. Vite, dans le grand salon. Tout le personnel est présent autour de Roland Barraux, coupe de champagne en main. Et mon bain coule déjà, dans la somptueuse salle de bains du chargé d'Affaires. Je n'ai guère le temps de m'attarder sur le raffinement de l'installation, les serviettes cossues, les sels, la grosse savonnette parfumée, l'eau de toilette délicate.

On frappe à la porte. Décollage dans une heure, impérativement. Je roule ma tenue afghane en boule dans la valise où Françoise a jeté des vêtements frais. Admirable épouse qui, dans son émotion, m'a expédié la bagatelle de six paires de chaussettes. Mais je cherche en vain un rasoir ou un peigne. Je quitte l'ambassade, tout ébouriffé, au triple galop.

La montagne bleutée qui domine la piste de l'aéroport est un sanctuaire des moudjahidin. De temps à autre ils prennent un avion, un hélicoptère sous le feu de leurs mitrailleuses. C'est la terreur des pilotes soviétiques et des commandants de bord des rares compagnies qui desservent Kaboul. Les atterrissages, me dit-on, n'ont rien de très orthodoxe : les avions descendent en vrille, à la manière de feuilles mortes qui tournoient dans l'air avant de toucher le sol en douceur.

J'écoute ces explications d'une oreille distraite en arpentant la piste vers l'avion du GLAM (groupe de liaisons aériennes ministérielles) rangé un peu plus loin, à l'écart des gros porteurs, des chasseurs bombardiers et des hélicoptères d'assaut russes.

Les formalités de départ ont été réduites au strict necessaire. Un représentant du Protocole afghan est venu saluer la délégation française. Pas de poignée de main pour moi de la part de ce personnage officiel. Je reste un passager clandestin, indésirable jusqu'au bout. Le Mystère 50 décolle court, se cabre presque à la verticale et grimpe à la manière d'un chasseur. Inutile de narguer trop longtemps les Résistants de la montagne.

A bord, un médecin-colonel se propose de m'examiner. Le corps médical est omniprésent aujourd'hui. Laissons cela pour plus tard. Une douce euphorie règne dans la cabine, entretenue par les trois mousquetaires venus à ma rencontre. Jean-Jacques Mauriat prend quelques photos souvenirs, Philippe Petit offre le champagne. Le premier est envoyé par le président de l'Assemblée Nationale, le second est un proche collaborateur du ministre des Relations Extérieures. Ils ont dû batailler ferme avec les Afghans pendant toute la matinée. Un combat d'arrière-garde, un baroud d'honneur qu'entendaient livrer mes geôliers, in extremis.

Premières péripéties au ministère afghan des Affaires Etrangères, peu après l'arrivée à Kaboul de Tavernier, Petit et Mauriat. Thé et gâteaux secs en compagnie du vice-ministre. Patelin dans son trois pièces étriqué, le vice-ministre cherche à gagner du temps. Il est contracté, se tient sur ses gardes.

— J'ignore exactement où se trouve Jacques Abouchar, déclare-t-il, ajoutant : il me paraît exclu que vous puissiez repartir aujourd'hui.

C'est la douche froide pour les trois émissaires de Paris. Ils comprennent néanmoins assez vite que les

Afghans sont très irrités d'avoir été doublés par les Soviétiques. L'annonce de la libération a été faite à Moscou. Les Russes n'y ont pas mis les formes. Les Afghans apparaissent cruellement comme de simples exécutants.

Alors, ils font monter les enchères pour sauver la face et donner l'illusion qu'ils sont maîtres du jeu. Le vice-ministre réaffirme la pleine souveraineté de son pays. Il insiste pesamment :

— La grâce a été accordée par Babrak Karmal et lui seul.

Des deux côtés, on échange quelques phrases stéréotypées sur les liens historiques et l'amitié des deux peuples.

Fin du premier acte. La délégation française repart à l'ambassade. Le vice-ministre a fini par donner quelques assurances, mais le flou artistique subsiste. Yves Tavernier et ses amis ignorent toujours où je me trouve, et surtout à quel moment ils pourront enfin me voir.

Après une heure d'attente à l'ambassade, ils reçoivent par téléphone l'ordre de se rendre à l'hôtel Aryana. Opérateurs de télévision et photographes sont déjà sur place. Les trois hommes, auxquels s'est joint Roland Barraux, retrouvent un autre vice-ministre chargé du Protocole. Celui-ci confirme ma libération. Mais auparavant, Tavernier est invité à signer un texte qu'il juge inacceptable au premier coup d'œil. Les Afghans m'y présentent comme un « soi-disant » journaliste et, pire encore, y qualifient les Résistants de mon escorte de « bande armée contre-révolutionnaire ».

Entériner un tel document reviendrait, du côté

français, à épouser les thèses du gouvernement afghan. C'est évidemment exclu. Avec ménagement, Yves Tavernier l'explique à son interlocuteur, qui devient blême.

C'est l'impasse. L'homme du Protocole n'a, de toute évidence, aucune marge de manœuvre. Sa mission est d'arracher une signature aux Français. Il s'est raidi. Il ne concédera pas une ligne de son texte.

Dans les situations les plus embarrassantes, fort heureusement, les ressources de la Diplomatie sont sans limites, autant que l'imagination des diplomates. Roland Barraux suggère la formule de l'accusé de réception : On prend acte du document, on le signe sous la forme d'un reçu sans pour autant en approuver le contenu. C'est un peu tiré par les cheveux, mais les apparences sont sauves pour les deux parties.

Le vice-ministre y retrouve son compte et donne le feu vert. Dans le soulagement général, Yves Tavernier appose donc sa signature.

— Vous avez surgi comme un diable, alors que l'encre n'était pas encore sèche, me dit-il, heureux mais las.

Les trois hommes sont vraiment harassés. Ils ont eu une première nuit écourtée à la suite d'un faux départ. L'avion présidentiel a été contraint par les Russes de rebrousser chemin, après qu'on lui eut refusé le survol de l'espace aérien soviétique. L'appareil a quitté de nouveau Paris hier soir et, à peine posé à Kaboul, ce matin, mes libérateurs ont dû affronter les Afghans.

Malgré leur lassitude, ils commencent à me déniaiser. Il s'est passé beaucoup de choses depuis quarante jours. Mon affaire a pris une ampleur nationale, puis a débordé les limites de l'Hexagone :

— Une mobilisation dont vous ne pouvez pas soupçonner le retentissement.

Philippe Petit me montre les journaux de la veille. Le cas Abouchar est vraiment à la « Une », et fait les manchettes des journaux de tous bords :

— Ceci n'est rien, ajoute-t-il, préparez-vous à une véritable onde de choc à votre descente d'avion.

L'escale de Moscou m'en donne un avant-goût. Plusieurs représentants de l'ambassade de France sont venus nous saluer, et citent les commentaires venimeux de la presse soviétique.

— Ils vous ont passé une volée de bois vert, m'indique l'un des Attachés militaires.

Au cours de la dernière partie du voyage, alors que je savoure mon énième verre de Saint-Emilion 1978 (un grand millésime), je suis informé de toutes les péripéties de l'affaire : la mobilisation de la presse, le comité pour ma libération, la pression d'Antenne 2, les dizaines de milliers de lettres, la manifestation devant les ambassades soviétique et afghane de Paris. Sans oublier les tractations diplomatiques, la rencontre Gromyko-Cheysson, le voyage de la délégation parlementaire conduite par Claude Estier à Moscou, la déclaration de Laurent Fabius à l'Assemblée nationale. Enfin, la lettre de M. Mermaz à Babrak Karmal pour demander la grâce. Et la réponse favorale du Numéro un afghan.

Quelle avalanche ! J'en ai le vertige. Je fais répéter à Yves Tavernier :

— Vous dites bien que Karmal a répondu favorablement à Louis Mermaz ?

— C'est cela.

— Mais la voilà, la clé de mon énigme. « Monsieur Lious », c'est Louis Mermaz !

Je raconte au trio intrigué l'épisode de la cellule. Lious, Louis, c'est évidemment très voisin pour une oreille afghane.

On nous apporte un aérogramme. Expéditeur : le Protocole à Orly. Destinataires : nous quatre. Instructions : « A l'ouverture de la porte du Mystère 50, Jacques Abouchar devra se présenter seul en haut de la passerelle. »

Le document énumère les personnes « autorisées » à venir m'accueillir à l'avion :

1 : Louis Mermaz, président de l'Assemblée Nationale
2 : Laurent Fabius, Premier ministre
3 : Françoise Abouchar, épouse
4 : Pierre Desgraupes
5 : Jean-Claude Héberlé, P.-D.G. d'Antenne 2.

Mon sang se coagule, forme des petits cristaux dans mes veines. Une sensation qui va au-delà du trac, qui est pire que la panique. Elle m'envahit, me submerge : c'est la terreur, la terreur absolue.

Je me passe un glaçon sur le front. Je réclame, toutes affaires cessantes, un alcool fort.

Je me retiens d'appeler au secours Karatéka, Zulficar, le poseur de bombes, tous ceux de mes compagnons qui sont restés dans la cage de l'ours.